翻牆覓良人 2

風 文創 1186

琉文心 著

風 文創 1186

目錄

第十一章

朱紅的大門四敞著，迎接著他們的英雄，靈堂上白幡飄蕩。

在她們進了府之後，隨在她們身後的沈家軍親眷們也來到了府門口，其中不乏有鐘叔相熟的人家，鐘叔連連嘆氣。

不用陸慕凝安排，王玄瑰進城的時候，就知會過長安府尹，一千的陣亡士兵親屬，必須要好好安置。

野府尹是親自前來的，他百般勸說，說鎮遠侯府也需要籌備一下，才能讓人祭拜，這才將人全帶走，安置在了官方的客棧內。由於人數眾多，還占了鴻臚寺幾間房。

沈文戈目送著他們走遠，恨他們推翻了二姊的棺槨，又知不能怪他們，怪只怪煽動了他們的人，於是便更恨自己了。

「嫂嫂，將這個放妳二姊的棺槨裡。」

陸慕凝將一個巴掌大小的刺繡雄鷹放進她的手中，那小鷹用的是蘇繡的手法繡成，針腳細密，鷹嘴嫩黃、鷹眼黝黑、鷹爪還勾著沈婕瑤的砍刀，神俊中又帶著點可愛。

這是陸慕凝為女兒熬了好幾個晚上趕製的。夫君還在世時，沈婕瑤常鬧著他想馴隻鷹，可什麼都沒來得及。

她抱著母親交給她的華麗衣裙、二姊平時訓練愛穿的胡服，出了屋，走出沒兩步，便聽見了母親壓抑的痛哭聲。白髮人送黑髮人，悲戚至此。

用臉蹭了蹭小刺繡雄鷹，沈文戈將其放在了明光甲的旁邊，又扒在棺材前看了好一會兒，才戀戀不捨地離去了。

回房換上喪服，披上麻衣，又被說什麼都要在她腿腳套上厚重靴筒的倍檸強硬地餵了一碗薑湯，吃了個拳頭大小的雞肉丸子，這才到靈堂守靈。

靈堂空曠，並排擺放了六個棺槨，六個啊！

她每個棺槨走了一遍、摸了一遍，將所有人都叫了一遍，這才憋著淚，跪在了二姊的棺槨前。

炭盆在面前燃燒著，她抓了身旁的紙錢扔了一把進去。

又有人進了靈堂，是三嫂，她帶著三兄平時最愛吃的東西，對沈文戈點點頭後，細心地將糕點擺好，這才跪了下去。

陸陸續續，所有嫂嫂們全都跪在了靈堂內，就連六嫂唐婉都帶著鼓鼓囊囊的一兜東西過來，說是要給她六兄燒點平日裡他會用的東西。

靈堂裡時不時響起兩聲哭聲，炭盆裡的紙錢從沒斷過。夜深露寒，可沒有人離去，她們恨不得多陪他們一會兒，就連嶺遠也固執地為大兄燒著紙。

陸慕凝只來這兒看了一眼，就受不了了，被嬤嬤扶回房後，方才敢哭出來。

天邊未放曉，又是一日來到。

最先登門來祭奠的，是誰都沒想到的王玄瑰。

他跪於蒲團之上，拜了三拜，為每一個人上了香，這才低頭去看跪了一夜、臉色慘白的沈文戈。

察覺到他的目光，沈文戈抬起頭。

他向她伸出手，掌心裡有一隻毛絨絨的雪團，活靈活現又憨態可掬。「這是嬤嬤給妳二姊做的，用的是雪團褪落下來的毛。嬤嬤說，身為女子，更加敬佩瑤將軍，但瑤將軍也是個小娘子，為她做一隻陪在妹妹身邊的雪團，她會喜歡的。」

沈文戈重重點頭，小心地將黑貓團子接過來，這比母親的刺繡雄鷹還要小巧，她眼裡含著淚說：「替我謝謝嬤嬤，我二姊一定會很喜歡的。」

「嗯。」

「還有，這幾日雪團就拜託王爺照料了，我恐怕……」

「我知道，不必太過擔憂。」留下一句話後，王玄瑰便離開去上早朝了。

摸摸掌心裡的小毛貓，她打趣似的舉起它，對幾位嫂嫂說：「看啊，嬤嬤親自給我二姊做的。」

四夫人陳琪雪說道：「有什麼了不起的？四郎還有純兒給他的小彈弓呢！」

靈堂裡的所有人都抹著眼睛笑了出來。

沈文戈捧著小毛貓，將其放在刺繡雄鷹旁。「你們要好好陪著二姊啊！」

許是被小毛貓安慰到了，嫂嫂們用膳的用膳，一個個輪番地回房小憩了一會兒，方才再回來。

待天光大亮，昨日攔棺的沈家軍親屬，一起來祭拜了。

他們沈默著進來，沈默地祭拜，然後說一句「對不起」。

陸慕凝已經出來了，她叫住他們，讓鐘叔將他們各家的兒郎姓甚名誰、是哪位將軍麾下、在哪個小隊的信息皆記下。

有人捂著眼睛哭說：「夫人，真的對不起，我們昨日昏了頭了！世子……真的沒有叛國嗎？」

「沒有。」

他們慚愧地退走後，陸慕凝看著記錄下來的信息，問道：「兵部應有那戰死的兩萬士兵信息？便一起送葬吧。」

「是，夫人。」

自他們走後，再沒有人來，靈堂重新恢復了寂靜。每當有人心裡不舒服的時候，就起身去沈婕瑤的棺材旁看一眼，見到那隻充滿善意的小毛貓，就會平靜許多。

在府上的她們不知道，萬里空棺千人攔的事情，被當日目睹的學子作成了詩、寫成了賦，又被樂家女子唱了出來。

「忠君愛國，終成空，悲哉、悲哉……」
「墨城之謎無人解，屍骨無存遭陷害。」
「同袍相對傷誰心，唯有親眷哭啼啼。」
不知多少人淚灑過後，向著鎮遠侯府而來。

「濡溫，我又作了一首通俗的詩，你看看，能不能編成詞來填曲？」一處備考小院中，一學子執起墨跡未乾的詩，遞到林望舒手邊。

林望舒，字濡溫。文人相交總是更愛叫字，因而他的友人便稱呼他為濡溫。

此時他案桌上鋪滿了各種各樣的詩，他接過後，當即道：「我這就編。」

沒有人知道，現在城中流行傳唱的曲子、詩、賦，全都是出自這個小院中的學子，而這個主意，是林望舒提出的。

即將考試，他日日都在溫書練習，那日在出了書房門後，方才得知表兄等人的棺槨自西北歸來，他匆匆動身，哪知還沒到城門口，那些沈家軍親眷便將城門圍堵起來。

他想出去，結果不光被書僮攔下，還被一同出來的友人攔下，就連身旁的長安人也讓他不要出去，省得被群起而攻之。於是他只能聽著城外哭聲起，看著鎮遠侯府的女眷在人群中漂泊孤伶，看著表姊的棺槨被砸下，看著姨母和表妹受欺辱！哪個有血性的男兒能受得了？

「放開我，那棺槨裡的人，是我表兄和表姊！我不是外人！」

四、五個友人抱腰的抱腰、攔臂的攔臂。「濡溫你冷靜，你現在出去於事無補！」書僮更是哭道：「郎君，別出去，你可馬上就要考春闈了！郎君，你看那邊，是鎮遠侯府的小郎君們，你該去護著他們才是！」

他無法掙脫，大氅上的毛都快要被扯掉了，轉頭看去，瞧見了如臨大敵地守在馬車旁的沈家奴僕，他便只能帶著人和馬車遠離城門口，遙遙地看著外面發生的一切。

萬幸，後來宣王來了，他能長舒一口氣，但他又嚥不下鎮遠侯府慘遭誣陷，不光被搜府，還要被攔棺的氣！

他可提筆，他為何不寫？沒有人寫，他來寫！他以他筆，書寫冤屈！別人在懷疑，他不會，鎮遠侯府的世子永不可能通敵！他的表兄，不能平白遭此誣衊！於是，他直抒胸臆，懷著滿腔的憤恨，著下千字〈悲萬里攔棺〉，友人看後滿眼潮濕。

「濡溫，我來助你！」

「我也是！」

「我認識樂坊歌姬，你們誰會寫詞？我去請她來唱！」

「還有參軍戲，我來編排，定要叫長安城的人都知道鎮遠侯府的事！」

林望舒深深拱手拜謝。「濡溫在此謝過諸位。」

「謝什麼？若沒有將軍和士兵們在邊疆鎮守，焉有我們現在的平和日子？」

能與林望舒成為友人的，哪個不是才學斐然之人？他們有的家學淵源，有的不顯山、不露水，可底蘊豐厚，有的家中有人在朝為官。

熬了一整晚，宵禁剛一解，城內便響起了各種曲子，他們作下的詩，也被傳閱到了家中父輩手中。

有人見他們作詩，便也附和一二。之前是不敢，可如今外面流傳著這麼多詩作和曲子，還有什麼不敢的？

城內的人，誰不知道萬里攔空棺的事情？讀起來是又心酸，又悲哀。

小院中，大家一起收攏東西，對林望舒道：「濡溫，走，我們一起去祭奠，且看我們會不會也被打成同黨！」

他們四、五人出了小院，便見陸陸續續，街邊有人也在朝鎮遠侯府走去。

本以為會門庭冷落，大家都避之不及的鎮遠侯府，迎來了一波又一波的人。

他們有的是最普通的百姓，有的是做生意的商人，有的是樂姬，甚至還有波斯等外邦人。

「還請夫人們保重身體，相信聖上一定會還鎮遠侯府一個公道的！」

「七娘，妳可是我們女子的楷模，萬不能就此倒下！」

他們的每一句安慰，都讓人淚如泉湧，在靈堂的幾人回禮回到腰疼、腿疼，但沒有人在意，她們是開懷的，至少他們戰死了，還有人記得他們。

靈堂裡的哭聲乘著寒風向上空飄去，飄啊飄的，好像飄到了全力往長安趕的六郎耳中，讓他落下淚來；好像飄到了異國他鄉思念故土的人兒耳中；也好像飄到了在山洞中快要堅持不下去的人兒耳中。

最終，飄進了太極殿的聖上耳中，振聾發聵。

聖上拍著龍椅扶手，大聲叱責朝上眾臣。「那詩、那曲，哪個不是民心所向？就連普通百姓都懂的道理，你們這些朝中重臣為何不懂？還敢跟孤提議，不讓鎮遠侯府送葬發喪，沒有人比爾等更惡毒了！為了扳倒異己，無所不用其極！孤看若說誰人通敵，爾等才應該是！爾等的不作為，豈不就是將陶梁雙手獻給燕息？」

官員們跪了一地。「聖上息怒！」

「孤息不了怒！孤就問你們，可有去祭拜鎮遠侯府歸來的將士？除了宣王，一個都沒有！明哲保身得好啊！」

蘇相閉了閉眼，聖上這話，何止在訓斥朝臣？也將沒有去的太子一併訓斥了啊！

在聖上發了好大一通脾氣之後，王玄瑰才開口諫言。「鴻臚寺已收到了兩國的來朝函，臣看，不管如何，陶梁的臉面不能丟。無論鎮遠侯府是否真的通敵，在一天沒調查清楚前，他們就都是為了百姓鎮守邊疆的將士，不光得讓他們送葬，還必須風風光光送葬。跟死人過不去，太過了。」

見大勢已去，群臣紛紛附和。「臣附議！」

聖上甩袖離去，一下朝便叫了跟在他身邊的禁衛軍將領。他等不了了，這就給他將在長安城裡的細作通通抓了！

長安城翻起的水花，濺不到鎮遠侯府身上。

停靈七日，她們便熬了七日，直到蓋棺這一刻，縫隙越來越小，厚重的棺木在她們眼前被蓋上。

「三郎！」三夫人言晨昕奔至三郎棺槨前，趴在上面哭泣。

有奴僕攙扶她。「三夫人，該送三郎君走了。」

「三郎……」

一聲聲三郎，真是聞者傷心，聽者流淚。

沈文戈擦淨臉上的淚，親自上前將言晨昕扶下來。「三嫂，鴻曦還小，妳得抱著他捧牌呢，妳冷靜下來。」

任誰也想不到，哭得最凶、最捨不得的人會是三夫人言晨昕。

看著三郎的棺槨被抬起，言晨昕抬手捂住自己的嘴，淚水簌簌而下。「娉娉，這回我的三郎，真的沒了……」

沈文戈握住她的手，給予她力量。「我們，送他們一程。」

「嗯！」

以嶺遠帶頭，抱著世子沈舒航的牌位走在最前面，陸慕凝在側；而後是抱著二姊沈婕瑤牌位的沈文戈；之後是由三郎之子鴻曦捧著他的牌位，言晨昕抱著鴻曦走在兩人身後；四郎之子純兒、五郎之子茂明各自抱著父親的牌位，被母親牽著手，跟上他們；最後便是唐婉捧著六郎的牌位。

緊跟在他們其後的，便是六副棺槨。每副棺槨由十人左右相抬，相繼排開，一個接一個地抬出府門。棺槨上綁著白綢，隨風拂動。

沈文戈等人待棺槨悉數被抬了出來後，才又重新邁出步伐。

那日攔在城外的沈家軍親眷全都來了，他們隨在棺槨後，兩排相向，手中白布一展，上面赫然是密密麻麻、一位接著一位陣亡的沈家軍士兵姓名。

是陸慕凝請兵部尚書提供的名單，由千名繡娘自發繡了整整五日，方才繡製而成。

他們抬著這長約五丈、寬約半丈的白布跟了上去。

再其後便是為他們紮的馬兒、屋舍，又隨了一長溜。

人們看著那六副棺槨，震撼之情不比當日靈堂祭拜之時，再瞧見那白布，更是眼眶一紅，有人跟著隊伍移動，輕聲唸著白布上那些士兵的名字。

送葬隊伍走得緩慢，幾乎是每到一處街道都會有人自發加入，或站在兩旁，或站在末尾。

有人踮腳去看，從隊伍末尾都瞧不見帶頭要轉彎的沈家嫡子，送葬隊伍竟比一條街還要長了，仍有人還在不斷地加入。

沈文戈身旁，不知何時也多了許多人。

有表兄林望舒和他的好友，聽他們交談，方才知曉原來城中為鎮遠侯府作的一首首詩，是出自他們之手。

有被他們特意隔開的尚滕塵，他違抗了父親和母親的話，執意前來相送，看著憔悴的沈文戈，他眼中滿是心疼，卻沒有立場說上一句話。

還有兄長們認識的人、有嫂嫂們的親眷、有與父親和母親相熟的人……

他們一樣穿著白色縞素衣服，特意前來送葬。

隊伍的末尾突然加入了一輛花車，原本是作為花魁遊街的花車，此刻掛滿了白幔，上面十二位舞姬站成一圈，她們穿著黑白相間的舞服，擺出各種姿勢欲要起舞。

被她們圍在中間的，是一個可以容納三人跳舞轉圈的巨鼓，巨鼓上有一位身姿柔美、低垂著頭的舞姬，髮髻上的髮帶落在她的肩上。

在她們其後，坐了一排手拿琵琶、古箏、箜篌等樂器的樂姬，她們雙手放在琴弦之上，原本鮮豔的指甲現在乾乾爽爽，是對陣亡戰士的尊重。

「咚！」巨鼓中間的舞姬重踩一腳，猛地抬頭，髮帶在空中劃出一個半圓，站在花車下看去，如同在天幕上勾勒出一輪太陽。

就像是發出了一個信號，古箏率先被撥了一個音，緊接著箜篌跟上，琵琶加入，曲生起。

「咚咚咚咚……」一連串密集的鼓聲跟著曲音響起，巨鼓上那舞姬轉起圈來，旁邊十二位舞姬也跟著翩翩起舞。

淒婉動人的歌聲從樂姬口中發出，讓每一個聽清詞的人無不落下淚來。

「操吳戈兮被犀甲，車錯轂兮短兵接。旌蔽日兮敵若雲，矢交墜兮士爭先……身既死兮神以靈，魂魄毅兮為鬼雄。」

她們唱的是屈原所著的〈九歌‧國殤〉，此是為了追悼當年楚國陣亡士兵的，如今被她們吟唱出來，用以哀悼死去的沈家軍，也間接告訴大家，在她們心中，陣亡的將士沒有叛國，他們是英雄，理當得到禮讚。

有人擦擦眼睛，跟著吟唱了起來。有一個開口的，便有第二個、第三個，慢慢的，所有人都開口唱了出來。

「操吳戈兮被犀甲，車錯轂兮短兵接……身既死兮神以靈，魂魄毅兮為鬼雄。」

走在送葬隊伍最前面的沈文戈和眾人一起回頭望了望，摸著牌匾，露出了一個傷感的笑來。

宮城樓閣之上，王玄瑰陪著聖上看著鎮遠侯府送葬的隊伍，邊看邊為聖上介紹。「帶頭的女子應是鎮遠侯府的一干女眷，真可憐，全家男丁都戰死了。」聖上不語，他接著說：「那白布聖上可瞧見了？」

「孤知道。」兵部尚書是經過他的同意，才給出陣亡名單的，他如何會不知道？

王玄瑰背著手，斜睨了眼聖上。「鎮遠侯府有心了。」

他們二人在樓閣之上，足足站了一個時辰，眼見鎮遠侯府的送葬隊伍進入承天門大街，其後隨行的人越發之多，形如黑色蠕動的螻蟻，像是半座城的人都出來了。

紙錢紛紛揚揚落下，歌聲起，初時如蚊蚋振翅聽不清楚，後來聲如驚濤駭浪，一波比一波強勁地灌進聖上耳中。

聖上默默地伸手揩了一把眼睛，王玄瑰當作沒看見，只陪他靜靜站著。

這日，有畫家將送葬場景印在腦中，躍於紙上，一幅長三尺的「送葬圖」出現，那圖上的白布仔細看去，還能看到一位位士兵的名字，雖不全，但也能聊以慰藉。

有人將「送葬圖」重金買了去，而後送進了宮中，呈於聖上面前。

還有這段日子，大家作的詩、譜的曲、寫的賦，都被人一一整理送到了聖上手中，聖上又將其轉贈於太子。

太子得到後，悲痛欲絕，當即決定閉門不出，為鎮遠侯府茹素三月。

鎮遠侯府則迎來了蘇相，蘇相在送葬出殯之時來過，他既如約，那蘇清月就得交還給他，連同她那些骯髒的東西。

但沈文戈多了個心眼，在將蘇清月與她表兄通信的信件交出去前，謄抄了一遍。本想暗留一張正本，但想蘇相定會和蘇清月核對，便也算了。

蘇清月被關了數月，剛開始還鬧過、吵過，甚至真的幹出自殺之事，可每每她鬧完，都會有人直接強餵她吃飯，日日夜夜也有人盯著，看出她們不會放她，她索性也偃旗息鼓了。如今不僅沒有瘦削，反而因為吃得好、睡得好，氣色比守靈了七日的沈文戈她們好太多。她被人通知可以出屋時，還有些恍惚，終於可以重見天光了？

門外，沈文戈牽著嶺遠正等著她，原還想罵兩句的蘇清月，看見了嶺遠，到底什麼都沒說。她自顧自地往前走著，就像是以往般高傲地揚著頭顱，沒瞧見他二人一樣，很快便從他們面前走過。

在她身後，嶺遠「撲通」地跪了下去，蘇清月步子微頓，只聽身後傳來他稚嫩又堅定的聲音——

「嶺遠拜別母親。」

腳步聲響起，她走了，頭也不回、沒有停留地走了，唯留嶺遠淚流滿面。他不光喪父，也失去了母親。

沈文戈待他哭夠了才重新執起他的手。「沒事的，你還有祖母和姑母。」

蘇清月跟著蘇相從鎮遠侯府回蘇府後不到三日，便「病逝」了，實際上的她則被送入寺廟。

蘇相的動作不可謂不快，外界很快就流傳起「世子夫人太過傷痛，跟隨世子一道去了」的消息，為蘇府挽回了蘇清月沒有去送葬的顏面。

本以為回家能得到安慰，向家人講述鎮遠侯府如何禁她足的蘇清月，迎來的是母親和姊姊嚴厲的訓斥。蘇相失望的目光，更如同刀割。

不管她如何掙扎辯白，蘇府嫡女蘇清月在外界眼中都已經病逝，家中再無容她之地，就算她從寺廟逃出又能去哪兒？用什麼身分？她父親好狠的心！

可教養她的雙親比她更傷心，他們怎麼會養出如此自私自利的女兒來？做出這般禍事，竟不反思自己，竟還埋怨他們。她怎麼不想想，若是她與人私通的名聲傳出去，蘇家那些沒來得及訂親的小娘子該怎麼辦？她當了太子妃的阿姊又該怎麼辦？

寺廟的生活清苦，什麼都要親力親為不說，也再沒有人能服侍她，夜深人靜之時，她百般算計，自己可以收買誰，替自己通個信兒給表兄，讓表兄來接她。左右她現在沒了身分，表兄也不用顧忌那麼多了。又或者說，她已經失去太多了，只能死死抓住她的表兄了。

她不知道，她的表兄如今正收起尾巴做人。長安城裡，燕息派來的探子一時間被抓了個七七八八，好在沒有懷疑到他的頭上，他只能好好溫習，以求春闈高中，打入陶梁內部。

處理完自己女兒的事情後，蘇相直接上書，要告老還鄉。

聖上暫扣不理，卻也沒有挽留。他是去是留，全待墨城的調查結果。

鎮遠侯府上下一片沈寂，他們沈默地拆除靈堂、沈默地將幾位郎君的牌位放進祠堂中、沈默地做著自己的事情。

白綾依舊高掛，在冷冽的寒風中飄蕩。

他們已逝，而活人還要繼續生活。

送葬那日的場景，帶給了她們無限慰藉，就算鎮遠侯府真的逃脫不掉通敵的罪名，可百姓心中雪亮，只要他們不那麼認為，就夠了。

嫂嫂們可以盡情悲傷痛苦，陸慕凝和沈文戈卻不可以。陸慕凝要撐起鎮遠侯府，沈文戈如何能不心疼、不相幫？

陸慕凝將鎮遠侯府管得更為嚴格了，任何人出入，都要進行記錄。

近來出入最頻繁的就是六夫人唐婉了，她將沈家給她的三百兩銀子全都投進了兩家鋪子裡，又是翻新裝修，又是重新規劃的，整日裡忙得腳不沾地。

有時連沈文戈想找她說幾句，都抓不到人。

「喵嗚……」

過了個年，又長大了一圈的雪團，算不上小貓了，已經是一隻成年大貓，好在沒有長歪，還是如小時一般可愛。

牠呼嚕嚕地蹭著沈文戈的腳撒嬌，沈文戈走一步，牠轉三步，鬧得沈文戈沒法子，只能將牠抱起來，沈甸甸的。

毛茸茸的脖頸處沒有白色髮帶，她調整了一下姿勢，以便自己能抱得更牢，說道：「宣王府的伙食就那麼好？瞧你胖的。」

「喵！」

許是很久沒有親近了，明顯感覺到沈文戈沒有像之前不想搭理自己的樣子，雪團立刻湊了上前，喵喵喵地在她懷裡翻了個身，想讓她給自己撓肚子。

兩隻手都已經用上的沈文戈，撓是不可能撓了，於是低頭蹭了一把。軟乎乎的貓毛擦過臉頰，讓她的心軟得一塌糊塗。

鴻臚寺裡，發現今日宣王沒有帶黑貓來時，所有人皆頭皮一緊，正襟危坐、認真幹活。來訪使團要核對、外邦人滯留人數要核對、使臣提出想派遣優秀子弟入太學學習一事要上奏……哎喲，我們忙著呢！宣王殿下，您的眼神就不要往這裡看來了，忙呢忙呢！

該死！那隻能吸引宣王全部心神的黑貓怎麼沒有來？

王玄瑰百無聊賴，看了一圈這裡，又看了一圈那裡，他几案上不僅沒有一張紙、一卷竹簡，甚至連筆墨紙硯都沒有，只有一套還冒著熱氣的茶具，以及雪團專用的貓碗。

都是在鴻臚寺任職多年的老油條了，裝忙碌還裝不出來嗎？但王玄瑰就算看出來了，也沒心思挑破，總比他們聚眾偷摸貓來得強。

實在沒有意思，他索性起身去別的地方看看，但凡他身影出現的地方，都是一片低頭裝忙碌的景象，除了剛入鴻臚寺、只能打打雜的幾個年輕官員。

他們唉聲嘆氣，几案、身旁放著堆積如山的竹簡，就連王玄瑰何時到他們身邊的都不知道，還在自顧自的翻譯。

身為鴻臚寺的官員，不熟練幾門外語怎麼可以？是以新入職的官員們，率先要學的就是外語。先把重要的吐蕃、波斯語學會了，再學新羅、天竺等語。

而學習最快的方式，就是自己對照翻譯，所以鴻臚寺的老官員們毫無同情心地將長安城裡最近流傳的外邦詩文丟給了他們翻譯，美其名曰快看看他們都說了什麼？有沒有說陶梁壞話？

是以，王玄瑰一低頭，就瞧見年輕官員翻譯了一半的波斯語，說的竟是鎮遠侯府的事。

蔡奴也跟著探頭看了一眼，出聲道：「阿郎，奴記得七娘也是會吐蕃、波斯等語的，既說的是她家的事情，不妨讓她來幫忙翻譯？」

他突然出聲，將一群年輕官員嚇了個半死，瞧見王玄瑰，更是兩股顫顫，話都說不流利了，唯獨聽見有人要幫忙翻譯時亮了眼。

王玄瑰哼了一聲。「朝廷給他們發俸祿，可不是讓別人來替他們幹活的！翻譯都翻譯不了，待在鴻臚寺做什麼？」

年輕官員不敢說話，失望得眼裡沒了光彩。

「那阿郎給七娘譯錢不就好了？」陶梁外邦人多，尤其是長安，因而私下裡會有許多非官員出身的人幫人翻譯，賺賺小錢，有時若是朝廷俸祿發得遲了，連官員都會偷摸著給人翻譯，他們能賺，七娘自然也能賺。蔡奴繼續勸說道：「他們既然對鎮遠侯府的事情那麼好奇，不妨讓七娘用外語撰寫她幾個兄長的故事，總好過讓這些外邦人自己瞎寫瞎說強。這萬一他們寫的有哪裡不對，傳回他們的國家，豈不是丟我們陶梁的臉？」他湊到王玄瑰耳邊，低聲說：「更重要的是，七娘如今想必甚是傷心，都是強撐著罷了，給她找些事情做，分散心神，又是為兄長們書寫，也能寬寬她的心。」

王玄瑰想起自己在雪地裡找到的那個險些要破碎的沈文戈，有些心動了。

蔡奴給年輕官員使了個眼神。「還不快挑選出涉及鎮遠侯府的文章來！」

他們迅速行動，很快地就將几案上要翻譯的東西整理好了，一看竟是除了要翻閱的竹簡外，全都拿上了。這一下，他們也有些不好意思了。

有個膽大的年輕官員開口解釋道：「鎮遠侯府的事情，現在大街小巷都還在議論，尤其送葬那日齊聲唱的〈國殤〉，以及舞姬特意編排的送葬舞，太吸引他們了，是以最近蒐羅上來的均是對那日場景的描繪，其中說最多的就是曲子和舞蹈。」

「極是，我這裡也全是說歌曲和舞蹈的。」

蔡奴緊接著道：「瞧瞧他們，竟只會關注這些了。」

見宣王不似那傳聞中一言不合就拔刀的人，身旁又有蔡奴，年輕官員當即大膽地哭喪著臉道：「我願把本月的俸祿全給七娘當譯錢，要是七娘真會翻譯，請她幫幫忙吧！」

他們真的翻譯得都要禿頭了！本就是剛被吏部安排進鴻臚寺的，兩眼一抹黑就被塞了一堆要翻譯的外文，看著那些像鳥爪一樣的文字，眼睛疼不說，還翻譯不順啊！說舞姬是神？這句子能翻譯？他們是不是翻譯錯了？若讓聖上看見，他們有幾個腦袋夠砍的？

他們錯了，在得知自己要進鴻臚寺時，不應該擔心在宣王手下性命不保，應該擔心在外文世界裡丟了全部的頭髮！

「我也願把我本月俸祿給七娘！」

「我也是！」

「王爺……」

所有的年輕官員都眼巴巴地看著王玄瑰，他們真的會好好學習外語的，但別揠苗助長啊！他們連爬都還不會呢，直接翻譯這是要讓他們跑啊！辦不到，真的辦不到，過目不忘也辦不到啊！

王玄瑰後退一步，嫌棄地「嘖」了一聲，懷疑今年吏部故意在針對他，瞧瞧，給他調來的都是些什麼人！

吏部尚書要是知道了，得吹鬍子瞪眼睛！要知道，這些人才可都是別的部門爭搶著要的，其中不乏前兩年高中的狀元、榜眼呢！能直接幹活的人多罕見啊，要不是宣王鎮得住人，來他這鴻臚寺歷練一番後，出來就脫胎換骨，又能斷了其他部要人的心，他還不給呢！

沈文戈悲戚的眸子在腦海中反覆轉悠，瞅著他們懷裡的外文，王玄瑰終於鬆口了。「用不著你們的全部俸祿，都記載好各自的數量，按照市面上譯文的價格給七娘酬勞。」

「是，王爺！」

再次嫌棄地看了他們一眼後，王玄瑰道：「搬到馬車上去。」

見他們興高采烈，蹦起來就要直接抱著去了，蔡奴趕在王玄瑰發火前說道：「外面風大，都裝在一個箱子裡吧？」

「喔，對對對！」

這個時候他們不怕宣王了，你裝完後，我來裝，裝了約有小半個箱子。幾個人齊齊使勁，將箱子搬到了白銅馬車上，而後見到馬車內飾，又齊齊倒吸一口涼氣。

果然，不愧是宣王，這哪是馬車？簡直比他們在長安租的小屋都奢華啊！

突厥馬身姿矯健，全力跑起來，都沒用半炷香的時間，就從鴻臚寺跑到了鎮遠侯府。

好在這個時辰道上無人，不然又要被御史彈劾了。說來，也不知經常彈劾王玄瑰的御史，在西北調查得怎麼樣了？

眼見著自家王爺就要下馬車，蔡奴問：「阿郎，我們……走大門嗎？」

王玄瑰回頭睨了眼蔡奴，由著小宦官在他身邊忙前忙後，才踩著木階而下，說道：「這麼重的箱子，你還指望翻牆？我拿得動，沈文戈拿得動嗎？」

蔡奴臉上抑制不住地浮起笑容，跟著王玄瑰下了馬車道：「阿郎說得是。等一下，阿郎，奴給阿郎整理一番。」

任由蔡奴重新繫了大氅繫帶，又調整了頭上銀冠，就連嵌銀的皮腰帶、手上護臂都重新整理了，趕在王玄瑰不耐煩的最後一刻，蔡奴收了手。

「好了，阿郎。」

王玄瑰頷首，示意他去叫門。

蔡奴沒應，領著王玄瑰去了鎮遠侯府的側門。走大門那是客人，又不是以宣王的身分來的，當然是走側門了。

側門被敲響之際，得了蔡奴信的安沛兒，也帶著從府中拿的禮品趕了過來，瞧她妝容得體，就知是認真打扮了一番的。

兩人神色鄭重地站在王玄瑰身後，等著府門開啟。

鎮遠侯府內，陸慕凝正教沈文戈同三位嫂嫂如何管理府務。除了三夫人言晨昕能強忍悲痛跟得上陸慕凝，引得她頻頻點頭外，四夫人陳琪雪和五夫人崔曼蕓尚且沒有走出來，時不時就愣神。

沈文戈拍了拍賴在她懷中的雪團，牠跳上几案，沈文戈几案上的東西不讓牠動，牠就一個眨眼的工夫跑到了五夫人崔曼蕓的几案上，「啪」地把崔曼蕓几案上的毛筆給玩掉了。

見東西掉了，牠又趕緊跑走，跳上四夫人陳琪雪的几案，將她几案上的東西弄得一團亂，最後被不得不讓牠喚回神的四夫人陳琪雪抱了起來。

「小壞蛋！」嘴上罵著，打卻是捨不得打的，陳琪雪將之抱在懷中順順毛，還把踩了墨汁的爪子重新擦拭乾淨了。

五夫人崔曼蕓有些怕貓，但雪團被四夫人陳琪雪抱住了，就手癢地想去摸摸，差點被雪團一爪子撓上。

瞧著因為雪團搗亂，打破了屋裡沈悶的氣氛，沈文戈露出淺淡的笑來。

「夫人，宣王殿下來了，說要見七娘。」得了門房信的嬤嬤快步走過來，在陸慕凝耳邊低語。

沈文戈離得近，隱約聽見了宣王和七娘，便不由得抬眸看去。

陸慕凝看了眼沈文戈，在心中計較了一番，方才招呼大家放下手頭上的事情。「宣王拜訪，隨我一同出去致謝。」

「是，母親。」

讓倍檸抱上雪團，沈文戈出了門，下意識就抬腳往自己院裡走去，直到走出四、五步，五夫人崔曼蕓訝異地叫住了她。

「娉娉，妳要做什麼去？」

步子一頓，沈文戈尚且還沒反應過來，轉過頭看著與她在相反方向的眾人，這才驚覺，剛才母親說的是一起去見宣王，那宣王自然是在正堂，怎麼可能在她後院牆上？真是，經常趴牆頭趴習慣了，都忘了王爺還可以從別的地方來。

沒來由的一陣緊張，她對上幾位嫂嫂目光如炬的眸子，不敢去看母親，耳邊聽見雪團「喵」了一聲，趕緊道：「我想著先將雪團送回院子去。」

「有什麼好送的？快別折騰了，讓宣王等著可不好。」四夫人陳琪雪招呼她。「快走吧，一會兒將雪團抱緊了就好，宣王難道還會和牠計較？」

他肯定是不會計較的，但她怕雪團湊上去啊！可被這麼多人看著，她也只能笑著應了。在快走進屋中的時候，她從倍檸手裡抱過雪團，低聲囑咐道：「乖一些。」

雪團蹭著她的手，懶洋洋地晃著尾巴。

聽見腳步聲，本來歪斜著身子等得快要打哈欠的王玄瑰，後背上被安沛兒狠狠拍了一巴掌。

「阿郎，坐直了。」

王玄瑰倏而扭頭瞪向安沛兒。

安沛兒指指門，自己已經笑著迎了上去。「夫人，今日叨擾了！是我家阿郎有些事要請夫人們幫忙。」陸慕凝被她攙著來到上首。

幾位兒媳依序入座，悄悄打量王玄瑰。之前搜府時就見過一次，不過當時光顧著和安沛兒說話，都沒敢仔細瞧。今日細看，宣王有一副好相貌，鮮少能見到這般精緻的長相了，眼下小痣勾人，鼻梁夠挺，喲，睫毛比她們的都長呢，身段好像也不錯，嗯……窄腰有力。

雖說傳聞中的宣王總伴隨著吃人肉、喝人血，可宣王都搬進隔壁府中一年多了，也沒瞧見丟出一個血淋淋的婢女啊！尤其他不光幫了自家免遭搜府之難，還是第一個前來祭拜的，他身邊的嬷嬷還給二姊做了小毛貓，因此大家對他的觀感就更好了，都生不出厭惡心思。

王玄瑰自宮中長大，本就對視線敏感，大多數人對他都是懼怕、恐懼為主，偏沈文戈這三個嫂嫂只單純打量，反倒讓他有些不自在起來，只好去看他唯一熟悉的沈文戈。

沈文戈此時正有些手忙腳亂，她微低著頭，死死抱住在她懷中想要躥出去的雪團，將已經扒到她肩膀的爪子按住，攔著牠的頭，將其壓了下去，控制在自己懷中。

「喵嗚！」

果然雪團進了屋一瞧見王玄瑰就想過去，沈文戈坐在几案後，用白裘擋了牠的視線也不成。她一點都不敢鬆懈地緊緊抱著牠，又從倍檸那兒接過牠的零食荷包，從裡面掏出魚乾餵牠，好不容易才安撫住牠，熱得她一身汗，連鼻尖上也滲出汗珠來。

王玄瑰巧與她坐對面，盯著那滴汗珠，想著她什麼時候拿出汗巾擦一擦。

一直關注他的嫂嫂們見狀，便也跟著望了過去，正瞧見她忙著安撫雪團的一幕，均是會心一笑，雪團確實很可愛。而且美人抱貓，怎麼看都是美的。

唯有留意到的陸慕凝淺淺蹙了下眉，又跟安沛兒說了些話，出口打斷了宣王的注視，問向沈文戈。「嫂嫂，妳如何想？」

沈文戈一口氣還沒喘勻，就聽見母親喚她。剛剛她整顆心都在雪團身上，根本什麼事都沒留意，可看嫂嫂們一副很期待的模樣看她，只好擺出一點帶著猶豫的神色。

最先沈不住氣的四夫人陳琪雪立即道：「嫂嫂不必有壓力，我這裡還留著妳兄長平日裡捎給我的信，加上他往日跟我說的，我到時整理好底稿，妳翻譯便是。」

「對對！」五夫人崔曼蕓小雞啄米似的點頭。「嫂嫂，我也想讓更多人認識五郎，不侷限在陶梁。」崔曼蕓可憐巴巴地看著她。

沈文戈大概聽懂了意思，又看向一直沒有表態的三夫人言晨昕。

言晨昕道：「雖話說得不好聽，不過透過詩詞流傳下來的名人不少，妳三兄在我心裡亦是英雄，要是可以名留青史，那也值了。」

沈文戈點頭，不經意地看了眼王玄瑰，發現他正瞧著自己，便又看了一眼，眸中微微帶著些祈求之意。

王玄瑰手指抵著喉結滑動兩下，方才將今日來意重複說了一遍，又補了一句。「給妳按數計錢。」

錢不算什麼，可是能幫鴻臚寺翻譯，既是一種對個人能力的認可，又有一種幫官家幹活的優越感。再加上，宣王有意宣傳幾位兄長的事跡，能帶著嫂嫂們一起回憶、幹活，省得她們胡思亂想，這叫人如何能拒絕？沈文戈當即就應了。「但我久不看這些文字，只怕需要些時日。」

王玄瑰本也沒想很快就要，便道：「無妨，慢慢翻譯便是。」

安沛兒緊跟其後說：「對，娘子，翻譯完多少就給多少，不急的。」

話說得差不多了，王玄瑰便帶人告辭。

眼見陸慕凝要起身相送，安沛兒輕輕巧巧地攙著人的手臂制止了她起身的動作，說道：「七娘送就好，正好讓七娘問問阿郎，有沒有需要注意的地方。」

沒法子，只好叫沈文戈去送送。

沈文戈出了前廳，待將人送到府門外，才小小地鬆了口氣。懷中的雪團頓時鬧騰起來，巴著她的手臂就往王玄瑰那兒探。

她左右瞧瞧後，沒好氣地喝道：「就淘氣，一刻都安穩不下來！」

一聲輕笑響在身邊，王玄瑰伸手將雪團接了過去，雪團剛一過去，立刻縮進了大氅中探出頭來，看得沈文戈好氣又好笑。

剛剛在前廳時生怕一刻沒看住，牠往宣王懷裡鑽，讓她怎麼跟幾個嫂嫂解釋？

她伸出手要揉牠的小腦袋，可小傢伙記仇呢，還記著她不要牠動，小腦袋後縮，耳朵一動一動的，瞳孔豎成一條直線，微微弓起了身子。

「嗯？」王玄瑰察覺到雪團的姿態，當即換成一隻手抱牠，另一隻手提前預備著要攔牠。一聲「不可」剛從喉嚨中發出，黑色貓爪已經伸了出去，速度之快，連沈文戈後縮的動作都來不及避開，眼見著要撓到她手背上，貓爪和她的手便被寬大的手掌一起握住了。

修長的手指將沈文戈的手整個包住，掌心裡的是毛茸茸的貓爪，手掌下壓，手腕輕輕一動，貓爪就落了下去。

「喵嗚……」

雪團其實只是跟沈文戈鬧著玩，指甲半點沒露出來，況且牠的指甲由音曉日日修磨著，不會撓傷人，可瞧牠一爪子就要上來，誰不會一個激靈？驚嚇過後，手上觸感便傳了過來，沈文戈只覺包裹住自己的手熱度驚人，輕輕一掙，便將手抽了出來，藏於白裘內。

王玄瑰手指張了些許，懷疑沈文戈的手當真有骨頭？一觸之下，只覺得所碰肌膚滑嫩細膩，還軟軟的。用一個詞來形容，便是柔若無骨了。

沈文戈輕輕清了下嗓子，說道：「我會盡快翻譯完的，若有不識得的字，恐怕要請王爺幫我找些書籍。」

王玄瑰心不在焉地「嗯」了一聲，雪團被他輕輕捏住後頸，以作懲戒。

待人都走遠了，沈文戈方才吐出胸腔中的那口氣，垂下眸子，另一隻手覆上手背，用勁搓了一下，而後死死攥住，緊抿的唇上一片白。

看著倍檸擔憂的目光，她率先往府裡走去。「沒事，走吧，雪團玩夠了就回來了。」

「哎，娘子。」

之後，沈文戈就一頭扎進了翻譯的事情中。她都是先大概看一遍，篩檢一番，先將誇讚的放在最前面，這樣待嫂嫂們來尋她，她也好給她們瞧瞧，這都是外邦人的誇讚呢！

幾位嫂嫂是一起來的，就連一直在外面跑的唐婉，也被陶姨娘叫了回來，將六兄曾經寫過的信件交予她，讓她給沈文戈送去。一頭霧水的唐婉便也領了個給六郎編事跡的活兒。

沈文戈細細地給嫂嫂們解釋了，若是翻譯詩歌難度太高，不妨撰寫成話本之類的故事，這樣好翻譯，人們也好懂，嫂嫂們瞬間明白，只有唐婉半夜在房中咬著筆桿子，愁得不行。

四夫人陳琪雪當日說得痛快，輪到她寫的時候，已經在後悔了，她立刻出主意，帶上五夫人崔曼蕓扎根在了三夫人那兒。三嫂家沒出事前，三嫂素有才名，定是難不倒她的。就照著她的抄一下嘛，左右能差到哪裡去？

這樣想的兩人，在瞧見三夫人言晨昕寫關於她自己和三兄的愛情小故事時，險些落下淚來，這個還真抄不了。

自從多了要翻譯的事情，沈文戈睡得就更少了，她不只要翻譯王爺給她的東西，還要準備兄長和二姊的事跡，再加上查看嫂嫂們給她的東西，一時還真沒時間悲傷了，滿心思都是定要將事跡寫好。

長安城外，一個頭髮鬆散綁著，渾身上下髒兮兮、看不出長什麼樣的人，從牛車上跳了下來。

「大伯，多謝你！我之前跟你說的事情都是真的，你等我回家之後去報答你！」

駕著牛車的人向他揮揮手，慢悠悠地排到了進長安城的隊伍後面，按照查驗路引的速度，只怕輪不到他，城門就會關閉了。

六郎沈木琛望著雄偉的長安城門，深深吸了一口氣，眨乾眼中的淚水，四下掃視了一番後，躲進了人群中。

待天微微黑了，城門快要關上時，他「嗖」地躥進一輛馬車底部，整個人像隻壁虎一樣緊扒在車底，有驚無險地進了城。待馬車停下，他手一鬆滾了下來，立刻跑進小巷中，左拐右彎的，尋見了掛滿白綢的鎮遠侯府。

他沒有遲疑便朝著後院方向跑去，那裡有一個他經常進出用的狗洞。可跪了下去剛想將頭鑽進去時，就發現這狗洞竟然被堵起來了！那沒法子，只能翻牆了。

後退兩步，快速助跑，腳尖在牆面上點了幾下，順利到了牆邊，他便輕鬆翻了下去，落地動靜極輕，沒驚擾任何人。

發現有人巡邏，他更是趕緊躲了起來，躲完才想起，他躲什麼？這是他自己家啊！

他不走正門是因為怕人發現他回來了，會阻礙他進宮。拍著自己的腦門，他大大方方地往自己的院子走去，一邊走，一邊在腦中過了一遍接下來要做的事情。

首先回他的房間，換一身衣服、刮鬍子，捯飭一下，總不能穿成這樣面聖吧？而後去尋母親，請求她的幫助，讓他面聖。但母親是女眷，只怕此法不易，不過要是能折衷一下，先讓他見見皇后也成。

想著，他熟門熟路地推開了自己房門，徑直走向衣櫃，然後發現，衣櫃換位置了？是他太久沒回來記錯了嗎？轉了一圈，終於成功找到衣櫃，打開後隨意往裡摸去。

他的衣服都是成套成套擺放的，他能直接拿出一套……嗯？好像有幾根繩纏上了他的手指？什麼東西？他將手抽了回來，只見在他手上的，是一件繡了蘭花的紫色肚兜，肚兜輕薄垂下，他一隻手掌就能握住！難道……他走錯房間了?!

此時，放下床幔的床榻上，正閉眸苦思冥想怎麼寫六郎生平事跡的唐婉，聽見了床幔外的動靜。她是不喜歡婢女服侍的，而她剛剛打發走婢女回去休息，就算她們要再進來，也一定會告知她的。當下，她的心跳快了起來，是不是進歹人了？

悄悄用手指將床幔戳開一條縫，只見在她的衣櫃前站著一個男人，這個男人手上還拿著她的肚兜！手上摸好瓷枕，她立即放聲叫了出來。「啊——有登徒子，快來人！」邊喊著，她邊將手上的瓷枕擲了出去。

六郎沈木琛靈活一躲，趕緊將手上的肚兜扔出去，「咚」地就跪了下去，死死閉著眼睛喊道：「嫂嫂，對不起，我進錯屋了！」

唐婉見他自覺地將身子背了過去，還跪下了，這才稍稍定了定神，腿軟地下了床榻，顫抖著聲音說：「你、你……你不許轉過來！我告訴你，我可是已經喊人了！」

「我不轉、我不轉！」身後傳來窸窸窣窣穿衣裳的聲音，六郎腦門上都要滴下汗來了！蒼天啊，他哪知道換院子了？現在他誤入嫂嫂的屋子裡，真是一百張嘴都解釋不清啊！完了，完了！

唐婉飛快跑到他身邊，將自己的肚兜塞回衣櫃中，因為赤著腳，不小心就被砸碎的瓷枕劃傷腳，頓時「嘶」了一聲，差點跌倒。

六郎下意識就想回頭看看怎麼回事，趕緊制止住自己的身子，只急急問道：「嫂嫂，妳怎麼了？」

單腳蹦跳著回到美人榻上坐著，唐婉撲簌簌地掉著淚，說話的聲音都帶著哭腔。「不用你管，你老實跪著！」

一聽嫂嫂氣哭了，六郎的心更涼了，就連剛剛想著「這是哪位嫂嫂？怎麼好像沒聽見過這聲音」的想法都瞬間消失了，也跟著快哭了。「嫂嫂妳別哭，都是我的錯！我什麼都沒看見，我發誓！」

唐婉惡狠狠地剜了他一眼。

聽見唐婉叫聲的婢女們齊齊拍門闖了進來，一進屋瞧見一個穿得破破爛爛的男人時，當即也是驚叫連連，忙跑到唐婉身邊護著她。

蠟燭被點起，六郎院子中的小廝們手拿木棍，在得到唐婉的准許之後，衝進屋將六郎圍了起來。

唐婉指著他道：「他半夜進我屋子，將他帶下去，交給母親！」她的清白啊！

一聽要將他交給母親，六郎連忙解釋。「嫂嫂，妳息怒，我真不知換院子了啊！」說著，耳邊也聽見許多人都進來了，他連忙睜開眼轉了過去，眼睛掃過身邊的人，這一個個的熟悉面孔，明明都是他院裡的小廝啊！

小廝們在瞧見六郎的眼睛後，也驚疑不定地上下瞅著他。

六郎撓撓頭，又探頭往嫂嫂的方向看去，是位陌生的夫人？這是哪個兄長納的妾嗎？不，不應該啊！

再看看周圍陳設，雖加進來了一些梳妝檯等物，但東西還是他的東西啊，那美人榻還是他淘換來的呢！他喃喃道：「這屋子看著是我的啊……那衣櫃都是我的，上面的劃痕還是我長個兒時劃的呢！」

聽清他的聲音，他身邊一個小廝「撲通」就跪了下來。「六郎？六郎，是您嗎？」

「是，是我。」

「六郎？」小廝伸手撩開六郎披散在臉頰兩側的頭髮，也不顧髒污，細細辨認了一番。

「六郎，真的是您！」

聞言，旁邊的小廝紛紛驚呼——

「六郎！」

「六郎，您沒死！」
「六夫人，您快看，這不是登徒子，是六郎，您的夫君啊！」
「六郎，這是六夫人，您的夫人！」
小廝們通通讓出一條道來，被嚇得兀自還顫抖著的唐婉和同樣震驚的沈木琛雙雙對視，齊聲問：「什麼?!」
唐婉眼中，六郎除了一雙明亮靈動又因受驚而睜圓的眼外，渾身髒兮兮的，衣衫也破了好幾處地方，簡直跟街道上的乞兒沒差別。尤其她剛剛走過去撿肚兜時，還聞到了他身上那許久沒有沐浴過的惡臭。這個人是她未曾謀面就戰死，如今又回來的夫君？
六郎沈木琛眼中，坐在美人榻上的女子長髮披腰，未施粉黛，鵝蛋臉上滿滿都是不可置信，看著都沒有沈文戈大！再定睛看去，她的繡花鞋都被血洇出了一塊紅，定是腳受傷了，便更顯得柔弱可憐了。
見六郎還跪在地上，小廝們連忙將其扶起，尤其是最先認出六郎的那個，貼心為他解釋道：「都傳六郎您戰死西北，夫人為了能有人給您捧牌，所以給您娶了六夫人。」
六郎沈木琛心中說是驚濤駭浪都不為過，一時間不知該感嘆母親對他真好，還敢為他結陰親，還是為自己突然有了夫人而歡喜。
嘴皮子上日日夜夜唸叨著想娶妻，也確實想娶，但他也知道自己不過是侯府庶子，所以從沒當回事，這冷不防的，他就有夫人了？

「夫人，看著好像確實是六郎。」婢女們小聲在唐婉耳邊說著。

唐婉身邊的婢女都是後來調過來的，自然比不過原本就在六郎院子裡服侍的小廝對六郎熟悉，直接就認出了他，不過都是侯府的人，哪有認不出主子的。

唐婉聞言，嚥嚥口水，腦子裡更是一團亂麻。所以她夫君沒死？她忍不住抱緊了身後抽過來的軟墊，這實在……不對啊，他沒死不是好事嗎？

第十二章

還不等唐婉想明白，聞訊而來的沈文戈和陸慕凝身邊的嬤嬤已經到了，其餘嫂嫂們人雖沒來，卻也派了婢女前來詢問。

剛剛隱約聽見唐婉的尖叫聲，又聽到她院子亂糟糟的，可將大家駭得不輕。

小廝連忙抹著眼淚，幾乎是連滾帶爬地去將院門外的眾人迎進來，哭得抽抽噎噎的，話也說不明白。

沈文戈看得心裡一緊。「六嫂如何了？」她加快步子往裡走。怕真出點什麼事，因此沒讓嫂嫂們身邊的婢女進屋，只和嬤嬤兩個人進去了。進去一看屋中有個男子，腦子就驀地「嗡」了一聲，再看滿屋子的人，哭的哭、愣的愣，當即厲聲質問道：「怎麼回事？你們怎麼看門的？還讓外男進屋了！」

那嬤嬤也算是看著六郎長大的，越看越覺得不對，拉著沈文戈的白裘說：「七娘，您看，他像不像六郎？」

沈文戈隨她的話看去，就見髒臭可聞的男子衝她咧出一口大白牙。

「嫮嫮，是我，妳六兄！」

「嗯？」她一懵，捂住嘴退後一步，然後反應過來，急忙奔了過去，捧著他的臉左看右揉。「六兄？」

他應了一句。「是我！我大難不死，從墨城跑回來了！哎哎哎，別過來、別撲，妳身上的可是白裘，我這都快三個月沒洗澡了！」

想給他一個擁抱的沈文戈，眼中淚花都快被他弄沒了，她焦急地說：「六兄，真是你，你沒死！」然後她趕緊去抓嬤嬤的手。「嬤嬤，快去告訴母親！」

「哎，好！」嬤嬤索利地往外走。

沈文戈又擺手讓所有小廝、奴婢們出去，這才能好好看向六郎。「六兄，你瘦了。」

六郎沈木琛舉起手握了握拳，道：「沒事，更結實了！」

「你怎麼從墨城回來的？」問著，沈文戈看向他那雙底部都快要爛掉的鞋，哽咽地問：「跑回來的？」

「唉，別哭啊妳！沒有、沒有，就跑了小一半路。」他伸手跟她比劃著，示意只有指甲蓋那麼點的距離。「後來我碰上好心人，坐到人家的牛車。」

撒謊！沈文戈淚眼朦朧地看著他，要是真的早早坐上牛車，會現在才到長安？

「別哭別哭，我這不是好好的嗎？」六郎求助似地看向榻上的女子，就看到那位也哭了，頭突然就大了，而後腦中靈光一閃，忙說道：「嫂嫂，我需要趕緊面聖，我身上有行軍記錄！」

沈文戈雙手蹭去臉頰上的淚。「行軍記錄？」

「對！墨城到底發生了什麼事，上面全都有！我得趕緊向聖上稟告！妳幫我問問母親，看她有什麼法子能讓我見到聖上，這個很緊急！」看她瞪圓了眼，本想伸手揉揉她的髮，可見到自己指甲蓋裡都是泥，他便又將手收了回來，笑得像隻狐狸似的，衝她眨眼睛。「怎麼樣？妳六兄還是很厲害的，行軍記錄一角沒缺！」而後他輕聲道：「我回來了，我會為那些陣亡的士兵向聖上討個公道！我會為他們揹上的罵名討個公道。沒有人通敵，是我們被拋棄了。」他用的是「拋棄」，不是陷害。

沈文戈心裡一窒，看向他面上笑著卻一片悲痛的眼底，什麼話都說不出來了。

急匆匆趕過來的陸慕凝見到沈木琛也是極為欣喜，她聽到消息後連髮都來不及梳就來了，直接過去將六郎抱進了懷裡。「好孩子、好孩子，活著回來就好，你姨娘要開心瘋了。」

剛剛還在勸沈文戈的六郎，猛地一股熱浪襲眼，掉下淚來，不好意思地拿手蹭了，結果蹭得臉上越發花了。

聽他說自己得洗洗，太髒了，沈文戈破涕為笑，說道：「洗什麼？你不是要面聖嗎？就這樣去！母親，您不知道，六兄帶回行軍記錄，可以洗刷兄長的通敵之罪了。」

陸慕凝一愣，就見六郎已經開始準備拆衣裳了。他將行軍記錄都給縫藏在衣裳中，這一拽，衣裳頓時裂開，被她一把制止。

六郎疑惑道：「母親？」

「別脫、別拆，面聖的時候，親自拆給聖上看！」陸慕凝堅定地將六郎的衣裳重新穿了回去。她豈會不心焦地想看一眼行軍記錄？但讓聖上信服才是最重要的。「娉娉說得對，你回長安是什麼模樣，就什麼模樣去面聖。」

沈文戈側過頭，揩了一把淚，才輕聲問道：「六兄，你且先告訴我和母親，只有你一人回來嗎？其他的兄姊和戰士們……」

六郎啞聲地張了張唇，在她希冀的目光中道：「我們被分散了，我並不知道大兄和二姊的情況，但我可以告訴妳，在其他幾個兄長幫助我逃出來的時候，他們都還在。傳回長安的消息並不準確，是墨城騙了大家，兩萬的沈家軍，至少我走時，還有千人尚在。」

沈文戈伸手捂住自己突突跳動的心，那就是還有一線希望？夠了，夠了。

說到了墨城戰士，六郎沈木琛急切地看向陸慕凝。「母親，我需要您的幫助，我早一天見到聖上，就能早一天救回他們！明天母親能不能進宮一趟？」

陸慕凝冷靜下來，對著六郎搖頭。

在六郎的心涼了半截，以為如今鎮遠侯府連宮門都進不去的時候，只見她又堅定地開口——

「不等明日，現在就去。」說完，她直接問向沈文戈。「娉娉，王爺那兒？」

沈文戈當即就去拽六郎的手。「六兄跟我走，我帶你找人進宮去！」

「什麼？」六郎沈木琛往回看了一眼，就瞧見榻上女子擔憂地看著他們這邊，他趕緊拉住沈文戈，小聲道：「娉娉，那個……妳……我……我房裡的小娘子，她傷到腳了，妳別忘了幫她處理一下。」

還知道關心人呢！沈文戈也是這個時候才想起來，給六兄娶了唐婉這事，他還不知情。她對陸慕凝道：「母親，您別過去了，一是折騰，二是嫂嫂們聽到消息會過來了，您得穩住她們。再者，六嫂傷到腳了，須處理。」

陸慕凝趕緊頷首。「快，妳帶他去！萬一……我是說萬一王爺那裡不行，我現在就準備去拜見皇后娘娘。」

「嗯！」

一路上，沈文戈拉著六郎飛快地往她院子裡走去，白裘都被風吹得飄揚了起來。

六郎就在她身後，一邊幫她壓住白裘，一邊嘟囔道：「這也太輕了，等回頭，我給妳獵張更好的皮子來！話說回來，娉娉妳要帶我去哪兒？哪個王爺啊？」

院子裡的奴婢和小廝看見六郎，都驚得連連捂嘴。

倍檸更是乾脆將雪團抱了過來。「娘子，可要帶著雪團去尋王爺？」

「不用，把梯子給我架上！」

六郎沈木琛看著牆頭的梯子，再看看沈文戈，又看看牆頭的梯子，只見他妹妹已經爬上去了，動作之熟練，一看就是爬了許多遍的樣子！啊這……不應該吧？爬牆是什麼情況？他也只是小一年沒回家而已，怎麼什麼都變了？

「妳慢點，可別摔下來……阿嚏！」他身上衣裳太單薄，凍得直接打了個噴嚏。

聽見他打噴嚏，沈文戈的動作更快了，牆頭上她剛冒了個頭，一眼就看見站在廊下的蔡奴，頓時就驚喜了，有他在，代表王爺就在附近！她直接問道：「王爺可在？我有事找他。」

蔡奴向她拱手，扯著嗓子喊道：「娘子，阿郎正在沐浴，待阿郎泡完，奴就跟阿郎說，娘子且先回屋等會兒。」

等不了了！沈文戈低頭看著被凍得更加可憐兮兮的六兄，咬咬牙道：「我有非常緊急的事情要見王爺，我……」

蔡奴走到近處，體貼道：「娘子別急，輕聲跟我說，這院子裡都是阿郎的人。」

「我六兄未死，今日歸來，想求王爺帶他面聖。」

沈文戈的六兄？西北墨城戰死的戰士！蔡奴驚訝萬分，立刻道：「他現在人在何處？」

「在這兒呢，六兄你說句話！」

站在梯子旁小心給她扶著梯子的六郎納悶道：「啊？嬤嬤，說什麼？」

一牆而已，本就不隔音，蔡奴聽清楚後當即拱手。「娘子稍安勿躁，我這就去找阿郎！」

「阿郎。」

水氣瀰漫，王玄瑰聽見蔡奴進屋，轉了個身。「沈文戈找我何事？可是翻譯的書不夠？」他本來就沒睡著，沈文戈找他，他早就聽見了。此時他懶洋洋地趴在池壁之上，睫毛上綴了顆水珠，隨他眨眼間落向胸膛。

蔡奴一臉凝重地說：「七娘的六兄未死，回來了，西北墨城之謎可解。阿郎，奴這就給阿郎安排馬車，帶他進宮吧？」

「慢著，」王玄瑰皺眉，確認了一遍。「他沒死？」

「沒死。」

水聲嘩啦響起，王玄瑰直接邁了出來。「給我穿衣，頭髮不用絞了。陛下這個時辰肯定不在宮裡，西北傳來消息，御史大夫察覺墨城上下都不對勁，正在拿運送軍糧的人當突破口，他今日心情好，定在泡湯池，我們去湯池。」兩三下將衣裳穿上，腰封也不弄了，直接披上大氅出了門。

沈文戈正在牆頭，見他出來了，頓時鬆了口氣，待人走近，發現他髮梢還滴著水，被寒風一吹，很快就變硬，不自覺就攥了拳。「王爺，外面天寒，你這頭髮……」

「妳六兄呢？」

兩人一齊開口說話。

王玄瑰不在乎地道：「沒事，讓他過來。」

她又瞟了一眼他的頭髮，到底沒說什麼。旁邊已經重新架了梯子，她示意六兄爬上來。

六郎完全不解其意，她剛剛說什麼讓王爺帶他去面聖，沒記錯的話，家裡隔壁是宣王府吧？讓宣王帶他面聖嗎？他還不想死得那麼早啊！爬上牆頭看見立於牆下的男子，頓時倒吸一口涼氣，還真是宣王！

六郎磕磕巴巴地道：「拜見宣、宣王爺。」

王玄瑰瞧見他那副尊榮，眉頭都皺得要打結了，指了指他手下的梯子道：「過來，跟本王去見聖上。」

狠狠嚥下唾沫，六郎顫巍巍地翻了過去，給了沈文戈一個無辜害怕的眼神。

沈文戈對他道：「去吧，六兄，沒事的。」

不不，他覺得有事啊！

待六郎一落地，王玄瑰就對沈文戈道：「我這就帶他去見聖上，保證讓他全鬚全尾的回來，妳不要乾等著了。」

沈文戈點頭，見他們要走，又緊接著道：「那個……王爺一會兒上了馬車，讓人給擦乾頭髮吧，省得受風。」

蔡奴制止住王玄瑰想說「一會兒還要泡湯池，擦什麼頭髮」的話，對著沈文戈道：「娘子放心，還有奴呢！」

六郎麻木地跟上王玄瑰的步伐，哀怨地扭頭看了一眼沈文戈，他的妹妹為什麼不關心關心他穿得單薄？揉揉臉，認命地跟著上了馬車。不管了，能見到聖上就好！

進了馬車，他也知道自己現在渾身是個什麼樣子，很自動地占了個角落，抱著膝蓋出神。他能明顯感覺到馬兒跑了起來，並且很快就通過了守門士兵的盤問，直接出了城。

六郎悄悄打量王玄瑰，見他單膝撐著，把玩著手裡的皮鞭，任由蔡奴在一旁為他擦髮，察覺到自己的視線，敏銳地看了過來，眼下小痣都彷彿帶著煞氣，六郎趕緊不敢再看。

馬車很快就停了下來，要見聖上，免不了被層層盤問，他正緊張著不知該如何回答，就聽見在他前面的王玄瑰道——

「他跟本王一道的，不必搜身。」

有了他的話，誰還敢搜身？紛紛將快要碰到六郎的手收了回去。

「王爺請。」

王玄瑰帶著六郎往裡走去。

裡面的聖上見王玄瑰進來，招呼他脫衣入池子。「聽說你帶了個人來，是何人？」

六郎從王玄瑰後面緩緩而出，「咚」地跪到地上。「臣，見過聖上。」

「你是何人？」聖上看他頭髮雜亂、衣衫襤褸單薄，在寒冷冬日裡，有些地方已經凍出凍瘡來，身上髒污可見，不由得問道。

六郎跪趴在地，兩滴淚從眼中落進身前磚縫裡，擲地有聲地道：「末將乃是西北墨城瑤將軍旗下，隸屬鳳弈隊的百郎將，亦是鎮遠侯府六子，沈木琛！」

西北！墨城！鎮遠侯府！

聖上激動得要站起來，險些滑倒在湯池中，還是王玄瑰立即跳下去扶住了他。聖上死死抓著王玄瑰的手，問道：「聽見了嗎？是不是我出現了幻覺？」

王玄瑰將他扶好坐下，才道：「是鎮遠侯府將人交給我的，聖上，他活著回來了。」

「活著好、活著好！」聖上指著六郎，對一旁的宦官道：「快將六郎扶起，到孤面前來。去將起居郎叫來！」

六郎自己拍拍已經全濕的褲腿站了起來，走過去，但哪裡敢站在池邊俯視聖上？便又再次跪了下去。

見狀，聖上指著湯池道：「你莫怕，來，脫了衣裳跟孤一起泡。你身上有凍瘡了，正好活活血。」

旁邊的宦官聞言，一臉欲言又止。

已經在水中、濕了衣裳正在脫的王玄瑰，動作也是一頓，又不急不緩地將衣裳給穿上了，遮蓋住肩窩，默默走到池邊打算翻上去。

六郎連連搖頭，自己身上髒臭，哪敢和聖上一起泡？

宦官適時出聲。「聖上，六郎下水該不自在了，不如先這樣吧？看，起居郎來了。」

專門負責記錄聖上一言一行的起居郎，已經見怪不怪地立在湯池不遠處站定。聖上愛泡湯池，拉著朝中大臣邊泡湯池邊商議政事是常有的事，是以他拉開手中竹簡，提筆就準備記錄。記好日期後，他輕聲詢問旁邊的小宦官。「此是何人？」

「鎮遠侯府六子沈木琛，什麼什麼百郎將的。」

起居郎一愣，手中毛筆險些污了竹簡，他抬起頭看向六郎，目露不忍。

聖上見起居郎已經到了，六郎自己又堅持不下水，也顧不得旁邊的王玄瑰，對六郎道：「快跟孤說說，西北墨城一戰，到底是怎麼回事？」

六郎再拜，而後抓著自己的衣裳道：「聖上，末將衣裳裡面有當日戰事的行軍記錄。」說完，他唰唰兩下，將自己的裡衣撕碎，這動靜驚得宦官一個箭步擋在了聖上面前。

王玄瑰向那宦官示意沒事，讓他退下，好叫聖上看清楚。

只見六郎光著臂膀，已經撕了的裡衣露出貼合著的羊皮紙卷，看大小，是藏於後背之上的。這還沒完，他又將褲子脫下，將縫於兩條大腿上的幾張巴掌大小的羊皮紙卷拿出，將它們按照順序擺好，恭恭敬敬地捧過頭頂，將事情娓娓道來。

「請聖上閱。去年年末，燕息國三皇子率十萬大軍，夜困墨城……」

墨城險要，比鄰山林，後有峭壁，是一處天然的易守難攻之地，燕息國攻至圍城，是誰都沒有想到的。

負責點烽火的將士被殘忍殺害，他們在一無所覺之下，被動慘遭圍困，此一困，便是十日之久。城內人心惶惶，戰士們死熬十天，亦是疲憊不堪。

「將軍，燕息拒絕談話，殺了我們派去的人！」

兩軍交戰不斷來使，那也要分情況，燕息此舉，顯然對圍困他們很有信心。

鎮守墨城的鎮遠侯府世子沈舒航走上城牆，一把拽住險些被弓箭射中的士兵，在他連連道謝之下，看向遠處密密麻麻的燕息國士兵，同身旁將領問道：「城中糧食可統計清楚了，還能堅持多久？」話落，城牆晃動，卻是燕息國正攻著城門。

「一、二，吼！」

「將軍小心，我們還是下去談吧。」將領欲拉著他往下走。

「無妨。」他二人在此，還能提振士氣。

剛經過秋收，城中百姓存糧在世子沈舒航提醒下，都留著，而糧草也早已經運到，被妥善保存，吃食方面暫且不用擔心。

好在墨城提前做了準備，不至於讓人直接一鍋端了，但情況也不容樂觀，注澆的冰牆被投石器砸開裂了，若要澆火油，勢必又會化冰。

而燕息國狡詐的不光只攻打正城門，墨城共有六個城門，沈舒航在收到沈文戈的信件時，便將所有城牆檢查了一遍，查出了城牆薄弱之處，連帶著薄弱的地方封了兩個城門。

城門從內封死，從外看還是漆紅大門，十分具有迷惑性。也正是被封死的這兩個城門，吸引了燕息大軍的攻擊。戰事剛起時，沈文戈的二姊沈婕瑤就騎馬將城中所有城門逛了一圈，兩個假城門處攻打士兵最多，可見是有探子向燕息通報了城牆薄弱之處。

真不敢想，若是他們沒有將城牆重新修築，封了城門，燕息大軍會不會從薄弱處直接攻進來？需知那城牆薄弱得厲害，可讓燕息輕輕鬆鬆就長驅直入，屆時正值夜晚百姓熟睡之時，一旦被攻入，便是血流成河的局面。

萬幸沒發生，兩個假城門擋住了燕息國攻進來的步伐，只需留守少量士兵看管，能讓他們將更多的士兵挪到其他城門處，稍微喘口氣。

城中一共才五萬兵馬，連對方一半都不到，精銳更是才三萬，硬碰硬絕對是他們吃虧。加之燕息圍困不了他們多久的，他們打的是速戰速決的套路，等西北節度使反應過來墨城被困，派兵來救援，燕息便不能再圍困他們，所以最晚挺過一個月，墨城之危必解。

怕的就是，無人知曉墨城之危。

士兵們輪班休息，受傷者不計其數，城中派出去求救的士兵也不知跑出去沒有，還要再派。

「我們不能再這樣下去，」沈婕瑤大口喝著菜湯，兩三下就將東西吃完，一抹嘴，繼續說：「我帶人出去跑一圈，能殺多少殺多少！」

「胡鬧！」一城中看不起沈婕瑤一個女兒身，偏偏因著父兄均是將軍，最終也混成個將軍的將領，立刻出言制止。「燕息十萬大軍，埋都能將妳埋死！瑤將軍還是看清現實的好，妳死了沒關係，可別帶著兒郎們一起送死！」

墨城情況危險，現在還有時間玩勾心鬥角那一套？沈婕瑤理都沒理他，逕自對著世子沈舒航說：「將軍，派我五千兵馬。」

養一頭戰馬所耗之資要比培養士兵還要多，沈舒航沈默片刻，並未因她是自己的妹妹就有所偏幫，先問：「妳可有把握一個不死的帶回來？」

「有！」沈婕瑤大聲道：「我不深入燕息，就繞著墨城轉，騷擾攻城士兵，見勢不妙就跑。總不能讓燕息覺得我們只敢躲，不敢衝！」

屋裡將領早都扒完飯了，聞言一個個湊到沙盤前，開始擬定可行處，別說，還真行。

沈舒航作出決斷。「好，瑤將軍率領五千兵馬出城，以騷擾為主，見勢不妙就撤。瑤將軍負責的北城門，交給賀將軍負責，可有異議？」

「沒有！」

當晚，沈婕瑤率領五千兵馬，從最偏的南城門奇襲而出，將南城門的攻城士兵殺了個乾淨，接著又轉道北城門，給北城門減輕了不少壓力，見燕息已經發現他們了，就立刻回城。

「二姊厲害！」負責在南城門看守的六郎，上前給了沈婕瑤一個大大的擁抱，低語一句，一觸即分，隨後大聲笑道：「瑤將軍明日可要多多光顧我們南城門啊！」

「呸！我們西城兩個城門，瑤將軍都沒來過呢，明天也該輪到我們了！」

沈婕瑤臉上一道血點子，明光甲上遍布著血，騎於馬上向大家拱拱手。「諸君辛苦，明日等瑤將軍臨幸你們！」

「呿！」

噓聲一片，卻是將緊張的戰時氣氛挑活了。

墨城裡歡呼著，卻不知曉燕息主帳內，三皇子尚未睡，一身金黃盔甲在身，濃黑劍眉緊擰。一張秀氣的臉上眉骨高挺，顯得整張臉好看之餘，還英氣十足。

三皇子聽著將領稟告南城門兩千戰士死於瑤將軍之手後並未生氣，要是他們只會死守城池，那還算什麼鎮遠侯府的人？

嘴裡唸了兩遍「瑤將軍」後，他突然道：「讓城裡的人行動！」

當晚半夜，燕息國營地烤起了全羊，香味直順著寒風飄進每日不敢吃飽、勒著腰帶過日子的墨城百姓鼻尖。餓啊，真餓！

燕息國突襲，百姓們沒來得及撤離進山林洞穴中躲避戰亂，在城中便是巨大的隱患，沈舒航每日安撫他們的情緒，能緩解的也有限。

如今燕息可恥地用肉香擊潰他們的心裡防線，那根本沒有地種、餓得不行的百姓們，在不知道誰的一句「我們管將軍們要糧」之下，集體往軍糧貯放的地方移動了過去。

大批大批的百姓從家中走出，小巷道上本就窄，沈舒航生怕他們出點什麼意外，緊急讓士兵鎮壓，頓時哭聲四起。

但再哭，也沒到山窮水盡之時，軍糧這時不能動，誰知道燕息會圍困他們多久？何況，百姓們家中尚且有糧。

可百姓們不懂啊，他們不理解，也聽不進去，他們就知道軍方有糧卻不給他們吃！

此時，有人高呼道：「我們搶糧！」

嗖！箭羽封喉，那人當場氣絕。

還沒有起來的騷動立刻平息了下去，百姓們紛紛後退，懼怕地看著往日儒雅的將軍，現在卻在親手收割他們的性命。

沈舒航手中弓箭未放，冷喝道：「所有人回自己屋中去，再敢出言挑撥，一律按戰時叛徒處理！」

沒有人再敢出聲，生怕自己成為下一個死去的人，他們驚恐地看著沈舒航，跌跌撞撞地往家裡跑。

沈婕瑤將被箭射死的人檢查一番後，臉色凝重道：「是燕息細作。」沈文戈信上之言，又一次說中了。她和沈舒航對視一眼，均從對方臉上看見了不安。

六郎沈木琛看著邊往家裡跑，嘴上邊喊著「沈家軍殺人了」的百姓們，嘟囔道：「保護他們的時候，怎麼不聽他們念我們的好？我們有多少士兵死了，但我們可曾逼迫他們也上戰場？」剛說完，腦袋上就被三郎沈念宸摸了一把。

「去睡覺，明日還要守城門。」

氣鼓鼓的六郎嘛著嘴往回走時，驀地聽見「轟隆」一聲，餘光只見一道沖天的大火陡然升起，照亮了近半城的火蛇張牙舞爪，黑煙滾滾。

「糟了！是糧草存放之地！」

待他們跑去時，什麼都來不及了，火蛇已起，非人力尚能搶救的。

所有人頭頂冒著寒氣，沒有糧，他們還能撐多久？

空氣中隱隱傳來不知在哪裡的百姓聲音——

「還不如給我們分了呢！現在被燒了，不會來搶我們的糧吧？」

「我呸！我沈家軍什麼時候搶過你們的糧？是誰？誰在那背地裡說話？有能耐當面來說！」

三郎制止住憤怒的六郎，火光映著他整張臉都是橘紅的。

沈婕瑤看著面前的一切，突地回頭向四周一個個焦急難安的士兵們望去。軍糧重地，他們派了重兵把守，且為了迷惑燕息，還做了另一個有模有樣的軍糧存放處，可怎麼偏偏燒掉的就是這個真的？還是突破了重兵把守燒成！除非，這個人身居高位，是他們的同僚！

誰？是誰？是沈文戈信上所言的那個刀疤臉嗎？誰臉上有疤？可惡，這些將領們一個個臉上都沒帶傷！

「瑤將軍，」一直跟著她的副手薛寧中拱手對她道：「將軍要連夜開會，妳快去吧，我在這裡負責看火滅。」

沈婕瑤眼睛都氣紅了，進了沈舒航的屋子，迎面便是一個將領的諷聲——

「我就說讓瑤將軍出去擊敵做甚？現在可好了，這就是燕息的報復！我看那些百姓都是他們的細作挑撥的，為的就是吸引我們的視線，好去燒糧草！」

「賀將軍，管好你手下的人，懂尊卑些。」沈舒航難得說重話，嘴上雖對著賀將軍說，實際上卻是看著出言嘲諷的雷姓將領。

身材魁梧的雷將領冷哼一聲，便不再說話了。

賀將軍老神在在，就像沒聽見沈舒航的話一般。

這位賀將軍是今年才被派來墨城的，慣愛玩陰謀詭計，所以墨城的將領大都不喜歡他們，一個個維護起沈婕瑤來——

「此事怨不得瑤將軍。」

「就是！拚著命出去殺敵還有錯了？」

「要怪也該怪沒看守好軍糧的人，你說是不是，賀將軍？」

「好了，稍安勿躁。」沈舒航道：「眼下之事，是今後怎麼辦？」

所有人吵來吵去沒吵出個章程，雷將領忍不住道：「還能怎麼辦？沒了糧，我們堅持不下去，趕緊出城迎敵，派人求救啊！」

所有的將領都知道該這樣做，問題是，派誰出城送死迎敵？那可是燕息十萬將士！又要派誰捨了命去求救？那是九死一生都未必能逃得出去的啊！

眾人皆沈默了。能坐在一起商議的將領們本身便是從屍山血海中殺出一條生路的，他們不怕出城迎敵送死，但他們心疼手下的兵啊！

三郎沈念宸也在這屋中，他平日裡沈默寡言，將領們都習慣性地忽視他，可他卻是第一個領命的。「我去。」他看著沈舒航的眼，堅定地道：「我率人出城迎敵。若墨城被破，燕息大軍勢必南下，我們必須守住，堅持到援軍到來。」

「好！」又一將領道：「我率人出城求救，與宸將軍一起，宸將軍為我掩護。」

次日，天光還未大亮，夜晚中默認休戰的雙方已經準備重新開戰了。

墨城城門大開，三郎率領一萬將士出城。

「喝！」煙塵起，雪花飄，兩方狠狠交戰在一處。

在他們交戰的過程中，三郎護著一支百人隊伍往外撤。

燕息三皇子騎於馬上指揮，金色盔甲在陽光下熠熠發光。「攔住那百人，一個不留！」

兩萬人齊湧上，百人怎敵？三郎見勢不妙，將跌落在地、險些被馬蹄洞穿的將領一把抄起，就這麼拽著他，騎馬下令退城。

這是一場失敗的戰事。他們的一萬將士折損了近一千人，還有兩千人受了傷。消息傳遞不出去，墨城豈不就跟甕中之鱉一樣？所有人的情緒都很低迷。

而隨著他們的失敗，城中百姓們的焦躁更加難掩，到處都是哭聲，劫掠之事也時有發生，軍隊還要分出人來維持城中治安。

賀將軍道：「不行，一萬人太少了，至少也需要兩萬，城中也得有人守著。」

目前墨城的三萬精銳裡，就有沈家軍的兩萬，他的暗示很明顯，他想讓沈家軍出城迎敵。

這種緊要關頭，就不能放棄各自的陣營，一心一意迎敵嗎？

以沈舒航為首的將領們紛紛怒視賀將軍，但賀將軍不懼，沈舒航自然也不上當。

之後幾日，繼續嘗試不同將領帶隊突圍，可仍舊沒有一支隊伍能將消息送出去。

城中將士愁眉不展，百姓們瑟瑟發抖，可最擔心的事情還是發生了。五萬將士每日要消耗的口糧都是一個恐怖的數字，糧草被燒，他們沒糧了……

沈舒航下令向城中百姓買糧，首當其衝的便是墨城中的豪紳們。他們知道，要是將士們沒有吃的，那墨城就守不住了，是以紛紛慷慨解囊，可這些糧食也沒能撐持多久。

漸漸地，開始有百姓自發地捐糧，大部分都是老年者。然而，糧食還是不夠，墨城整日都能聽見哭聲。

最後一根稻草，爆發在墨城一戶人家，長輩要給軍隊送糧，卻被家裡小輩制止，小輩失手將長輩推倒在地，害長輩身亡，小輩自己承受不住壓力，也懸梁自盡了。

城中百姓開始怒罵軍隊不作為，問他們為什麼不去和外面的燕息拚命？他們已經很苦了，還要來搶他們的糧食！

內憂外患之下，燕息又有了新的動作。

「城裡的人都聽著！」

燕息國喊話了，將領們紛紛起身來到城牆之處。

「我們三皇子只要你們的大將軍，鎮遠侯府世子沈舒航之命！你們若將人交出，我們這就退兵，絕對不進城，亦不會傷害你們分毫！我們三皇子之友便是命喪世子之手，是以這仗只是私人恩怨！」

「胡扯！」有將領憤而出聲罵道。都打成這樣了，扯什麼個人恩怨？糊弄誰呢？這哪是逼他們獻上大將軍，這是打壓他們的士氣來了！

燕息國鼓聲未停，聲音還傳著，將領士兵們皆憤怒不已。

然而，城內聽見這話的百姓們，卻一個個振奮起來。他們誰也沒敢真的說什麼，可那一雙雙在這個時候異常璀璨的眸子，卻讓所有看見的人都不寒而慄。

在城中險些出現易子而食的事情時，沈舒航作出了決定。「既然他們點名讓我出戰，那我便領兩萬兵馬出城，以我為誘餌，你們乘機突圍求援。」
眾將領齊聲阻止。「將軍，不可！」
沈舒航抬手示意他們不要再勸，軍令如山，聽令行事，墨城不能破。
沈婕瑤眼見勸不動，當即便道：「我負責求援。」
「我來！」
各將領紛紛爭搶，最終定下包含沈婕瑤在內的三人，各自率三百人輕裝上陣，快速求援。
三郎沈念宸抱拳道：「我跟隨將軍出城迎戰。」
「我也跟著將軍！」
沈舒航壓下他們的聲音，看向賀將軍，問道：「賀將軍可能守住墨城？」
賀將軍一臉正色。「末將必不辱使命！」
兩萬沈家軍點名完畢，沈舒航一身明光甲，手拿長槍，在空中耍了個槍花，騎在馬背上道：「我沈家兒郎聽令，隨本將出城殺敵！」
「殺！殺！殺！」
兩萬將士跟隨著一馬當先的沈舒航殺向燕息軍隊，先是步兵狠狠交鋒在一起，而後是戰馬嘶鳴，長槍挑起一個又一個敵人。
燕息十萬軍隊，也並不都是精銳，那些湊數的民兵們被沈家軍勢如破竹般擊敗，他們就是被燕息推出來送死，消磨沈家軍力氣的。

待雙方膠著時，燕息精銳才悉數全出。

與此同時，墨城的六個城門也遭受到了瘋狂的攻擊。

賀將軍緊急調派人手，站在城牆上喊：「都給我堅持住！城不能破！」

沈家軍如一柄利劍深入燕息軍隊內，可有一支悄然移到邊緣，已經快要在大部隊的掩護之下衝了出去。

站在戰車之上的燕息國三皇子察覺出不妥，立刻讓人圍堵，做出安排。

沈舒航分神一看，就見沈婕瑤已經快要衝出去了，當即命身邊人大聲喊著——

「你們要的世子就在此！不是私人恩怨嗎？就在此、就在此！來戰！」

身邊士兵喊著，沈舒航勒緊突厥馬，馬兒嘶鳴，他換了個方向，直奔燕息三皇子而去，沈家軍便跟在他身邊，朝著那方向戰去。

「保護三皇子！」

三皇子拂去士兵圍擋。「去追那支軍隊，命所有攻城士兵從後包抄！」攻城是假，想包抄才是真，他要沈家軍跟盤菜一樣，被他燉了！只要沈家軍一敗，墨城就是囊中之物。

在墨城的細作喜得大聲喊叫，煽動百姓道：「快看，燕息真的退兵了，他們去追將軍了！我們別給他們開城門了，只要抓了將軍，他們就不會回來了！」

墨城城內，賀將軍忙著讓士兵們修建垮塌的城牆，又要忙著查看有多少士兵傷亡，重新部署士兵防守力量。等他再次站上城牆時，沈家軍已經深陷燕息軍隊中，四面八方都是人，都是敵人！他遙遙看見有一小支軍隊奔向山林，不由得大喜。「好！」只要突圍出去，找到西北節度使，就能搬來援兵了！

「將軍，我請兵去支援！」之前訓斥過沈婕瑤的雷姓將領，突然抱拳請求出戰，他心中戰的信念高漲。

可賀將軍只是看了他一眼，拒絕了他的請求。「城中還需要你們保護，你們走了，萬一燕息掉頭攻城，怎麼辦？」

雷將領一聽，也是，便只能焦急地看著沈家軍如深陷泥潭般，給那小支軍隊牽制出了足夠的時間可以跑出去。

沈婕瑤一行人成功鑽入林中，只要進了林子，以他們對地形的熟悉，後面的追兵就不足為懼了。他們一直向深處跑去，在途經曾經存放過食物的山洞中短暫逗留，掏空了一個山洞的糧食後，便從另一條小路下了山，去找求援。

而在他們身後的燕息士兵，被他們三甩兩甩的，終是跟丟了，只好返回。

見燕息士兵無功而返，沈舒航當即下令撤退。

「傳將軍號令，沈家軍，退！」

「退！」

沈家軍齊齊轉身，以尾部為針，沈舒航斷後，欲要從燕息圍困中突圍出去。

三郎一把抓過跌落馬下的六郎，將其扔在自己的馬背上，眼見四郎險些被砍中，連忙喊道：「四郎，小心！」

馬蹄聲、吶喊聲交雜著，四郎什麼都沒聽見，但他一個翻滾躲過，抬起手臂阻擋，明光甲與砍刀相碰，發出刺耳的聲音，而後眼睜睜地看著自己的一個同伴，連明光甲的護心鏡都被捅碎了扎在地上，只能恨恨翻身，找了匹戰馬騎了上去。

「兒郎們，我們殺出去！」

「殺！」

沈家軍都是有血性的漢子，從後包圍者又非燕息的精英，是以糾纏了片刻，他們就成功跑了出去。

大部隊飛快地向墨城逃竄，在離城尚有段距離的時候，他們便高聲喊道：「開城門！」

「不能開！」眼睛冒著不能稱之為人的目光的百姓們，齊齊擋在了城門前，他們有男有少有女，瘋魔了一般地喊道：「不能開！開了燕息軍隊會跟著他們一起攻進來的！」

「不能開！留他們在外面消磨燕息戰力，然後我們……我們跑啊！」

「對！剛剛世子帶著兵，牽制了所有的燕息軍隊，確實如他們所說，他們沒打算攻進來！」

「你們難道還有沈家軍厲害不成？開了城門大家一起死啊？」

「不能開、不能開！」

人越聚越多，越來越多的人擠到城門口，他們振臂吶喊著，一個個自私涼薄到令人心驚。

守城門的士兵們恨得眼睛都紅了，罵道：「不給他們開城門，你們是想讓他們死在外面嗎？」

沒有人聽他們的，或者說，這些鬧著不開城門的人，迴避著沈家軍也會身亡的事實，只覺得自己就是對的，他們這是為了全城人好。

雷將領時刻關注著下面的情況，見白雪騰飛，煙塵四起，他們匆匆而歸，急忙道：「將軍！他們回來了，快下令開城門！」

賀將軍計算著沈家軍的消耗，注視著即使被追趕，也能以一敵百的沈舒航，想起蘇相的囑託，於是說道：「急什麼？人還沒過來。燕息追得緊，門開早了，小心他們跟著一起進城。」

「這、這……」雷將領焦急地扒住城牆的石頭，快點，再快點啊！「他們快到了，快到了，將軍！」見賀將軍依舊不為所動，雷將領突然想到什麼，喝道：「將軍，你在做什麼？趕緊開城門啊！」

「閉嘴！你在跟誰大呼小叫？」

不光雷將領，其餘留守的將領也紛紛上了城牆。「將軍，為何還不開城門？」

「快開城門啊！」

賀將軍冷哼。「我是將軍還是你們是將軍？沒聽見百姓的話嗎？聽令行事！」

被沈家軍攪起的煙塵漸漸撲到城門之上，可城門為什麼還不開？他們拚命拍著城門，時不時回頭看一眼。沈家軍的速度極快，再不開城門，後方的沈家軍湧上來，前面的他們會被碾壓成肉餅的！

「開城門！」

「快開城門！」

墨城城門是需要至少百人齊心協力方能從內打開的，聽著城門外的呼喊聲，守門士兵手都顫了。「將軍還沒發令嗎？」

「沒有人將這些百姓拉走嗎？他們堵在這兒，根本沒法子拉城門啊！」

城門口的沈家軍眼見城門不開，有人喝道：「往兩邊散開，不要都堵在城門口！」

素有軍紀的沈家軍聽到後，立即一左一右散開。

而後，後面抵達者再次撲到城門前，發現城門是關著的！「開城門啊——」

賀將軍見時候差不多了，這才下令開城門。

「將軍有令，開城門！」

守城士兵急忙拽住繩子，可他們卻被前仆後繼的百姓們壓倒了。

百姓們一個個面色猙獰恐怖，嘴裡說著魔鬼的話語。「不能開，燕息就在他們後面！」

「燕息說了只要將軍，那就把將軍給他們！不能開城門！」

有的守城士兵舉起砍刀，可百姓們無懼，一擁而上，邊嚷著「軍隊殺人」，邊強硬的不許開城門。

「將軍，壞事了！」有人登城門匆匆稟告。「百姓聚得太多，阻攔守城士兵開城門，就算勉強開了城門，沈家軍一進，百姓們首當其衝，會被碾壓在馬蹄之下的！如今根本來不及疏散他們了！」

賀將軍立刻回頭，快步走了幾步向城內望去，只見黑壓壓一片百姓的腦袋！他吼道：「還等什麼？快將他們疏散開！」

「疏散不開啊！來不及了將軍！」

寒風頃刻間吹透了賀將軍的盔甲，他暴怒道：「疏散不開也要疏！他們真瘋了不成？」

軍隊很快趕了過去鎮壓，他們看著這些手無寸鐵的百姓們，氣得舉著砍刀的手都在發顫。

墨城百姓們拚命喊道：「你們不去禦敵，卻要將刀劍向著我們？」

「你們讓開，沈家軍還在城外！」

「不讓！」百姓們哭喊著、崩潰著。「讓他們在外面殺敵啊！不能開城門，燕息會進來啊！」

「不能開！」

數十萬的百姓們齊聲哭喊著。「不能開！」

被三郎拎在馬上的六郎一個翻滾率先下了馬，三郎則是一個緊急勒繩。

六郎像每一個來到城門前卻發現城門關閉的沈家軍一樣，他連滾帶爬地撲到城門前，拚命拍著門。「你們快把城門打開！燕息就趕在後面呢！」也就在此時，他聽見了城門裡百姓們齊聲說著「不能開」！一顆心猛然炸裂開來，他絕望地踢著城門。「開城門！快開城門！」淚水混著臉上的血水一道流了下來，三郎彎腰又重新將他抄了起來，他橫在馬上，哭得鼻涕、眼淚一起流。「他們為什麼不開城門？」

這一刻，燕息戰鼓停下，寒風也停了，在戰場上的所有人都聽見了墨城裡面傳出的百姓們聲嘶力竭的哭喊聲——

「不能開城門！讓他們滾去作戰！」

「滾啊！別回來！」

他們……被拋棄了。一顆顆碩大的淚珠砸下，在臉上沖刷出一道道淚痕，沈家軍悲戚地折了回去。

六郎重重地擦了一把臉上的淚，哭得不能自已，頭重重地磕在湯池邊，對聖上道：「我們被拋棄了……」

聖上一口氣險些沒上來，氣得追問道：「後來呢？」

「後來……後來將軍，也就是我的大兄，他也發現了墨城的城門不開，而燕息的軍隊就咬在他的屁股後面。前面沒能進城的沈家軍，已經從兩翼折了回來，他……他決定帶著兩千赴死的沈家軍，引走燕息的三皇子，給我們大部隊爭取能活命的機會……」

地上的雪已經看不出原本的顏色了，它們混著泥土和鮮血，乾涸破敗，和一個個躺在地上的沈家軍一樣。

不知是哪個沈家軍喊了一句。「兒郎們打起精神！我們是沈家軍，將軍們還在！將軍們沒有放棄我們！不要浪費將軍給我們爭取的時間，我們跟他們戰！」

「戰！」

他們眼裡噙著淚，哪怕胳膊再沈再重，也死死握住自己手中的武器，砍刀捲了邊的，就撿起地上不知誰的砍刀來用；明光甲碎裂了就扒走死去同僚的盔甲套上。

他們回頭看去，在燕息的軍隊中，兩千人馬是那麼的脆弱，就像是隨水漂流的樹葉般，稍不注意，隨便一個浪頭打過來，就會被捲入水中。將軍他和那兩千沈家軍們，將活命的機會讓給了他們，他們不能死！

抹一把臉上的淚，他們奔入了林中，而燕息分出的部隊仍緊咬不放。如此，他們越發往林中深處走去，邊走邊逃、邊走邊打。

幸好之前沈婕瑤在山洞中存了糧，三郎、四郎、五郎、六郎分別帶人去取了山洞裡的糧食，他們靠著這些糧食，艱難地活了下來。

夜晚，他們不敢生火，一個個靠在一起喘息。

有個沈家軍突然脫下身上的盔甲，看得周邊人一愣。他不顧寒涼，從衣襟中抽出了羊皮紙卷，腿上的傷口凝固了他就又重新撕開，沾著鮮血在羊皮紙卷上面寫了起來。

他低聲道：「我乃聖上專門安排在沈家軍中負責記下行軍記錄的人，我記到了昨日出城前，現在，我要將後續的全部記上！」

沒有人出言打擾他，也沒有人去討論為什麼聖上在沈家軍中插了人，他們自發地將他圍了起來，為他擋風，還有人脫下自己的衣裳給他披上。

甚至還有人將剛剛受傷、還在滴血的胳膊伸到他面前。「寫，給我寫，把我們的遭遇都寫上！」

「從軍十二載，今生第一次被護著的人背叛、拋棄！」

一個個鐵打的漢子，這輩子流的淚都沒有這短短幾個時辰裡流得多，他們眼睜睜地看著同袍死在自己身邊。

要不是城門不開，他們還能活的！

要不是城門不開，將軍和那兩千沈家軍何至於赴死？

散發著血腥氣的行軍記錄被寫完了，他捧著這行軍記錄來到三郎面前，跪下哽咽道：

「宸將軍，我腿受傷了，你派人將行軍記錄送到長安，請聖上還我們一個公道吧！」

沈念宸接過行軍記錄，亦是悲痛萬分，他道：「身上無傷，年不滿二十三者出列！」

數千人的部隊，出列者不足百人。

「你們，誰覺得自己能勝任將此行軍記錄交到聖上手中的重任？」

年輕的、剛入伍沒有幾年的士兵齊齊退去。「將軍，我是墨城人，我……我從沒去過長安。」

「我……就算到了長安，我又該怎麼面見聖上呢？」

行軍記錄，他們的希望，但這希望太沈重了。

六郎沈木琛對上幾位兄長的眼，擦乾臉上的淚道：「我去！我定會將行軍記錄交到聖上手中！它在我在，我不在，它也必在！」

三郎沒說什麼，只是拍拍他的肩膀。

大家東拼西湊，給六郎湊出完整的裡衣來，將羊皮紙卷縫在了裡面，又怕他汗液打濕了，所以在背面縫上樹葉、麻布。

天一亮，燕息就會出動搜查他們，而他們決定如同將軍護著他們一樣，也護著六郎出去。

一顆小小的希望之火的種子，就在六郎身上種著，那是讓六郎永遠不想回憶的幾天。為護他安全，推他離開之際，三兄斷了一臂，熱血噴灑了他一臉。

同他年齡相仿的士兵，為了掩護他，紛紛死在了燕息的手下。

「走！」

聽著同袍的喊聲，他頭也不回地急急躥入林中，不知跑了多久，身後終於沒有燕息的追趕，他安全了，可他不知道送他出來的沈家軍們是否安好？

他不知道他的大兄能否在燕息軍隊中活下來？

他不知道他的二姊是否成功請到了援兵？

他只知道，他要將行軍記錄送到聖上手中。

在六郎身後很遠很遠的地方，燕息三皇子活捉了沈舒航。

三皇子遙遙望著墨城的方向，說道：「真是一座無情無義的城池啊！」他的黃金鎧甲上濺滿了血，死在他手中的沈家軍不計其數，他用劍挑起沈舒航的下巴。「記住，你的沈家軍不是死在我們燕息手上，是死在墨城人手裡。我該怎麼稱呼你？將軍還是世子？你這個將軍被墨城拋棄了，我便不往你身上撒鹽了。世子，降了吧？」孤勇、奉獻，燕息三皇子是真的佩服他。

「皇子，攻城嗎？」三皇子身邊的將領問道。

三皇子看著因墨城不開城門，己方不知是物傷其類還是怎麼的，一個個即使生擒了陶梁將軍都沒有笑容的士兵，道：「退兵吧。」

「退兵！」

燕息退去，墨城裡百姓歡呼，賀將軍和一眾將領望著城外的遍地屍骸，猶如被冷水澆灌成了不會動的冰雕。

年老者哭泣道：「不開城門，你們會遭報應的！」

為了墨城而千里奔馳的沈婕瑤一個恍惚，差點從馬上摔下來，她心律不齊，狠狠喘息了一口氣，回頭看去，也不知是不是墨城出了事？

她的副將薛寧中將她從馬上扶下，低聲道：「將軍，我知一條小路，可以穿過這裡，以最快的速度抵達西北節度使那兒。」

一起出來的沈家軍紛紛下馬休息喘氣，就連他們胯下的戰馬都累得快要站不住了。

「有小路你不早說，薛副將不地道啊！看看我這馬累的！」

薛寧中道：「小路艱險，我也是看大家實在累得沒法子了，才想到它。」

沈婕瑤摘下兜整，一頭黑髮早被汗水打濕了，她擦著臉上的汗，問道：「路在哪兒？」

「就在不遠處。將軍，我帶你們去。」

她點點頭，天有些黑了，若是以往在外面，天黑肯定要休息的，但現在不行。她回頭看向薛寧中，欲要讓他帶著他們前去，卻在看清他的那一刻，全身汗毛豎起，頭皮炸裂。

他的臉上，從鼻梁橫貫至左臉上，一道還泛著紅肉的傷口猙獰地暴露在外面！

小心臉帶刀疤之人！這是沈文戈在信裡百般囑咐的話！

她心裡泛著寒氣，悄然摸到腰間砍刀，問道：「這臉什麼時候傷的？破相了啊！」

薛寧中不在意地道：「跑出來的時候傷的，沒事。疤嘛，男人的象徵。」

「呿！」其他的沈家軍笑他。「我告訴你，有了這疤，日後可不好娶夫人啊！」

就在這個時候，沈婕瑤突然暴起，一腳踢向薛寧中的腿彎。

薛寧中急忙閃避，面前就迎來一個砍刀，他瞳孔收縮，扭腰旋轉，一把抓住了沈婕瑤的手腕。「瑤將軍？妳這是做什麼？」

沈婕瑤冷笑道：「薛寧中，你武藝不錯啊，都能攔下我的刀。」

薛寧中眼皮子一跳，就見沈婕瑤砍刀突然橫移，奔著他的脖頸劃去，他趕緊避開。

兩人突然打了起來，本來以為他們二人是在切磋的沈家軍，看見沈婕瑤招招盡是殺機，猛地站了起來。

沈婕瑤廢話不多說。「一起上，將他給我拿下！他是燕息細作！」

所有沈家軍立即圍攻了上去，薛寧中自然不敵，最終被綁起雙手，跪在了沈婕瑤身前。

瞧見她滿臉肅然，殺意四射，他知自己這一遭是躲不過去了，不由得問道：「我哪裡露出了馬腳？難道是讓你們換路表現得太心急了？」

一旁的沈家軍恨道：「同袍十年，你還真是燕息細作?!」

薛寧中笑了笑，剛要說話，突然天旋地轉，脖頸處噴薄出血液來。

沈婕瑤道：「不必跟細作講道理！墨城肯定出事了，如今已經沒有燕息追兵，我們兵分兩路，你們繼續去找西北節度使，我帶他們返回去！」

「是，瑤將軍！」

返程途中，沈婕瑤巧遇燕息三皇子他們撤退，聽見他們說活捉了世子，她當機立斷，讓所有人將自己身上的明光甲脫去，扔進林中，悄悄尾隨而上。

因不敢跟得太近，路上還險些跟丟了。

長安城外的驪翠宮中。

六郎將頭死死抵在湯池邊上，淚水和池邊溢出的水混在一起，他哽咽道：「請聖上……為我們作主！」

「孤一定給你們作主！」

得到聖上的親口回答，六郎心中撐著他從西北跑回長安的那股氣倏地散了，眼睛一閉，當即昏了過去。

湯池裡水霧瀰漫，沉香之氣撲鼻，聖上卻靜不下心，怒道：「混帳！」

第十三章

天將將亮的時候，王玄瑰的白銅馬車終於出現了，它徑直停在鎮遠侯府門前，一夜未眠的侯府人立即被驚動。

沈文戈扶著陸慕凝，身後跟著幾個嫂嫂們，急忙迎了出去。她們這一夜，就在前廳枯坐等待。

到了馬車旁，瞧見六兄閉眸，駭得沈文戈趕緊問：「六兄怎麼了？」

蔡奴強健，一把將裹著被子的六郎抱了起來，看得一旁的唐婉睜大了眼。

旁邊的王玄瑰解釋道：「他無事，聖上已叫御醫給他看過，現在只不過是洩了氣，昏過去了。他這幾個月身體太過疲憊，目前在熟睡中。已經給他餵過稀粥和藥了，將他帶回屋，好好讓他睡一覺便是。」

「好好好！」陸慕凝趕緊招呼著沈家奴僕，從蔡奴手中接過六郎，小心將他送回房。

沈文戈目光灼灼又帶著期盼地問向王玄瑰。「六兄現在昏睡著，我們幾個卻是心放不下的，王爺可知行軍記錄上寫了什麼？能不能進屋給我們講講？」

已經一晚沒睡，按理要暴躁的王玄瑰，這回卻一反常態的沈默了。他與沈文戈對視片刻，又看向一個個緊張地望向他的夫人們，轉起了手上的墨玉扳指。

墨城之謎已解，鎮遠侯府遲早會知道真相，倒不如……罷了，也就是早知道和晚知道的區別。半晌後，他方道：「如此，妳們做好心理準備。」

前廳中，王玄瑰被請到主位之上，按照六郎講述的順序，開始同她們講來。他言簡意賅，只挑重點講，不消片刻就說到軍隊和百姓起了衝突，沈家軍出城迎敵，但他們再沒能回去。

手中被用來捂手的茶不知何時灑了去，沈文戈不敢置信地道：「墨城……不開門？所以他們被墨城拋棄了，活生生被擋在了城門外？這怎麼可能？我沈家護了墨城這麼多年，他們就這樣對我們？」

她的話，也是眾人想問的話。

王玄瑰卻只淡淡地道：「人性自私而已。」

他的眼很平靜，平靜到沈文戈覺得他說的是對的，人本就自私，但他們怎麼能恩將仇報？前世也不是什麼她的兄長打開了城門，是城牆破了，燕息一擁而上，她的兄長們死於保護墨城百姓之上。而這一世，城牆沒破，沈家軍卻反而死於百姓們的拋棄上？

那她其餘的兄長們呢？被關在城外，他們肯定會找機會活下去的！

王玄瑰用手短暫地揉了下太陽穴。「世子引走了燕息三皇子，引開了燕息的大量兵馬，妳幾位兄長帶著剩餘的沈家軍入了密林，而後護著六郎逃出來送信。」

那重新燃起的希望，被他這短短的幾句話澆滅了。真是……可笑啊……

厚重的雲層像棉花一樣堆積在一起，饒是呼嘯而過的風兒都沒能讓它們挪動分毫，它們掛在澄淨的天穹之上，遮擋著金烏的光輝，好似在暗示著墨城之戰的慘烈。

這一日，長安城震動，聖上親自頒布詔書為沈舒航、為死去的沈家軍平反。

詔曰——

茲有去歲墨城一戰，大勝燕息，卻累及西北大將軍鎮遠侯府世子沈舒航及麾下兩萬將士身死，後為掩蓋真相，被誣讖通敵叛國。幸得當日戰士，九死一生逃回長安，經孤徹查，此之戰，乃人禍！墨城實乃罪魁禍首！

墨城百姓對外出殺敵之將士關閉城門，逼迫西北大將軍以身誘敵，以讓其餘將士殘逃密林。墨城此行徑不堪為人，孤予以強烈譴責，遂做出如下處理——西北節度使觀測戰事不利，停職降薪一年；剝當日守城將軍賀元軍職，押入大牢，待至長安審理；降當日所有守城將領、士兵軍職兩級；命御史大夫詳細徹查戰役。諸人罪責待定。

並剝奪對墨城百姓的減免賦稅政策，從今日起，墨城人須繳稅。

封西北大將軍沈舒航為鎮遠侯；當日外出交戰之兩萬戰士，若有生還者，連升兩級，賞銀十兩，絹兩疋；確認陣亡者，每人親眷領二十銀撫恤及十斤糧種、兩畝良田。

孤認為曾有「君不見沙場征戰苦，至今猶憶李將軍」，現更該心懷感激之心，戰士保家衛國，怎能背後捅刀！欽此。

該詔書不光在大朝會上宣讀給群臣聽，更在長安府衙、長安城街頭顯目位置張貼告示。負責解讀詔書的金吾衛，幾乎是解釋一遍，哭一氣後就得要換一個人重新開始。簡直不敢想像，要是他們在外征戰，家裡的人卻將大門關起不讓他們進去，他們是何感想？

不光他們，凡是聽聞真相的長安人，都紛紛痛斥出聲，感性之人更是淚灑當場。

有人道：「還好，還好我從來都不信世子通敵，還好我送了他們一路，不然，我得多後悔啊！他們明明是英雄，竟然被安上了如此的罪名！」

亦有人說：「這對墨城百姓的懲罰太輕了！」

「他們擾亂正常軍務，是不是至少也得挨個板子啊？」

「怎麼能做出這樣的事！」

更有人問到了關鍵。「什麼意思？所以那兩萬戰士還有沒死的是不是？」

金吾衛大聲道：「是，聖上已經派就近的軍隊前去救援了！金吾衛左將軍也率人趕了過去，很快就能將他們接回來了！墨城人不要，咱們長安要！」

長安人抹著眼淚。「太好了、太好了，但願能全部回來……」

整座城都在盼望著沈家軍能回來，鎮遠侯府亦是。

六郎猛地睜眼，映入眼中的便是坐在他床榻上想要試探他鼻息，卻被他的突然睜眼嚇到的唐婉，他一個下意識想要翻身滾到床榻內部去，全身卻軟綿綿的使不上勁。

唐婉上前按住他想要起的身子。「哎？別動啊，你身上的凍瘡都給上著藥呢！」

身子被小手一按，六郎猛地紅了臉，不敢動了，乖乖躺了回去。「我睡了多久？我真的面聖了？聖上如何說？該死，我怎麼就昏了！」久未開口，聲音都沙啞得不成樣子。

「睡了兩夜一天了。你別急，你真的面聖了，聖上已經做出了處罰，下了詔書，還了你們一個清白，我拿給你看！」抄寫的詔書就在她手邊，她剛剛還悄悄流淚來著，為沈家軍，也為千里奔波的六郎。

六郎接過詔書，急不可耐地看了起來，看著看著，眼睛就水潤了，險些在她面前哭出來。

唐婉體貼道：「你想哭就哭吧，我什麼都沒看見，這就出去。」

「別，不用。」他拉住她的手，肌膚相碰，兩人都不自在，又很快分了開來。

唐婉道：「聖上已經安排人去救人了，你放心吧。但我瞧幾位嫂嫂還是很想等你醒了後，再聽你說說。」

「嗯。」他小心將抄寫的詔書重新交給她，長長舒了一口大氣。他完成了大家的期盼，他真的面聖了，聖上還他們一個公道了。只求他們堅持住，很快就有人去找他們了！

心中大事一放下，狹窄的床榻上，彼此呼吸聲可聞，另一個人的存在感就突顯了。

他醒了，原本自如的唐婉，也開始覺得手腳都不知道放哪兒好，索性執起被子搭在了腳上。

在聖上那裡被刮了鬍茬，整個人洗乾淨也換上新衣的六郎，就又是原本朝氣蓬勃的年輕將士了。多看兩眼，就讓人怪害羞的。

可她俏生生低著頭的模樣，殊不知也勾人得緊。

六郎也不敢動了，只好瞧著連床頂都給換了的新床頂上的紋路，問道：「妳叫什麼名字？我剛回來，還沒弄太明白，我們……那個……妳……」

唐婉被問得手心都冒出了汗。「我叫唐婉，因家中姨娘想將我賣給人做妻，我便求夫人恩典，准我嫁了你。」這年頭，配陰親總歸是不妥的，既然說到這兒了，她趕緊解釋道：「不是夫人執意要給你配陰親，實在是可憐我！你……要是不想娶妻的話，我們可以和離的。」最後一句，她話說得極小聲。在鎮遠侯府的這幾個月，是她長大以來過得最快樂的日子，她確實有所眷戀，但也不能耽誤了六郎的幸福。

誰不想娶妻?! 六郎險些將這句話脫口而出，最後只道：「既然我們兩個已經成親了，我覺得就好好過日子吧。我就是個侯府庶子，也沒有妳想的那麼好。」

唐婉道：「那我家世更差，更配不上你。」

「哪有什麼配得上、配不上的……」六郎撓撓頭，飛快地瞥了她一眼，說：「妳長得那麼好看，哪還能愁嫁了？能娶了妳，應是我的福分才是。」

被他一句話定了心的唐婉，抿了半天唇都沒有抿住，悄然翹起唇角，小小地「嗯」了一聲。「那我們就好好過日子。」

在這個節骨眼上，六郎的肚子突然發出巨大的轟鳴聲。

唐婉背過身子笑了一下。「我去讓廚房給你端粥來。」

「妳注意點妳的腳，不是劃破了？」等人出去，六郎才氣惱地拍了一下自己的肚子。聞著自己身上的凍瘡膏藥味，再一次肯定了自己已經面聖，不是作夢，他完成了大家的囑託。

兩人的害羞勁沒能持續多久，聽聞他甦醒又用過飯後，坐不住的嫂嫂們一起來了他的屋子。按理，小叔子的屋子，嫂嫂們不應踏足的，但她們真的心急難耐。

四夫人陳琪雪率先開口道：「六郎，你再同我們說說你幾個兄長的事情。」

看著嫂嫂們期待的目光，六郎下意識迴避了三夫人言晨昕的。

見狀，言晨昕心中一顫，閉了閉眸。

他開始講述他們進了密林之後的事情，在說到他們尋到了山洞中的糧食時，嫂嫂們齊齊鬆了口氣，有吃的就還有希望。又聽他說他們一路往密林深處而去，意圖甩掉燕息軍，頓時緊張不已。

最後他說：「雖不知他們現在的情況，但我能肯定，在我走之前，他們都還活著。」

四夫人和五夫人激動地抱在一起，有希望，他們有活著的希望！

兩人謝過六郎後，不想打擾他休息，便要離去，看言晨昕還站在那兒，不由得回頭問：「三嫂，妳不走嗎？」

三夫人言晨昕搖搖頭，她臉上掛著溫暖的笑容，看著同她們一樣欣喜。「我還有些事情想再問問六郎，妳們先回吧，不用等我。」

沒有人起疑心，兩人滿懷期待地離去了。

「六郎，你同我說實話，你三兄怎麼了？」言晨昕笑著，可笑意卻不達眼底，眼睛已然開始蓄積起淚來了。見他踟躕不敢說，她道：「你實話說便是，我都是給他送過葬的人了，不外乎，再接受一次他真的回不來的結果。」

六郎低著頭，而後猛地朝言晨昕跪下了。

言晨昕向後退了一步，若非扶住了旁邊的東西，險些要跌倒。淚水滴落下來，她偏過頭去。「你說。」

「嫂嫂知道，行軍記錄在我身上，那日大家護著我往外逃，燕息就像瘋了似的緊咬不放，我身後一直有他們的追兵，這樣不行，我根本跑不出去，加之密林難走，跑得就更慢了，所以三兄一直護著我往外跑，當時我們被燕息圍困，眼見著……眼見著，刀鋒就要割斷我的喉嚨時，三兄衝上來替我擋了，自己的右臂卻被砍了下來，那血噴了我一臉，道都看不清了，只記得三兄在我耳邊喊著，讓我快跑……」六郎不停地用手抹著眼淚，哽咽道：「我不敢回頭，已經……已經付出這麼多了，大家的希望不能折在我手上。我一直跑、一直跑，所以，嫂嫂，我也不知道三兄的情況。我不知道，他斷了一臂，冬天雪地的還是在林中，還要躲避追兵……嫂嫂，我不知道……」說著說著，他語無倫次起來。「我要是武藝再高些就好了，我要是再厲害點就好了，是我的錯，是我……」

言晨昕恍惚著，半晌才道：「好了，別哭了，你三兄知道你活著回來，定會為你開心的。六郎，你做得很好。」說完，她掏出汗巾，仔細地將自己哭花了的臉擦了擦，像是沒有聽過六郎說的這些話一樣。沒有擾了四夫人和五夫人的喜悅，只自己一人獨忍升起的希望又驟然破滅的苦楚。

與言晨昕一樣的，還有閉門不見客的陸慕凝，和埋頭翻譯的沈文戈。

她們由衷地為家中兒郎有希望生還而開心，又為自己的親人可能不會回來而傷心。

六郎等了許久，都等不來沈文戈和陸慕凝，出於對母親的敬畏心理，他主動去尋了沈文戈。

沈文戈已經翻譯完一半，讓倍檸交給王玄瑰了，正在翻譯剩下的一半。那些嫂嫂想寫的故事，已經因為兄長們可能會生還而擱置了。

見到六郎前來，她趕緊讓倍檸去煮水，語氣裡帶著埋怨。「剛休息沒兩天，你亂跑什麼？想見我，告訴我一聲，我去找你便是了。」

「喵嗚……」雪團在美人榻上伸了個懶腰。

沈文戈指指這團肥球說道：「這是我養的貓兒，是不是很漂亮？」

她越表現得若無其事，六郎心裡越痛，他就那麼看著沈文戈，直看得她不再出聲，他才說：「娉娉，怎麼不問問我大兄和二姊的事情？」

倍檸帶著音曉抱起雪團，安靜地出了屋子。

斜陽透過窗櫺映進屋中，卻巧照在沈文戈身前，沒碰到她一點，形如楚漢兩界。

細碎的陽光下，灰塵飛揚，她輕聲道：「有什麼好問的呢？」她的大兄以自己為誘餌深入敵軍，兩千對幾萬，哪有生還的可能啊？她的二姊是去求援的，明光甲卻被發現就在戰場不遠處，這說明二姊又回去了，很可能跟著大兄一起戰鬥了，那便是幾乎沒有回來的希望了。縱使他二人回不來，鎮遠侯府能活著回來幾個就是幾個，已經是很幸運了。「我很滿足了。這個結果，比起之前，好太多了……」

如果，她眼裡沒有淚，六郎會更加信服的。

夜晚，六郎讓唐婉睡在床榻裡面，自己躺在外側，他突然出聲問：「是不是不該我活著回來？」

本就因緊張而沒睡實的唐婉，一下子清醒了。

六郎又說：「大兄優秀到我不能企及，二姊是女中豪傑，三兄從小就照顧我，宛如半個父親，四兄、五兄從小和我一起玩到大，可偏偏活著回來的是我，是我這個最沒用的廢物！」

「你怎麼能這麼想？」唐婉整個人坐了起來，驚於六郎現在的想法。

「每每看見嫂嫂們悲痛欲絕，小心翼翼期待兄長能活著回來，看著娉娉和母親日益沈默的樣子，我都在想，要是死的人是我就好了，換他們回來。」

「看著我的眼睛！」敢把自己賣給鎮遠侯府的小娘子一把將六郎的臉捧了起來。「你不是廢物，你是一口氣從西北回到長安，為沈家軍向聖上討了個公道的戰士！你去聽聽外面的人是怎麼誇讚你的？要不是你，墨城之戰的真相到現在都浮不出水面，又何談去救他們？嫂嫂們會傷心，可你要是死了，我也會傷心的。」

她手下得有點重，至少六郎感覺到痛了，不然為何他眼角濕潤了？

「過意不去，那便將他們的一併活出來。再說了，人還沒接回來呢，你就知道你幾位兄長不能回來了？」

「妳說得對。」只要人沒回來，一切皆有可能。

與燕息接壤的密林深處，靠近山洞外沿的士兵突然直豎起耳朵來。「我好像聽見有人在喊我們？」

「出現幻覺了吧？」

「哎？不對，我也聽見了！」

大家面面相覷。

有人呢喃道：「好像不是燕息的人……」

肯定不是燕息的人，燕息追蹤他們的人早就撤了。既然不是燕息的人，那會是誰？是他們的人嗎？有人來找他們了嗎？他們不是被拋棄了嗎？

四郎、五郎及其他將領們從山洞深處走出來，確實也聽見了喊話聲。

舔了舔乾裂的下唇，四郎道：「我帶人出去看看。」他帶著兩百人剛走出山洞沒多久，本想繞過那些人，遠距離觀察一番的，就被爬到樹上登高巡視的士兵發現了！

那士兵高喊。「找到了！找到沈家軍了，在東南方向！」

四郎一行人齊齊擺出防守姿勢。

跌跌撞撞找來的士兵們，見沈家軍臉頰凹陷、皮膚蠟黃，都要撐不起身上的盔甲了，瘦得幾乎風一吹就能倒，險些哭出聲來。

「別怕，我們是來救你們的！聖上已經知道墨城之戰的真相，他親自為你們平反了！」

四郎不為所動。「你們是何人？」

「對對對，忘了先自報家門了！我們是新上任的西北節度使特意派出來尋你們的，原本隸屬於昌州。」

昌州確實有一支軍隊……

見他們不信，士兵又道：「我們將軍就在後面，你們肯定認識他！」

昌州軍將軍是個高大威猛的人，聽聞尋到了，不顧樹枝刮刺，匆匆趕來。

一見到他，四郎就鬆了一口氣。父親尚且在世時，他曾跟隨父親見過這位昌州軍將軍。

「見過將軍。」既然是認識的熟人，那自然不用抵抗了，事實上，也抵抗不了，他們快要堅持到極限了。四郎等人帶著他們，深一腳、淺一腳地回到山洞。

昌州軍將軍看他們傷的傷、殘的殘，嗓子啞道：「辛苦了，我現在接你們回家。」

一個沈家軍道：「家？我們沒有家，我們不回墨城。」

「對，我們不回墨城！」

將軍安撫道：「好好，聖上已經派金吾衛來接你們了，待你們先休整休整，把身體養好了，就能跟他們回長安受封了。聖上有令，只要你們還活著，連升兩級！有絹還有銀！」

風聲呼嘯，沈家軍們沈默地啃著他們帶來的糧食，喝著他們帶來的水，沒有人接話。這些身外之物有什麼用呢？他們死去的同袍再也回不來了。不過，六郎實在好樣的，竟然真的跑回長安面見聖上了，他們本來都不抱希望了。

被將軍帶來的兵，一個個哭著幫沈家軍的人換繃帶、上藥。

有人小聲問：「你們就這麼點人了嗎？」

被問話的士兵低下頭不語。

這讓問話的人不忍心，忙道：「對不起、對不起，我不問了。」

四郎道：「沒什麼對不起的，對不起我們的也不是你。我們逃入林中者五千，現就只剩下四千五百一十九人了。」有受傷太重實在沒法子了的；有出去捕獵被野獸叼去了的；還有堅持不下去，看不見希望自殺的，人就越來越少了。

「造孽啊……兩萬沈家軍呢！」

「現在想想，我竟然還去支援墨城了，我真恨不得搧自己一個嘴巴子！他們不配！」

一行人休整完畢後從密林中走出，再次來到墨城前，沈家軍們紛紛仰頭望去，那曾經的、他們保護過的城池，如此的陌生。

「我們，死不入墨城。」

「就讓我們繼續趕路吧。」

昌州將軍道：「好！」墨城之舉，誰不寒心？

車輪下的積雪越來越稀薄，馬車外的景象從一成不變的白雪變成裸露的山石，走走停停，又換了金吾衛接手。

歷時一個月，他們終於徹底擺脫了墨城，來到了聖上腳下的長安城，長安城外一群人正焦急等待著。

四郎剛下馬車，就見遠處一橘衣女子朝自己奔跑而來，他張開雙臂將人抱了個滿懷，嗅著熟悉的髮香，玩笑道：「夫人，我這回連升兩級，可以當副將了，開不開心？」

四夫人陳琪雪狠狠地抱著他，將臉上的眼淚蹭到他衣襟上。「隨你愛升不升，我以後都不管你了，只要你活著就好！」

「一年未見，夫人竟然變得這麼善解人意了，我還挺不習慣的。」

陳琪雪忍不住輕輕打了他一下。「你就欠的！我吼你，你就開心了？」

「那怎麼會呢？」四郎擁著她，滿足得好像擁有了全世界。

五郎鑽出頭，本來耐心等著夫妻兩人話家常的，可一瞧見遠處朝他過來的崔曼蕓，就趕緊道：「四兄、四嫂，讓讓，我要下馬車！」

兩人不好意思地讓開位置，躲遠了些。

就見五郎呼啦地跑了過去，將五夫人崔曼蕓抱住了，然後，試了兩下，沒能抱起來轉圈，頓時委屈道：「完了小蕓蕓，我現在太瘦了，已經抱不動妳了。」

崔曼蕓癟著嘴，拽著他胸前的衣襟說：「說了不要當著大家的面那麼叫我……等你日後養回來再抱。」又將臉湊到他眼下，道：「你看，我以為你死了，哭得眼角都有細紋了。」

五郎湊上去認真地看了看，皮膚吹彈可破嫩得很。「哪有？小蕓蕓依舊貌美！」說完，吧唧地親了她的臉一口。

崔曼蕓就開開心心地窩進了他懷中。

沈文戈和三夫人言晨昕臂彎相挎，跟在她們後面走了過去，她們身旁不斷有人衝進馬車隊中，和回來的沈家軍戰士擁抱在一起。

「我的兒啊，我的兒！」

「母親，兒在！」

「夫君，你沒死？」

「嗯，我沒死！」

慶幸的哭聲、沒尋到人的哭聲，響在兩人四周，越到馬車前，言晨昕的腳步便越緩。

沈文戈早就發現了三嫂這段日子的強顏歡笑，私底下問了六郎，才問出三兄的情況。感同身受之下，她陪著三嫂慢慢踱到馬車旁。

馬車靜默在草地上，微風拂過，車簾動起，言晨昕卻不敢再看。她扭過頭，鼻尖一酸，說道：「嫂嫂，妳幫三嫂去看看吧。」

此時，車簾被徹底打開，一個人緩慢地下了馬車。

「三嫂，妳快回頭！」

言晨昕猛地回過頭，只見日思夜想的人正在馬車外，離得就像當年問她嫁不嫁那麼遠。

三郎熟悉的、溫和包容的眼深情地注視著言晨昕，對她道：「我回來了。」空盪盪的袖管飄蕩在空中，九死一生不外如是，他險些挺不過去。「一想到妳，我便不敢死了。來，我想抱抱妳……」

燕息國白玉城某一處地牢中。

三皇子撕下沈舒航臉上沾了水的紙，重新獲得空氣的沈舒航大口喘息著，可過後依舊神色淡淡，任對方百般折磨都不屈一下骨頭。

紛亂的腳步聲響在這座空盪盪的地牢中。「參見三皇子。」

一雙雙手將沈舒航從橫椅上扶下，沈舒航還以為三皇子又想出了折磨人的新法子，要給他再換一個牢房。可隨即而來的卻是清洗、上藥、餵食、灌藥，雜亂無章的頭髮被整個束起，沈舒航被關到新的牢房中，這裡有乾淨被褥和床榻，甚至還有一把椅子可以坐。

他被安放在椅子上，但他背脊處全是傷，根本碰都不敢碰椅背一下。整個過程無論怎麼折騰他，他都一聲不吭。

三皇子仔細打量他，而後道：「這樣看來順眼多了。」他已經習慣了沈舒航的沈默，隨即擺手讓所有人都退出去。「說來，我真是小瞧你們鎮遠侯府了。」

說的是鎮遠侯府，不單指沈舒航，是以沈舒航的視線轉到了他身上。

「我這裡又有一個好消息和一個壞消息，你想先聽哪一個？你既然沈默，那我就替你選吧，先告訴你好消息，墨城之事已經被你們的皇帝知曉，為你平反了。怎麼樣，開不開心？」

這確實是好消息，不會牽連到府上的其餘人。但三皇子坦坦蕩蕩地告訴沈舒航，甚至沒有騙他投降，只會有更大的陰謀，因而他更為警戒了。

三皇子感受到他的變化，翹起一邊的嘴角，英眉下的眸子裡面滿是得意。「瑤將軍冒死來救你了，然後你猜怎麼著？她被我抓住了。」

沈舒航猛地從椅子上站起而後摔落，他的腿骨早就斷了，撐不起他的重量。他第一次出現怒容，吼道：「你別碰她！」

「我自然是比你還會憐香惜玉的。」他走到牢房前蹲下，透過空隙看向掙扎著往自己方向爬來的沈舒航。「世子就好好養身子吧，等你養好這一身皮，我就帶她來見你。」

「燕淳亦！」

「下次來見你，我希望你能叫我一聲妹夫，哈哈哈……」他眼底一瞬即逝自己都沒注意到的柔情。

從燕息國飄過來的烏雲，未至陶梁境內便散成了絮，金烏躍於它們之上，將漫天陽光傾灑而下。

沐浴在那溫暖的陽光下，四千多名倖存下來的沈家軍由聖上親自接見，勉勵封賞，人人連升兩級。聖上還給他們放了三個月的假期，讓他們可以回老家一趟，看望親朋。

另外，他們的軍隊編制不動，雖僅剩他們了，他們也是沈家軍。

他們想等一個奇蹟出現，他們還想回去沈舒航的麾下。聖上應允了，若屆時奇蹟沒有出現，將從他們中選拔出一千人編入金吾衛，其餘人則打散至各軍隊。

湊在一起坐在臺階上曬太陽，他們中有人道：「去南面我覺得挺好的，據說好吃的特別多，到時候可以請求將我分去那兒。」

「毒瘴也很多。」

又有人插嘴。「反正我是不會再回墨城了，我還想等將軍回來。」

「誰不是呢？」

鎮遠侯府的幾位郎君也在討論這件事，五郎沈錦文用肩膀頂了六郎一下。「你怎麼考慮？我家小蕓蕓想讓我進金吾衛，留在長安。」

六郎皺眉，推開他。

「喲，你什麼情況？」

四郎沈桓宇一邊抱著自家大兒子舉高高，一邊對他們說：「你們可以留在金吾衛，我不行，鎮遠侯府必須有一人在外領兵才行。反正還有假期慢慢想，不急，興許大兄就回來了。他要是回來了，我就請纓去金吾衛。」

五郎白他一眼。「那嫂嫂又該唸叨你沒志氣了。」

親了自己兒子一口，四郎笑道：「那不會，這就是你嫂嫂的提議。」說完，他也沈默了。為什麼想讓他留下？還不是覺得外面太危險了，被這一遭給弄怕了。鎮遠侯府的當家主人，到現在都還沒能回來。

那場戰事的凶險，沒有人比他們更了解，就連他們都不敢保證，大兄和二姊還能活著回來。

五郎賭氣道：「反正現在生不見人，死不見骨，除非讓我親眼見到他們兩個的屍骨，否則我不信！」

他又朝著六郎的肩膀拍了一巴掌。「你怎麼不說話？」

六郎沈默了下後，才緩緩開口道：「我想和三兄一樣，退下來了。」

兩兄弟齊齊愣住，倏而看向他。一場戰事催人成長，無論是誰，都比以往成熟冷靜了，六郎作出的決定肯定也是經過他深思熟慮的。

四郎沒有呵斥，只是道：「說說理由。」

六郎說：「家裡得有個男丁撐著，不然再出現一次禍事，母親、姨娘怎麼辦？嫂嫂們怎麼辦？下一代怎麼辦？侯府險些就撐不住了，我要留在家裡。」

五郎自小與六郎親近，更憤怒些，急赤白臉地說：「家裡還有三兄呢，用得著你逞英雄？你是不是想當逃兵？」

「對！」六郎站起來，眼睛都紅了，大聲吼道：「我就是想當逃兵！我不從軍了！」

四郎叫住五郎，不讓他去追。「讓他好好想想，想通就好了。」

他被墨城傷得太深了，孤身一路回到長安，既擔心著他們，又怕自己完成不了大家的期望，巨大的壓力險些壓垮他，但他不是會當逃兵的人啊。

五郎氣道：「沒出息的！我去找三兄！」

「他沒出息，你也不懂事。找三兄做什麼？他正養傷呢！」

三郎回到長安後，聖上親派御醫過來診看他的胳膊，幸好當時他用雪封住了創面，不然非因流血過多而死。

他的胳膊上還殘存著一些腐爛肉，御醫細心給剃除了去，又重新包紮，待其養好。

現在的他只剩一隻左手了，每日都仍堅持練習著。床榻上，他的小女兒正在抱著腳丫啃，他生疏地用左手將她的腳拿開，將女兒踢亂的小衣服扶正，而後拿起核桃轉了起來。

初時，他只能將將拿住兩個核桃，現在已經可以轉上一圈了。

言晨昕每教鴻曦寫一會兒字，就要抬頭看看他們父女兩個一眼，掐著時間算，三郎已經練足一個時辰了，就讓婢女帶著鴻曦出去玩，自己拿著草稿過去。

「瞧，這是我編的故事。娉娉可厲害了，能將其翻譯成各國語言，宣揚出去。」

「娉娉從小就聰慧，誰說上幾句蕃語，她一聽就會。」三郎說著，放下核桃卻沒接故事，只去拉言晨昕。

言晨昕臉紅了一下，卻也順從地坐在他腿上，小心繞過他還包紮著的肩膀環住他，低聲說：「你不在家這段日子，娉娉照顧我良多。我懷玥玥的時候，娉娉往各個院子送禮，不僅悄悄在給我的那份裡藏了一百兩銀子，還有諸多上好的藥材，當時她也剛從尚府搬出來，要用錢的地方也多，拿的都是自己的嫁妝。」那時府上母親、姨娘都不在，她們被蘇清月欺負、無視，日子過得實在艱難，虧得娉娉回來，才讓蘇清月收斂了一二。

三郎心疼道：「委屈妳了。」

「不委屈。」她摸著三郎到現在都沒能養出肉來的瘦削臉龐。「你能回來，我就什麼委屈都沒有了。」

兩人鼻梁相抵，溫存了好一會兒，直到女兒發出咿咿呀呀的聲音，眼見著要哭了，才分開去看她。小傢伙得到注意，又好了。

言晨昕笑著退出三郎的懷抱，同女兒玩了一會兒後，問：「嫂嫂可有跟你講過，嫁人之後，尚府是怎麼待她的？」

三郎皺眉。「沒有，我畢竟是她兄長，這種事，她跟二姊說的還多些，怎麼了嗎？我們在墨城時還納悶，她那麼喜歡尚滕塵，好不容易人回來了，她怎地又要和離了？那個齊娘子，她不喜歡，趕出去就是了。」

「怎麼能一樣？自己全心全意愛著的郎君，不僅苦等無果還從外面帶回了個小娘子，想想心都要碎了！何況當時嫂嫂在尚府受盡王氏的刁難搓磨。」

「什麼?!王氏欺負她了？」

言晨昕道：「那個時候你們都不在家，是嫂嫂將王氏告到長安府衙，才順利和離的。如今你們幾個兄長都回來了，待養好身子，總該給她出出氣才是。」

三郎溫和的眉眼變得寒冷下來。「放心。」

沒過半月，三匹疾馳的突厥馬從鎮遠侯府飛奔至尚府，馬匹上下來三位郎君，二話不說，每人拎起一對鐵錘就直接砸向尚府大門。

可別說他們欺負婦孺，他們是專挑尚虎嘯和尚滕塵在家的日子來的。

木門被敲得嘎吱作響，「轟隆」一聲，煙塵四起，卻是門都給砸破了！

四郎朝尚府的左鄰右舍抱拳拱手道：「自家事、自家事！這尚府趁我們兄弟幾個遠在西北時欺負我家妹妹，我們幾個做兄長的來替妹妹出口惡氣罷了！」

尚府、妹妹、西北……喔，來的是鎮遠侯府啊！那管不了、管不了！尚府欺負七娘，那事去年鬧得可大呢，誰不知道？活該！

門都被打破了，尚虎嘯和尚滕塵焉有不出來之理？尚虎嘯背著手，瞪大眼睛罵道：「大膽！襲擊金吾衛將軍府邸，爾等想做甚？」

馬車輪子響起，三郎姍姍來遲，他掀開車簾給自家兄弟撐腰。「就是切磋而已，將軍說襲擊，那可太過了。」他說完，從他馬車後面走出了近百人的沈家軍，個個都帶著從西北戰場下來的煞氣，將尚府圍得密密實實！

尚虎嘯倏地變了臉色。「私自調動軍隊，沈念宸，你想反不成！」

三郎笑道：「這話說的，這些都是想來看熱鬧的兄弟們而已，你們說是不是？」

沈家軍們齊聲喝道：「是！我們是來看熱鬧的！」

尚虎嘯腦門青筋蹦了又蹦。你管這整齊劃一的聲音叫看熱鬧?!

三郎笑著對三個弟弟道：「不是說要切磋嗎？還不快去？」

四郎、五郎、六郎齊齊招呼尚滕塵，直接將人抓了下來，三打一，沒半點不好意思。

沈家軍們則目光炯炯地盯著尚虎嘯，只要他有往前走的意向，他們就上前攔著；但凡尚府中有家丁想護著尚滕塵，他們便直接還擊。尚府的人哪是沈家軍的對手？他們可是令燕息都頭疼的存在！

三郎注視著尚虎嘯，心道：欺負娉娉、落井下石，我們新仇舊帳一起算！

「砰」的一聲，六郎將尚滕塵扔在尚虎嘯腳邊，說道：「我不管娉娉是不是被你母親欺負的，你們兩個沒和離之前，她就是你的妻子，你護不住她，挨打就是活該！」

尚滕塵默默從地上爬起來，鼻子都被打得流出鼻血。

聞訊趕來的齊映雨扶住他。「塵郎！」

六郎嗤笑了一聲。

尚滕塵面色脹紅，將自己的手臂抽了出來，低喝道：「妳出來做什麼？回去！」

齊映雨眼裡帶著淚，拿著汗巾為他擦血。「塵郎，他們也太過分了……」

「回去！」

沈家幾人可不耐煩看他們兩人恩愛，三郎放下車簾，來個眼不見心靜。「我們走。」

幾人帶頭往南市而去，沈家軍們也卸了勁兒，一個個勾肩搭背的嘀咕——

「好傢伙，剛才四郎那記左勾拳，帶勁兒！」

「六兒可以啊，長大了，會出陰招了！」

他們包了南市最有名的酒樓醉仙居，六郎跳到桌子上說：「兄弟們喝起來，今兒個我們請客！」

沈家軍們笑罵道：「快滾下來，別踩人家桌子，有點素質！」

「你有錢嗎你？」

「大家聽沒聽說，我們六兒啊，回了長安，連夫人都有了！」

「哈哈哈！」

眾人起鬨，六郎紅著臉在幾位兄長的瞪視下跳下桌子，又趕緊用衣袖將桌子擦乾淨。是聚會，也是踐行，這些沈家軍都是打算回家鄉走一趟的。

喝著喝著，有人哭了出來、有人笑了出來、有人頭頂著頭，喃喃著不知日後還能不能當同袍。

大家從晌午一直喝到快要宵禁，就算長安城的人對他們有所寬容，可犯禁的事不能做，便打算散了。

三郎因著手臂的傷，是以只淺淺喝了一杯，頭腦清明地去掌櫃那兒結帳。

掌櫃的今日一直笑呵呵地看著他們鬧騰，也沒派人阻止，反而總讓人上去收拾，順帶照顧他們一把。他將三郎拿出來的錢推了回去，說道：「可不是我不收三郎錢，七娘給付了。」說著，他指了指外面的馬車。

三郎看去，可不是他們鎮遠侯府的馬車？

沈文戈聽聞幾個兄長要找尚家麻煩，給自己出氣，害怕他們做得太過，一直偷偷跟著，見三兄做事穩當，這才沒出面。

他們要聚會，但總歸是為了給自己幫忙，哪能讓兄長們付錢？何況……她低頭淺笑，兄長們好不容易從嫂嫂們手中省下來的私房錢，還是自己留著吧，因此她就將錢給付了。

她帶了不少沈家奴僕來，攙起喝得搖搖晃晃的沈家軍，逐個將他們送回客棧，又叮囑晚間留一晚照顧，省得酒喝大了出什麼事。

至於直接喝得不省人事的三個兄長，就讓他們明日醒來後，自行承擔嫂嫂們的怒火吧！

扶著三兄上了馬車，沈文戈想著，可能也就三兄一人能免責了。

沈文戈想錯了。

言晨昕一直擔憂三郎的手臂，那碗大的傷口，暗紅暗紅的，直到現在換藥她都不敢看，他竟還敢喝酒？就不怕傷口長不好！

三郎低聲哄著。「我就喝了一杯，真的，這身酒味都是從他們身上沾的。」見言晨昕掉著眼淚不理他，三郎就更難受了。「我錯了，下次再也不敢了，嗯？」

「你還有下次？」

「絕對沒有了。」說著，他用自己的單臂將人摟住。

言晨昕道：「以後一口酒都不准喝！」

「好好，都聽妳的。」

三郎哄好了自家夫人，四郎和五郎可沒那麼好運氣了。

看看被人扶著回到自己院子還呼呼睡著的四郎，四夫人陳琪雪披著衣裳就站在房門外，指著書房道：「給我扔書房裡去！」

五夫人崔曼蕓則捂著鼻子嫌棄。「我去和茂明睡，把他放床上吧，叫幾個人看著他。」

「是，夫人。」

比起三位兄長，六郎是最幸運的，他的夫人唐婉現在哪敢對他做什麼事提出異議？叫人將他洗刷一遍後送到了床榻之上，自己再小心地蜷縮在床邊。

六郎一覺睡醒，打了個大大的哈欠，迷迷糊糊地將手中柔軟的被子又往自己身邊拉了拉。

被他動作鬧醒的唐婉，看見自己腰間橫著條手臂，大大的手掌還緊緊扣在她的小腹上，怪道她夢了一晚上躲避山間滾落的巨石。

灼熱的呼吸噴灑在她的脖頸上，她一下子打了個激靈，肩膀不自在地聳起。

六郎黏黏糊糊地在她脖頸處磨了磨，這才幽幽轉醒，一清醒，整個人就僵住了，嚥了口口水，聲音之大，唐婉都聽得一清二楚。

兩人現在幾乎是沒有空隙地貼合著，唐婉也不敢回頭，羞得連脖頸都粉了，她小聲道：「鬆開我吧，該起了。」

以往兩人睡覺都是各睡一邊，定是昨晚他喝多了，身子不受控！

六郎趕緊鬆手，吶吶的不知道該說什麼。

等人終於出去了，他才掀開身上僅存的被子，向下瞄了一眼，然後哀嚎出聲。她剛剛有沒有感覺到？應該沒有吧？還有層被子隔著呢！嘖，真是要命了！

在床榻上猛滾幾圈後，他突然想到了什麼，一個鯉魚打挺坐了起來，連忙翻床下了地，也顧不得穿鞋，趕緊彎腰朝床榻底下掏——沒有！

他睜大了眸子，俯下身貼在地上往裡看去，又伸長胳膊繼續掏，直將整個床底都給掏了一遍，還是沒有！東西呢？怎麼不見了？

聽到屋裡他落地的聲音，還以為他酒沒醒，摔下床的唐婉，匆匆推門闖了進來。「怎麼了？摔到哪兒了？」一進內室，就見他撅著屁股在床榻下掏著什麼。

六郎趕緊收手，一屁股坐在地上，因直起身子太猛，眼前驀然一黑，過了片刻後才恢復光明，金星閃閃一片。他拍著手上的灰，故作鎮定道：「沒什麼。」

唐婉輕咳了一聲，臉上紅暈慢慢攀爬而上，說道：「你床榻下的東西，我給你收起來了，本想燒給你的，但終究還是覺得不妥。嗯……就放在那個箱子裡。」一快速地指了紅木箱子後，她逃也似的飛奔出去。

六郎坐在地上，轟的一聲，臉都燒紅了。

一整天下來，兩個人羞得都沒說過話，讓院子裡的婢女、小廝誤會是六郎喝了大酒，六夫人不開心了。

陶姨娘還特意尋來了，交代小倆口不要鬧彆扭，馬上就要上巳節了，也參與一下。

六郎撓著腦袋，囔聲囔氣地問唐婉想去過上巳節嗎？唐婉還真有點心動，便「嗯」了一聲，可又不好意思和他單獨去，就轉身去尋沈文戈，問她上巳節出不出去？

沈文戈說不去，讓她和六兄一起結伴去，她就不湊熱鬧了。

倍檸在旁邊直嘆氣。「娘子也出去走走嘛，做什麼總悶在家中？聽聞河道旁已經有人占地，帶足了杯盞，到時候賞燈、喝酒，豈不愜意？」

「上巳節還是妳們這些未婚的小娘子去就好，我一個和離的人，去那裡做什麼？妳記著，上巳節那日給院裡的小丫頭們多賞一個月錢，讓她們好好玩玩。」

「喵嗚……」

沈文戈抱起雪團。「怎麼，我們雪團也想出去玩嗎？」

雪團踩在她的肩膀上，喵嗚地呼叫個不停，她親親牠的小鼻子，放牠去宣王府溜達。

等雪團得到王玄瑰親手雕給牠的小木牌時，上巳節也已經到了。

「阿郎，雪團給奴抱，外面可熱鬧了，帶七娘出去轉轉吧！」安沛兒伸手欲要接過在王玄瑰手臂上撒歡的雪團。

王玄瑰側過身子。「我出去，大家還有興致？」

他這樣說，安沛兒就有些心疼了。她不知從哪裡摸出一張銀質面具，面具上面刻著鏤空的花紋，可以讓人隱約看見臉，又必須仔細湊近才能認出。

「奴早就想好了，阿郎戴著這張面具出去。」

王玄瑰還沒接，雪團已經伸出爪子去搆了，安沛兒當即將雪團抱了過來，將面具塞到他手裡。

見面具做得精緻漂亮，王玄瑰鬆了口。「給我戴上吧。」

蔡奴邊給他戴，邊說：「這上巳節，奴就不跟著阿郎了，阿郎好好玩。」見王玄瑰斜眼睨著他，蔡奴就好像知道他會說什麼一樣，緊接著道：「馬車也沒有。外面人多，可別再驚馬傷人了。阿郎出去轉一圈，要是不喜歡，就再回來。」

將人送出門口，蔡奴方才低聲問安沛兒。「告訴七娘了吧？」

安沛兒摸著雪團的毛，示意他往鎮遠侯府的方向看。「七娘早就出來了，我讓她在街口等著呢！」

兩人伸長脖子瞧，直看到王玄瑰也到了街口，方才回了府。

第十四章

沈文戈低垂著頭望著自己的鞋尖，聽見腳步聲，趕忙抬頭。她面具上綴著的兩個小鈴鐺發出聲響，王玄瑰看了過去。

「王爺，聽嬤嬤說你有事情尋我？」

華燈初上，街口人頭攢動，香車寶馬輛輛穿行而過，根本不像蔡奴說的那般不能坐馬車。王玄瑰低頭瞧她，她的臉上覆著一張和他的面具頗為相似的銀質面具，一樣的半鏤空。唯一不同的便是兩個尖角處掛著小小的鈴鐺，隨著她動作便會發出清脆的鈴聲。

他面具下的眉毛挑起，瞥了身後一眼，方才說：「只是想問妳，翻譯的稿件似是缺了五、六張，還沒翻譯完？」

鈴鐺聲響起，是沈文戈因為不好意思低了下頭，許是覺得鈴鐺聲吵人，她又趕緊抬起頭來，伸出手指，按住鈴鐺。

輕咳一聲後，她回了一句不相干的話。「王爺可懂波斯語？」

「不太懂。」他會說與陶梁有過衝突的吐蕃、婆娑、天竺等語，但字是不識的，至於離陶梁頗遠的波斯，他是真不會。

聽聞不會，沈文戈就鬆了口氣。實則是王玄瑰後頭拿來給她的那些稿子，用詞都有些香豔露骨，她實在不知道翻譯完該怎麼拿給他。他要是不懂，自己就可以稍微美化一下了！

「那我翻譯完，再給王爺。」

王玄瑰「嗯」了一聲，既然說到了翻譯的稿件，他從自己臨出門前被蔡奴塞上的荷包裡掏出了些碎銀子，認真找了最小的一塊，約莫一、二兩的樣子。「給，妳這段日子的譯費。」

他的手指骨節分明，細細長長的，掌心中的小銀塊子被襯托得都有些可愛了。

雖說之前也有說過譯稿有酬勞，但沒想到他還真的會給，她繃著嘴，沒忍住，唇邊翹起兩個小小的弧度，伸手去拿，指尖不小心劃過他的手掌。

酥酥麻麻的感覺躥上頭頂，他有些不自在地收了手。

她面具下的眉眼都彎了起來，愉悅地說：「既然拿了譯費，那我來請王爺逛逛吧！」

本是不耐這種熱鬧的，可沈文戈一個小娘子想要逛逛，他便陪著吧。

兩人並肩往前走去，人們不約而同地選擇出城的方向，旁的人都有做準備，不是拎著食盒，就是拿著精緻的燈籠，唯獨他二人手上空空如也。

「我們去南市。」

「王爺，我們去西市吧？」兩人相視，沈文戈拿出那碎銀子在王玄瑰眼前晃了晃，白嫩如蔥的指尖一閃而過，清脆的鈴鐺聲混著她的聲音。「這點銀子，在南市可買不了什麼，我們還是去西市吧！」

南市和西市都熱鬧，但南市多達官貴人光顧，西市多平民百姓遊玩。比起南市的猜燈謎贏花燈、當場吟詩作畫，西市的活動更迎合普通老百姓，噴火的、雜耍的，還有下油鍋撈銅錢、胸口碎大石的。

隨處可聽見人們激動的叫好聲，人們接踵而至，時不時有人從兩人身邊走過。在有人急著往前擠時，王玄瑰伸手攬過身旁沈文戈的肩膀，沈文戈愕然抬頭，已經被他帶到了裡側，他自己則走在外側。

他做得坦然，沈文戈深呼吸一口氣，步子卻都亂了。慢了一步能看見他寬闊的背影，不再是追著尚騰塵那般總是摸不到的落寞，而是一種踏實心定。

晃去腦中紛亂的想法，就聽鈴鐺聲又響起，她抬手去按，這一打岔，兩人已經走到賣燈籠的鋪子前。

城外可沒有城內通火通明，黑漆漆的一片，想要出城，自己也得拿個燈籠。

這家燈籠是生意最好的，做燈籠的手藝已經傳了祖孫三代，因而鋪子裡選購的人十分多。可沈文戈和王玄瑰身量高挑，能越過層層腦袋，看向掛在牆壁上的燈籠，王玄瑰發現了最為精美的燈籠，帶著沈文戈去那兒看。

費勁地撥開人群，許是燈籠太貴，無人問津的緣故，只有他們兩人在，空餘的地方大，能稍稍喘口氣，不至於太擁擠。

沈文戈下意識按了按鈴鐺，詢問店家這面牆的燈籠多少錢，店家眼尖地發現二人氣度不凡，連忙過來招呼。

其他的燈籠三、四個銅板，最貴的不超過二十個銅板，可這面牆的，最貴的要五百個銅板，兩人可是大主顧呢！

五百個銅板一個，兩人買兩個，錢夠的！

沈文戈看著眼前的燈籠，覺得這個也好看，那個也好看，一時拿不定主意。

王玄瑰就在旁邊等著，沒有一點往日裡的不耐煩。

鈴鐺鈴鈴作響，卻是沈文戈已經讓店家拿下了幾個燈籠，正舉著每一個燈籠在挑著。

她時不時拿起一個上面還有層兔毛的兔子燈，又執起另一個華美的、層層盛開的牡丹花燈，明顯在這兩個燈裡猶豫不定。

王玄瑰伸手將兔子燈拿了過來。「便要這兩個吧。」

沈文戈手裡只剩下牡丹花燈了，她看了眼旁邊為他準備的山水燈。「王……咳！」剛說了一個字，就像是被咬了舌頭。

「我在家中排二十四。」

「二、二十四郎，你要不要再挑挑其他的？」他一個氣宇軒昂的郎君，手裡卻拿著個毛茸茸的兔子燈，著實有些違和。

「不必，本……我拿哪個都一樣。妳不是兩個都喜歡？到時候換著拿。」

沈文戈低下頭去，鈴鐺聲再次響起，她有些惱地按了按，這才同店家說：「那便要這兩個燈籠。」

店家在旁邊笑，看了兩人一遍又一遍，也沒挑破稱呼，只道：「那兩位再挑桿子和配飾？」

兩人挑了一根白桿、一根黑桿，一個白色流蘇、一個珍珠墜子，便又增了些錢。

結果這些也沒花完小塊銀子，店家還有些愁的找不開錢，最後還是王玄瑰將銀子切了一半，兩人留下了小半，給了店家一大半。

沈文戈仔細將餘下的銀子收起來，明顯興致起來了，舉著牡丹花燈左照右照的，卻在路過一個小巷路口時，被王玄瑰給推了進去。

小巷裡黑漆漆的，她被嚇了一跳，手裡突然就被塞入了另一個兔子燈。

王玄瑰低聲道：「拿著，本王幫妳將鈴鐺摘了去。」這鈴鐺叮叮噹噹的，他已經瞧見沈文戈伸手按了多次了。

沈文戈一手一個燈籠，面上就覆上了他的陰影，他伸手帶著她手裡的牡丹花燈照在兩人臉側。因鈴鐺小巧綴在沈文戈面具上，他為了看清就彎腰湊了上前。

沈文戈下意識微微睜大了眸子，屏住呼吸。冰涼的指尖撥弄著小小的鈴鐺，時不時蹭到她的臉上，她睫毛亂飛，憋不住呼吸就細細緩緩地換著氣，可還是能時不時感受到他灼熱的呼吸拂面，不禁死死攥緊了手裡的燈籠桿。這距離……太近了！

王玄瑰弄了一會兒，發現鈴鐺是焊死在面具上的，根本沒有辦法摘下來，眉間一皺。

她下意識有些往後躲，輕聲開口道：「摘不下來就算了吧。」

話落，他手指用勁，竟是直接將鈴鐺的開口給捏合了！左右是銀質的，並不硬。他又如法炮製地將另一個鈴鐺捏死，而後用手指撥弄了幾下，確定沒有聲音才滿意地直起身子。

沈文戈長舒了口氣，他卻又重新瞇起丹鳳眼，突然俯身，駭得她倒退一步，後背被他手掌撐住站穩，一觸即分。

捏壞的鈴鐺樣子太難看了，他抬手調整左右兩個鈴鐺的形狀，將其捏得近乎一模一樣，方才放手。「好了。」

沈文戈垂下眼睫，遮住眸中本不該有的慌亂。「嗯。」

長長的睫毛在牡丹花燈的照耀下，投射下一小片陰影，兩人身處小巷中，彷彿遠離了人群喧囂。

王玄瑰也才在燈籠的光線中，注意到沈文戈今日的服飾。

依舊是以白色為主，唯一的色彩便是齊胸破裙胸前的藍黃拼接，而後從其上蔓延而下大量的鈴蘭花枝，一直到軟紗裙邊。外罩一錯位的雙層白紗斗篷，最上層綴著的珍珠串子垂在腰間，下層用白綢封邊直到小腿，繫帶用的是與破裙一樣的藍色。

衣衫恍若流風拂面，加上牡丹花燈投下的朵朵花瓣，暗香盈滿身，很適合她。

一覽過後，他煩躁地伸手按了按喉結，拿過兔子燈道：「我們出城。」

穿著深藍色綢袍的郎君，手舉白色絨毛兔子燈，差異極大，可在見到他身旁還跟著一個衣著飄逸，有著一樣藍色繫帶、同款銀質面具的小娘子時，便會心一笑了，原是幫小娘子拿的啊！

尚滕塵在人群中迎面看到兩人，在小娘子身上多注視了片刻，只覺此人好生像沈文戈，但她臉上戴著面具，他不敢相認。緊接著，他便瞧見那郎君伸手為小娘子擋住了人流，似是還因為牡丹花燈更重，所以兩人交換，那白兔燈被換到了小娘子手裡。

這樣的一對璧人，小娘子怎會是沈文戈？是他魔障了。

「塵郎。」齊映雨挽著他的手臂，指著對面的攤子道：「那裡有賣香囊的，你陪我去買兩個可好？」

他回頭，被齊映雨帶著往對面走，在攤子前站定，隨手挑了個藍色香囊。

在他們身後，王玄瑰和沈文戈舉著燈，慢慢走過。

等尚滕塵再想找人時，兩人已經消失在人海中，出了城。

城外並沒有想像中黑，到處都是舉著燈的小娘子和郎君，樹上也掛上了燈籠，小江裡流著荷花燈，江邊果然如倍檸所說，到處坐滿了人。

上巳節已經從早晨熱鬧到了現在，這一日並沒有宵禁，是以大家都盡興遊玩，越往城外走，人便越多，三三兩兩結伴而行的人比比皆是。

不遠處，有個年輕郎君捧著紅繩扔到樹枝上，許是扔得夠高，和他同行的小娘子巧笑嫣然。旁人看他二人往樹上扔，便也學著扔，結果不消片刻的工夫，樹上就掛滿了五顏六色的繩。若問有何寓意，他們其實也不知道，只不過看大家都扔，他們便也跟著扔罷了。

沈文戈看著這一幕，好似也跟著他們一樣年輕開懷了。

天真年少，真好。

王玄瑰看她眼巴巴望著，問道：「妳可是也想掛？」

見他作勢要往那邊去，沈文戈急忙叫住他，說她還想去江邊走一走。

兩人順著江邊走了一圈，圍觀大家遊玩，也沒怎麼說話，覺得有些冷了，就又折回城裡去。回程的人不少，擠擠挨挨的，他便護著她登上了長安城最高的酒樓。

掌櫃的一見兩人的面具，就直接將人安排至最高的包間入座，同時十分恭敬地上了酒菜，都沒讓兩人點，又在王玄瑰耳邊低語了幾句。

沈文戈看著兩人几案上滿滿的佳餚，說道：「這我的譯費可不夠。」白兔燈和牡丹花燈就掛在牆壁上，可能連几案上隨意的兩道菜都不夠點。

王玄瑰已經十分自然又不避人地摘下了面具，露出挺拔鼻梁，眼角小痣勾人，聞言道：「不用妳請，我的酒樓，平時都是嬤嬤和蔡奴在打理。」

怪不得！

他好似忘記那個百般不願意出府閒逛的人是自己，說道：「面具摘了吧，不會有生人進來的，我們吃飯暖和暖和再出去。」

沈文戈「嗯」了一聲，低頭摸著腦後的面具銀鏈，摸來摸去也沒找到頭，倍檸好似把鏈子和頭髮綁在了一起。

王玄瑰一口魚肉都已經挾起了，居然沒能吃到嘴中，看她半天沒解下，索性落筷起身，繞至她身後。

應是倍檸也沒想到沈文戈會在外解面具，怕面具掉落，所以直接將鏈子和頭髮一起盤了起來，做出一個飛天髻。要是想將鏈子抽出，只怕她的頭髮也要散了。

「別動。」他固定住她的腦袋，手指和她還沒來得及收回的手指相碰。她收了手，不再亂動。

他則順利找到面具和鏈條的接口處，好在這裡是有環的，他稍稍動作，便將面具卸了下來。

「行了，快吃。」

沈文戈又「嗯」了一聲，許是在他面前放不開的緣故，她只低頭挾著面前的兩道菜。她嚼著嘴裡不知名的菜，不知她對面的王玄瑰見她吃米飯幾乎都是數著粒的吃，丹鳳眼都挑了起來。

王玄瑰伸手搖響桌旁的鈴鐺，過了片刻，便有博士給端上一個托盤來，直直走向沈文戈，銅罩摘下，內裡冰塊環繞，赫然是用琉璃盞裝的酥山。

通體雪白的酥山，聞著便有一股奶味，上面還澆著果肉泥。

是她最愛的酥山啊！沈文戈摸著冰涼的琉璃盞，欣喜道：「這個時節都有酥山了？」

王玄瑰見她已經將勺子拿在手中了，不禁道：「是嬤嬤知道妳愛吃，特意讓人做的。剛才掌櫃跟我說的，只此一盞，多了沒有，所以妳也別想著去別的地方買。嬤嬤知妳有腿傷，還是避著些涼才好。」

濃郁的奶味在嘴中衝撞開來，沈文戈含著它，似是捨不得嚥。她嫁給尚騰塵多年，他都不曾知曉自己愛吃的是酥山。而她只跟嬤嬤提過一嘴，便讓人惦記在心上，還會囑咐她少吃，小心腿傷。

多可笑！她的腿是為了尚騰塵凍傷的，他卻從來沒問過，甚至在寒冷冬日裡還會嫌棄她泡藥浴而滿身的藥味。

「好，我只吃這一盞。」她珍惜地一口一口吃著。

王玄瑰便撐頭看她，手指摩挲著小痣。

樓下，源源不斷的人進到酒樓。包間是早就被人訂下的，來晚的人便只能在一、二樓的散桌入座。

齊映雨自從跟隨尚騰塵來了長安後，這還是第一次同他一起出遊，尚騰塵有心帶她吃點好的，便進了離得最近的這家酒樓。

兩人坐下不久，大家就看見店中奔走的博士端著托盤上了樓，許是托盤裡放了冰的緣故，冒著絲絲白煙，引得周圍的客人紛紛詢問這是什麼菜。

另一個博士快速引人入座，說道：「是酥山，可惜只此一份，客官不妨點些別的。」

一聽「酥山」，齊映雨當即就想到了沈文戈，臉上略帶委屈地看向尚騰塵，吸引他的注意。「塵郎，可惜就這一份，我們來晚，錯過了。」

尚騰塵懂得比齊映雨多，自然知道這定是店家為尊貴的客人準備的，不管他們到得多早，都是吃不到的。他安慰道：「待到了夏日，這些酒樓都會賣的，到時我買給妳吃。妳再看看，可還有喜歡吃的？」問完，他想著，沈文戈那麼喜歡酥山，可惜也沒能吃到。

他們二人就坐在一樓，一進門就能瞧見。

被好友從書房拽出，讓他勞逸結合的林望舒，和好友們從南市一路猜燈謎過來。他們各自點評著自己剛才詩性大發所作的詩，一邊跟著人群進了酒樓。

還不等詢問博士可還有位子，林望舒就瞧見了尚騰塵和齊映雨，頓時覺得掃興，同友人道：「我們去別家。」

他們六人一起，確實沒有可以同坐的位子，好友們便跟著轉身出了門。

人潮湧動，他們隨著人群慢慢走著，偶爾談論兩句時政，說得最多的便是西北墨城的戰事。

春闈受其影響一延再延，他們都猜測，策論考題也會涉及此，而林望舒作為鎮遠侯府的表親，無疑更占優勢。

他也沒有藏私，將從表兄們那兒得到的消息盡數分享。他這麼做，反而讓友人們覺得自己以小人之心，度君子之腹。

有從家中長輩那兒知曉大量的撫恤金如何發放的、有知道自家也給戰死的沈家軍捐款的、有知道流程的，大家湊在一起，竟真將整件事情和後續工作還原了。

他們走到掛滿了繩的樹前，也隨著大家扔紅繩，其中一人高喊。「祝我們蟾宮折桂！」

「金榜題名！」

「獨占鰲頭！」

「快看！」

眾人仰頭，佈滿星子的天空中，一盞盞暖黃的天燈從四面八方升起，它們乘風越飄越高、越飄越遠。

酒樓外，人們的驚呼聲此起彼伏。包間內的王玄瑰推開窗，正巧見著一個天燈從他們眼前升空。

沈文戈拿出自己剩下的一角銀子。「王爺，不如我們也去買兩個天燈放吧？」

巧在此時，掌櫃的敲響了房門，恭敬地道：「天燈都給二位準備好了，二位可想去露臺一放？」

他們所在的房間雖是酒樓最高的包間，卻不是最高的樓層，在其之上還有一個閣樓，閣樓外有平地露臺。

王玄瑰拎著牡丹花燈，帶著沈文戈，熟門熟路地拾階而上。

一上露臺，便見兩個天燈並排擺放。

它們與普通天燈最大的不同就是，上面糊的紙上，畫有各種憨態可掬的雪團！

沈文戈吃驚，執起一個天燈細看，三面都畫有雪團，活靈活現的，是巴掌大小的樣子，叼著比牠的頭還長的魚乾，拒不鬆嘴；另一個天燈上的雪團就長大些了，脖頸處還繫著白色髮帶。

若不是與雪團每日相處的人，是絕不會畫得這般傳神的，她看向一旁對天燈做工表現出嫌棄的王玄瑰。「可是王爺所畫？」

王玄瑰頷首。「閒來無事，便畫了幾幅，本王倒是也不知，他們何時拿走這些舊畫黏上天燈。」

沈文戈愛惜地摸著上面的雪團，突然覺得就這麼放天上去，太可惜了些。

「左右我那兒多的是，有什麼可惜的？妳要是喜歡，我再畫幾張給妳。」他看出沈文戈的想法，強硬地塞給她一枝毛筆，並從她手中搶走了那只畫著幼貓的天燈，給了她長大的雪團。

沈文戈將頭抵在天燈上，側著臉閉眸，嘴角揚起弧度，險些笑出聲。就知道，他也覺得雪團現在胖的，都不如小時候好看了。

王玄瑰微惱。「快寫！」

「好。」她執起毛筆，想了片刻後，一筆一畫在天燈空白的那面寫了幾個字。

她剛收筆，一旁的王玄瑰便追問道：「寫了什麼？」

捧著天燈轉了個圈，她說：「王爺先告訴我，你寫了什麼？」

「本王還沒寫呢！囉嗦，給本王看看！」王玄瑰抓走天燈，一瞧，嗤笑一聲。「妳管得也太寬了些！」

沈文戈接過他塞回懷中的天燈，唸道：「唯願海晏河清。」天下太平，再無戰事，她不用為任何一個人再送葬一次。

待回神，王玄瑰已經寫完了自己的天燈。

「妳的願望太大了，本王幫妳許一個！」

願七娘兄姊，平安無恙。眼眶驟濕，她猛地仰頭看他，萬千天燈之下，他眸中恍若星光熠熠，容顏顯露出俊美非凡，她偷藏起來的心，驀地亂了……

「中了！中了！貢院公布排名了。」

「第一！狀元！」

似是有聲音從四面八方擾來，王玄瑰伸手摸著被他踹到床裡側的薄被，沒能摸到，只摸到了軟乎乎、毛茸茸的雪團。

雪團伸爪按住他亂動的手，而後順著他的胳膊跑到他胸膛之上，在其上踩了起來，邊踩還要邊嗅聞一下。
外面「噼哩啪啦」的鞭炮聲響起，驚到雪團，牠「喵嗚」一聲，重重踩著王玄瑰的胸膛跳下床榻。
王玄瑰悶哼一聲，熟練到可憐地隨便拂過自己的胸膛，轉身趴了下去，拿軟枕蓋住頭，狠狠堵住耳。然而堵耳的效果並不明顯，就聽見屋內雪團上躥下跳，而蔡奴跟在牠後面，防止牠將瓷瓶掃下。
在好不容易停歇下來的鞭炮聲再次響起時，王玄瑰忍無可忍地坐了起來。
睡亂的頭髮從臉頰兩側垂下，他惡狠狠地抓著手中軟枕。「他鎮遠侯府又做什麼了?!」
雪團不讓蔡奴抱，聽見他的聲音又跑了回來，擠走軟枕，窩在他懷中「喵喵喵喵」地叫個不停，好似在抱怨外面的鞭炮聲嚇到牠了。
王玄瑰克制著心中的怒氣，給雪團順毛。「你也覺得煩是不是？」
「喵喵喵！」
王玄瑰另一隻手痛苦地按住沒睡好而引發疼痛的頭，再一次感慨聖上到底哪來的好精神？拉著他泡了半宿湯池，唸叨著要組織一次進攻，攻打燕息，幾乎沒睡一個時辰，還能生龍活虎地去上早朝！他自己回來之後精神到天亮，才剛剛睡下不久，又被吵醒！
已經快到晌午了，雪團都跟著王玄瑰睡了個回籠覺，想來回去要鬧七娘了。蔡奴走了過去，給他熱巾敷面，打理好長髮，才道：「阿郎乾脆別睡了，省得晚上又睡不著。」

王玄瑰不樂意，斜睨著蔡奴。

蔡奴不為所動，直接替他將衣裳都穿好了，又給上了膳，才道：「鎮遠侯府家的表郎君高中，今日說不定要怎麼熱鬧，阿郎定會被反覆吵醒的。」

聽見自己沒有好覺睡了，王玄瑰一臉沒好氣的神色。他素來淺眠，按理王府占地面積大，與鎮遠侯府雖相鄰，卻也有樹林小湖隔著，除了湯池房離得最近，不應該覺得吵鬧，可架不住他是個一有點動靜就能被驚醒的人，更何況鎮遠侯府的聲音一起，就穿透力極強。

聽，他們家回來的幾個郎君，正吵著說什麼榜下捉婿可不行，鬧著要去尋林望舒。

他揉著額頭，認了。

鎮遠侯府上下喜氣洋洋，鐘叔在府門外揚著銅板。「大家都沾沾喜氣！」

百姓們高興地哄搶。「了不得，狀元郎呢！」

五郎和六郎已經騎馬去尋林望舒了，本次春闈策論一題果真讓議墨城一戰，言之有物又貼合實際的策論自然能脫穎而出。

林望舒與好友們借此紛紛榜上有名，更厲害的是，他與另一個友人，一個是狀元，一個是榜眼，豈不讓人恭賀？

尤其兩人青年才俊，丰神俊逸，又尚未娶妻，可謂是貢院剛張貼大榜，就有人盯住了二人，若非沈家奴僕相護，只怕兩人就真的要被搶走成親了！

貢院這邊鬧哄哄的，將金吾衛都給招了來，正值尚滕塵當差，他們幾個金吾衛在疏散人群，尚滕塵則讓沈家奴僕趕緊回去報信。

最後是五郎與六郎趕來，一人一個拎上馬，才得以擺脫熱情的百姓。

等大家看到林望舒的時候，他身上的斗篷早不知被誰扯了去，頭髮也散了，就連鞋都掉了一隻！他哭笑不得地被接進府，尋了一身乾淨的新衣裳換上。

沈文戈要去尋母親，路上遇見林望舒，一見他，就忍不住用汗巾捂著嘴笑彎了眸。

林望舒無奈道：「表妹。」

「好了好了，我不笑了！狀元郎，母親等你多時了。」

林望舒跟在沈文戈身後，一前一後邁入屋。

兩人容顏出眾，氣氛融洽，一人笑著，一人包容看著。陸慕凝見此，就彷彿瞧見了女兒帶著女婿歸家的樣子，不禁起了些心思。

她問著林望舒，試題都出了些什麼、又是怎麼答的，然後囑咐他給江南家中去信告訴他們這個好消息，這才問起他接下來的打算，是要回江南祭祖，還是在長安多待些時日。

林望舒早就想好了，當下便道：「我與友人協商過，均認為今年春闈本就晚了些，我們便不等了，再去參加一次吏部組織的書判拔萃或是博學宏詞，若是順利通過，可以直接授官。」

「這個好。」陸慕凝表示肯定，又問：「你打算參加哪個？」只聽兩場考試的名字便知，一個跟地方判案有關，一個似是草擬文書，端看他如何選了。陶梁官場規矩，非地方重臣出身、懂治理之責，不得入六部成尚書。因此若想高升，自然還是外放的好。

林望舒自也有青雲志，他掀起眼睫掃了一眼跟沒事人一般等著他回答的沈文戈，這才道：「我是想參加書判拔萃的，但我從未接觸過判案，傳信給家中詢問只怕來不及，心中也是沒有底氣。」

「無妨，盡力便是。」陸慕凝安慰他。狀元郎要是都通不過，其他人更通不過了，想來吏部也不會如此苛責沒當過官的他們，只怕會有其他的考量。

因著林望舒和友人們約好小聚，是以聊了幾句，陸慕凝就開口讓沈文戈送送，待晚間再給林望舒辦慶祝宴。

白銅馬車慢悠悠地走在青石路上，王玄瑰撐著下巴，頭一點一點的，眼見著就要垂下去時，蔡奴突地道：「好像是七娘和她表兄。」

充斥著血絲的眸子倏地睜開，皮鞭挑起車簾，正見沈文戈和林望舒兩個人有說有笑，並肩而走。他丹鳳眼瞇起，滿臉的矜貴傲人，卻被突然從他懷中冒出、在車窗處出現的黑色貓頭給破壞了。

翡翠的眸子裡豎瞳盯著沈文戈，「喵嗚」一聲。

皮鞭抵住牠的貓頭，禁止牠躍下去尋沈文戈。

雪團的注意力很快就被皮鞭轉移走，伸爪去搆。

沈文戈第一時間看見了他們，側頭對身旁的林望舒道：「就不送表兄了，我去和王爺打聲招呼。」

林望舒還未回話，王玄瑰已經開口了，直接道——

「上車，去鴻臚寺。」

對林望舒歉意地點點頭，沈文戈登上馬車。

車簾落下，白銅馬車從身旁過去，林望舒停在原地片刻後，方才重新邁步。

鴻臚寺中的官員們見到雪團時眼睛一亮，等聽說七娘也來了更是樂不可支，今天的王爺肯定很好說話，有什麼積攢著不好處理的事情，趕緊去匯報準沒錯！

王玄瑰徹底忙了起來，也沒時間犯睏了。他隱隱瞥見幾個年輕官員推搡著彼此，說著——

「七娘這幾篇外文的翻譯有些問題，我們得讓王爺知道。」

「七娘從來沒出過錯，會不會是我們自己查錯了意思？不如先去問問？」

「也好，直接去尋王爺，總覺得像是在背後說七娘的壞話，我們還指著七娘幫我們呢……」

「噓！」

王玄瑰皺著眉，直起了身子，用皮鞭指著他們幾個道：「你們說什麼呢？」

年輕官員們眼觀鼻、鼻觀心，誰也沒敢出聲。

王玄瑰哼笑一聲，索性起了身，來到他們身邊，將一人手中的文章拽下，翻開一看，都是波斯語，旁邊是沈文戈翻譯的譯文。

他看了他們幾人幾眼，若有所思道：「既有問題，就去當面尋她說個清楚。」

沈文戈趁著有些空閒時間，請人跑了趟蕃坊，拿回狀紙，替住在蕃坊的人翻譯，賺些私下裡的小錢，錢不多，但賺得很有成就感。這還是鴻臚寺的年輕官員與她熟了後指點她的，她也借此認識了不少外邦友人，知悉了他們當地的風土人情。

見一行人浩浩蕩蕩突然來了會客室，沈文戈不明所以，合上狀紙站了起來。

跟在王玄瑰身後的年輕官員們垂頭喪氣，覺得自己出賣了沈文戈，一個個都不好意思看她。

王玄瑰將手中請沈文戈翻譯的文章遞給了她。「他們幾個覺得妳翻譯的有些問題，妳看看。」

沈文戈的翻譯水準確實高，大家覺得晦澀難懂的地方，她輕而易舉就能翻譯出來。剛開始是年輕官員請她翻譯些無關痛癢的小文章，後來王玄瑰見她做得不錯，也將出使別國帶回的書籍給了她一本翻譯，她如今正譯著，承諾沒有任何問題，能夠如期交稿。

王玄瑰覺得此法既解放了原本負責此事的官員，又提升了鴻臚寺的辦事效率，一舉兩得。但偏偏有些人對此頗有微詞，覺得鴻臚寺的書籍怎能輕易給一個外人，還是個小娘子來翻譯？這個時候，他們倒是沒有想過，民間也有人通外語，專門喜歡翻譯他著。自己翻譯不好，還不能請沈文戈來翻譯了？王玄瑰對此嗤之以鼻。如今她被人指責沒翻譯好，與其讓大家私底下亂傳，不如當面問個清楚，總歸他是不信她翻譯出錯了的。

沈文戈接過稿子一看，當即鬧了個大紅臉。這些稿子可不就是之前那幾篇寫滿了豔詞的外文？她實在沒法翻譯。

有年輕官員給她臺階下。「七娘，是不是我們學藝不精，妳翻譯的沒錯？」

嚴格意義上來講，不能說她翻譯的一個字都沒錯，是以，她握著這些文章，就有些羞於啟齒。

王玄瑰抱著雪團，見她耳朵都紅了，不禁挑起眉來。「嗯？」

沈文戈深呼吸一口氣，對他道：「王爺，我確實沒按照原文，一字不差地翻譯，實在是……」她在腦中搜尋措詞，要怎麼才能不那麼露骨的解釋。

年輕官員驚呼道：「什麼？七娘妳真翻譯錯了？怎麼可能？」

不知是哪個官員小聲嘟囔道：「我就說，這種重要的外文，怎能交給一個小娘子翻譯！」

王玄瑰的臉色陰沈下來，冰寒的目光掃視眾人。

大家縮縮脖子，誰也不敢再說話了。

沈文戈也將剛才的話聽了個清楚，耳上紅熱褪去。她不是別人質疑到自己頭上卻不敢反駁的人，當即說道：「不知各位可都看過這些外文，並且翻譯過？」見眾人懾於王玄瑰之威而不敢說話，正好，她可以將自己想說的話全說了。她走到各官員面前，背對著王玄瑰。不看他，她就敢大膽地將這些外文現場翻譯了。「我確實美化了這些外文，是我故意之舉，非翻譯錯誤。既然諸位有異議，那我不妨當場翻譯一遍，就拿這篇寫得最含蓄的來說吧。陶梁長安繁華，我最喜歡去一個叫紅袖的地方，裡面陶梁美女特別多，她們的肌膚摸起來光滑，腋窩沒有異味，尤其是那兒，水兒特別多——」

「夠了！」王玄瑰喝止。

沈文戈對面的官員紛紛紅了臉，被她美化過的譯文，是將一個個女子寫得美若極致，根本沒有絲毫豔俗。

她舉著外文道：「這就是真正的譯文。我這個小娘子是覺得，如此的污言穢語，不能污了諸位的眼，是以稍加改動過。不知還有誰有問題？」

年輕官員想接過她手裡的外文撕了，又恥於碰它，當下對沈文戈拱手道：「是我等誤會七娘了，七娘莫氣！怪我們，給了七娘不該給的外文。」

沈文戈自然對他們沒有異議，兩方合作翻譯，相處起來一直很融洽，她針對的是剛才說給小娘子翻譯不妥的那人。

看著大家，她正色道：「我還有話說，古有開國皇后文能定乾坤、武能護萬民；現有鎮遠侯府二娘瑤將軍，單槍匹馬闖敵軍，至今生死不明。小娘子怎麼了？諸位這麼厲害，有幾個真正出使過別國、去過邊關的？」

沒人說話，半晌，齊齊拱手道：「是我等不是，給七娘賠罪！」

「你們確實該給七娘賠罪，丟人現眼！」不知何時，會客室外面站了一圈鴻臚寺的官員，都是王玄瑰不在時，鴻臚寺真正的主事人。他們進了屋，十分鄭重地給沈文戈賠禮道歉，要走了沈文戈手上的外文，只瞄一眼，就知道她沒翻譯錯，便又拱了拱手道：「七娘之才，我等真是心喜，只恨七娘無法考試，不然定向吏部要人。」真心恭維了沈文戈之後，他們對屋子裡鬧出笑話來的官員可就沒有好臉色了，尤其王玄瑰還在那兒坐著呢，必須得嚴懲他們！正好乘機敲打那些只顧著鑽營人脈，不知道提升自己能力的官員。「鴻臚寺下月組織考核，翻譯不合格者，直接退回吏部，不用再來鴻臚寺當值了！鴻臚寺用不起你們！」

「是！」

他們又走到年輕官員們面前道：「你們再加一條，須配合七娘譯外邦書籍。」

「是！」

這便是肯定了王玄瑰的做法，將沈文戈幫助鴻臚寺翻譯外文書籍一事坐實了。

等人都走了，王玄瑰才站起身伸了個懶腰，意有所指道：「妳可知平日裡，求妳幫忙翻譯的那幫人都是什麼出身？一個是三年前的狀元，一個是去年的狀元，還有一個探花。剛才出言說要考核的那個白鬍子老頭，也是他們當年那屆的狀元，還是三元及第。」是以，長安城狀元遍地走，一點都不稀罕。

沈文戈剛剛那被激起的怒氣，和想念二姊的傷心，險些被滿耳朵的狀元給衝散了去。見她不說話，王玄瑰將自己懷中的雪團遞給她抱。

沈文戈險些抱不住雪團，吃力地跟在王玄瑰身後上了馬車。

王玄瑰打了個大大的哈欠，決定今天晚上去尋聖上，不回府了。看她垂著眸子，乖乖巧巧地跪坐在自己對面，他手指抵著自己的喉結，突然道：「尚滕塵要娶妻了。」

「喵嗚……」雪團聞到蔡奴倒給牠的小零食了，立即從沈文戈懷中跳了出去。可看在王玄瑰眼中，卻是沈文戈聽到尚滕塵要娶妻了，愣神了一瞬，抱緊了雪團，將牠弄疼了，牠才會跳走的。

他揚起皮鞭，直接纏住沈文戈的手腕，將她的手往自己的方向拉，頗有點咬牙切齒的感覺。「想什麼呢？」本王費勁幫妳和離，妳可千萬別告訴本王，妳後悔了！

黑色的皮鞭漸漸卸了勁兒，沈文戈手腕上甚至一條紅痕都沒有，她睫毛輕輕眨起，問：「是要娶誰？他帶回來的齊娘子嗎？」縱使兩人已經和離了，但尚滕塵與齊映雨帶給她的傷害，不是一時半刻可以消失的。她確實不在意尚滕塵了，可若是她和離之後，齊映雨就頂替她的位置成為了尚夫人，她會跟吃了蒼蠅一樣噁心。深呼吸了一口氣，她定定地看著王玄瑰，等他回答。

王玄瑰冷笑一聲。「妳果然還在意他，但妳現在後悔也晚了！他要娶的是杭州鹽商之女，雙方已經交換信物，女方都在趕來長安的路上了。」

不是齊映雨。沈文戈鬆了一口氣，不是她就好。想來也是，齊映雨只是個村家孤女，嫁給尚滕塵，無法給尚家帶來任何助力。

但鹽商之女就不同了，鹽商鹽商，其嫁妝定是十分豐厚，尚家是看中了女方的家底。杭州離長安距離頗遠，想來王氏的名聲還沒有傳過去。

一時間，她竟不知是該同情嫁進尚府後，上要面對惡毒婆婆，下要面對夫君身邊已有姨娘的鹽商之女；還是該同情費盡心思想要成為尚府夫人，卻什麼都沒撈到的齊映雨。

罷了，她還是同情同情自己吧！

順便期待一下新婦進門後，會不會攪和得尚府變了天？

咚咚咚，皮鞭敲在几案上，王玄瑰陰惻惻地看著沈文戈神遊天外。

沈文戈接過蔡奴遞給她的茶，這才回神解釋。「我有什麼好後悔的？與他和離，是我之願，他娶了新婦，我祝福他。我只是不喜齊娘子，不願她當正頭娘子罷了。」

她將自己惡劣的心思坦露在王玄瑰面前，王玄瑰非但沒有嫌棄，反而臉色稍緩，滿意地「嗯」了一聲。

盯著他的眸子注視了片刻，她低頭飲下茶湯，在心底輕輕嘆息一聲，她已經是和離過的人了啊！

回了府，她沒心思譯書，將人都趕了出去，自己將透過雪團與王玄瑰傳信兒的髮帶拿了出來，一根一根細細看了一遍後，又重新放匣落鎖。

之後，沈文戈讓自己忙了起來，白日查帳，晚間譯書。

鎮遠侯府每月都要查帳一次，以往都是陸慕凝去，現在這個活計她主動攬了，但凡覺得她年少好欺負的，都讓她整治了一遍，再無人敢欺瞞。

現在一聽到七娘又要下來檢查的風聲，掌櫃們的皮一個個都繃緊了。

不過今日沈文戈去的是自己的嫁妝鋪子，全部看了一遍，沒有問題之後，走在路上，她突然轉身，寬袖帶著兩條交織的披帛在空中劃了一個圈。

「你一直跟著我做什麼？」

尚滕塵躲閃不及被她抓了個正著。既然已經被她發現了，他索性走上前去。

倍檸看見他，渾身汗毛都豎起了，趕緊擋在沈文戈身前，警戒地盯著他。

他苦笑，隨即站定在離主僕二人三步遠的地方。他下巴上有著青色的鬍茬，回長安這半年多，他被同僚打壓、被父母訓斥，還與沈文戈和離了。曾經在長安城縱馬遊街的快意少年郎，如今成熟了，也穩重多了。「文戈，我有話想同妳講，就我們兩人。」

沈文戈按住不同意的倍檸，微向她搖頭。

「我不是什麼洪水猛獸，不會對妳家娘子做什麼的。」他言辭懇切，又看向沈文戈。

「文戈？我真的有話說。」

「好。」她轉了個身。

他愉快極了，跟了上去，和她保持著不遠不近的距離。「妳瘦了不少。」

「嗯。」沈文戈神色淡淡。「你到底想找我說什麼？」

「我到現在還沒吃飯，文戈妳餓不餓？我們找間酒樓先墊個肚子吧？」尚滕塵答非所問，也不知是不是想拖延些與她相處的時間。

前面就有支著賣胡餅的攤子，沈文戈不願意跟尚滕塵扯上關係，更不想和他去酒樓用飯，但看在他曾經為兄姊送葬過，便道：「買兩個胡餅應付著吃吧。」

支著胡餅攤子的是一對夫妻，頭髮半白，滿臉皺紋，見兩人駐足在攤子前，趕忙招呼。「兩位要什麼口味的胡餅？我這裡有糖餅、母雞餅、黃雛雞餅。」

尚滕塵哪能讓沈文戈付錢？想著映雨最愛吃甜的，小娘子應都是喜歡的，便搶在前開口，並遞上銅板。「來七張糖餅。」

「等等，」沈文戈叫住他。「我不愛吃甜口的，我要兩張黃雛雞餅子。倍檸？」她回頭，見倍檸正在遠處伸長脖子看他們。「給她帶兩張糖餅就好。」

胸口一窒，夫妻三載，他還是不知她的喜好。他改口道：「那就兩張糖餅子、五張黃雛雞餅子。」

「哎！」婦人俐落地收下銅板道：「我們都是現烤的，烤得外皮香酥，好吃的咧！」她說話沒有長安味，反而充斥著一股西北味，說完，就和她的夫君一起忙著烤餅去了。一邊翻餅，婦人一邊時不時地去看沈文戈與尚滕塵，然後碰了自家夫君一下，小聲交談。「你覺得那夫人和郎君，像不像幾年前在咱家借住的人？」

她夫君也張望了一下，皺了眉說：「怎還可能記得？就知道兩人相貌都好。如今這長安城，看誰都像，這都是妳覺得像的第幾對了？趕緊翻面。」

「你那眼神，能認出誰來？我還是覺得這對真的像。」說著，手上的活不落下，她俐落地將糖餅做好放在荷葉上包好，還用草繩給打了結後，遞給沈文戈。「夫人，這是給那小娘子的吧？用荷葉包著，一會兒吃還能熱呼。」她趁此仔細打量著沈文戈，越看越覺得像。

沈文戈只認為她是外地人，對自己好奇罷了，接過糖餅道謝。自始至終，沒給尚滕塵一個笑臉。

尚滕塵踟躕著，見婦人又轉身去烙餅子了，才看著沈文戈的側臉。「文戈，我……」

沈文戈拿著熱呼呼的餅子，實在忍不住了，他什麼時候變得如此磨磨唧唧了？「你到底想跟我說什麼呢？是想讓我恭喜你要娶妻，還是祝賀你納妾了？」

是的，尚滕塵同意娶妻的條件，就是先納齊映雨當姨娘，如今，齊映雨已經歡歡喜喜地成了房內人。

被她搶白，尚滕塵臉色一變，吶吶出口。「妳知道了？我也是不得已的，自己的婚事並不能作主，父親堅持讓我娶妻。」

所以，他娶不娶妻和她這個已經和離的人有什麼關係？又為什麼要向自己解釋？沈文戈拍著自己襦裙上並不存在的灰塵，只淡淡地「嗯」了一聲。

尚滕塵看著她，眸子裡滿是掙扎。他想跟她說，他父親讓他娶妻時，他腦子裡第一個閃過的人就是她，雖不想承認，但他好像是後悔了。後悔沒在婚姻期間對她好一些、後悔沒能發現她在家遭受母親為難、後悔自己為什麼會陷在恩情中，兩為難。

他想說，只要她還肯回來，他就去和父親說退親，但他連張口的勇氣都沒有，他知道她容不下映雨。

「郎君、郎君，餅子好了。郎君可是要分三張？」

他隱去眸中浮出的淚，強自點點頭，又說：「分好後，都先給我拿著吧。」又同沈文戈道：「怪燙的，等稍涼了，妳再拿著吃。」

沈文戈剛要拒絕，賣胡餅的婦人將餅子遞給尚滕塵，笑道：「夫人和郎君一如既往，好生恩愛！」

不過是幫忙拿個餅子而已，就看出恩愛來了？這恩愛也太不值錢了。沈文戈朝他伸手。尚滕塵無奈地將她的兩個胡餅交給她，不想讓她出口向婦人解釋兩人已非夫妻，便問：「嬸子說一如既往是何意？可是之前見過我們？」他剛說完，就覺得不妥，長安城中認識他們的，誰不知道兩人的故事？再說了，之前也沒恩愛過啊！看來是認錯了。

婦人見他搭話，立即喜道：「夫人和郎君可是約莫在四年前的冬天，去過一個山溝溝裡的小村莊？」

沈文戈眉心一跳，倏而看向婦人和她夫君。

見她眸中驚疑不定，那婦人更覺得自己是認對人了！她還記得那郎君傷過眼，能認出他們的只有沈文戈，因此便對著她說：「夫人認出我們夫妻兩人來了嗎？夫人可還記得？那年雪夜，夫人用馬馱著郎君到我們小村莊裡，住的就是我們家啊！我還記得夫人長途跋涉，一直走在雪地裡，凍壞了一雙腿卻一聲不吭。郎君當時眼睛傷了，夫人就貼身照顧著，郎君治眼睛的藥，還是我家夫君上山採的呢！」她笑著將銅板數了出來，欲要找給尚滕塵。「能在長安碰見你們二人，真是巧呢！如今看著郎君大好了，倒是夫人的腿如何了？」

沈文戈低下頭笑了一下，眸子裡有著淺淺淚光。

一旁的尚滕塵聽著婦人的話，越聽越覺不對。「怎麼回事？文戈？嬸子說的是什麼？」

「嬸子，做生意不容易，錢妳拿著吧！」沈文戈不理他，只伸手將嬸子的手推了回去，看著她的白髮道：「嬸子之前說想從村裡出來，真的出來了。」

嬸子和她推了片刻，見她一身寬袖襦裙，一看就價值不菲，這才不推辭了，收了錢後和她夫君對視一眼，摸了摸自己的頭髮，不好意思地說：「我家不是有個小子嗎？當兵了，能耐，入了沈家軍。」說著，用手背抹了淚。「墨城一戰，夫人您也知曉，我們幾乎是一夜白頭啊！後來又聽說從墨城救出好多沈家軍來，索性就收拾行李來長安等著了。」

「那……等到了嗎？」沈文戈小心地問。

「等到了！」嬸子開心地點頭，吸了吸鼻子。「這攤子就是用聖上給的獎勵支起來的！皇天在上，多謝聖上！」

「那你們還回西北嗎？」

「不回了。我兒說，現在還在等他們將軍的消息呢，實在等不著，再看聖上把他分到哪個軍去，屆時，我們兩個就跟著他，他去哪兒，我們就去哪兒。」

沈文戈點頭，有些忍不住地偏頭擦了淚，連連說：「那就好、那就好。嬸子，我與他和離了，別的事不必再說了。」

「什麼？」夫妻兩人面面相覷。

「沈文戈，你們到底在說什麼?!」尚滕塵一聲厲喝，手中的胡餅掉落在地，被他一腳踩了上去。他一把抓住她的手腕，十分用勁。

沈文戈忍不住蹙眉。「鬆手！」

他瞪視著沈文戈。「這對夫妻是妳找來作戲的是不是？你們在說些什麼亂七八糟的？」

「尚滕塵你鬆手！」

「哎、哎，可不興動手打女人啊！夫君、夫君，快快，分開他們！」嬸子和她夫君從攤子後跑出來，一人抱一個，掰下了尚滕塵的手。

嬸子護著沈文戈，心疼地看著她都泛紅的手腕，對尚滕塵罵道：「真是瞎了你的眼！這麼好的夫人竟不知道珍惜！夫人當年為了你付出多少呢？夜夜腿疼得睡不著，落了一身病根！我家村子早就一場戰亂給敗了，人全跑了，夫人上哪兒找我演戲去？」

尚滕塵腦子嗡嗡作響，指著沈文戈，又被嬸子的夫君將手給狠狠按了回去。「妳是說，當年……是她沈文戈照顧我的？」

「不是夫人還會是誰？」嬸子氣急。

「怎麼可能是她？」

嬸子給沈文戈的手腕吹氣。「怎麼就不是？不是她是誰？我想想，你當時眼睛傷了，耳朵沒聾吧？我們夫妻的聲音你認不出來？那我們給你做飯你總記得吧？每日的晚上，喝的都是菜粥！還有，當時你睡床榻，夫人都是睡我們用木門搭起來的板子，一翻身就咯吱響，屋子裡還有老鼠，這些你總能聽得見吧？」

尚滕塵連連搖頭，不能相信。「她肩不能提、手不能扛，照顧我？她能照顧好她自己就不錯了！我的恩人是映雨，你們定是在騙我！」

「映雨？」夫妻兩人對視一眼，嬸子道：「你說的是我們村裡的映雨嗎？笑話，在我家一直照顧你的人是夫人！映雨來都沒來過我家，何況她根本不會騎馬！」

「不對！」她夫君突然想起什麼，說道：「妳還記得，郎君沒打聲招呼就走掉的那天嗎？那天映雨去過我們家！咱們兩個不是還唸叨著，說郎君走了也不說一句，不仗義！」

「我……我說了……」尚滕塵喘著粗氣。「我跟她說，我要回去了。」

嬸子搖頭。「那我們是不知道的。你既然認錯了恩人，怎麼還娶了夫人呢？」

是啊，他認錯人、報錯恩，她怎麼還要嫁他呢？

沈文戈只低頭看手腕，白皙的皮肉上，五根手指印特別明顯，一旁的尚滕塵還在喃喃自語，認為是她騙了他。

她走向前，他就像一隻困獸般看著她。

他哀求道：「他們說的是假的對不對？文戈，妳是想回來和我再續前緣所以騙我對不對？」

沈文戈只是執起手，狠狠搧了尚滕塵一個巴掌。

就連她自己都沒想到，前世苦苦想求來的人證，今生會用這樣的方式見面。

她當初那般求他信任自己，把所有的細節都說了，他就是不信，認為自己都是從齊映雨那裡哄騙來的，是他和齊映雨相處的點滴。

前世沈家軍和她所有的兄姊都葬身墨城，是以嬸子夫妻倆只會留在西北，她無緣得見。

今生，沈家軍倖存一二，所以他們包袱款款來了長安，巧合地賣給她胡餅，認出了她。

因緣際會，不外如是。但不管哪種，他尚滕塵的第一個反應，都是她沈文戈騙了他。強求不來的東西，果然就是不屬於她。

她紅著眼眶道：「他們說的都是真的！當年的兔肉好吃嗎？我的馬兒坐起來舒服嗎？半夜聽著我輾轉反側睡不著覺，你睡得香嗎？」

尚滕塵腦中轟的一下，被她這些話衝擊得連思考都不會了，掙脫開嬸子夫君的束縛，問道：「那妳為什麼不告訴我？為什麼不告訴我是妳？當年為什麼不說妳是誰？」

沈文戈恍惚了下，手指摩挲著打得有些疼的手心。「我沒說過嗎？可我依稀記得我說了。何況，說了你信嗎？」她搖搖頭。「不過，這些都不重要了，你我二人已經和離了，你便守著你的恩人映雨過日子吧。」

尚滕塵也不知現在是什麼滋味，只知道難受得要喘不過氣來了，腦子裡亂糟糟的，理不出頭緒。「文戈……」

沈文戈說：「我們已經和離了，多說無益。」而後她看向嬸子道：「嬸子，喚我七娘便是。回頭我上嬸子家做客，謝過嬸子當年收留我。」

嬸子心疼她，當年就覺得她付出太多，不妥當，如今再看……唉。

倍檸扶住沈文戈。「娘子？」

「我們走。」

尚滕塵愣在原地，眼睜睜地看著她們主僕二人離去，滿腦子盤旋著「我們已經和離了」這句話。如果沈文戈和嬸子說的是真的，那他都幹了什麼啊？

所以是……是假的吧？映雨怎麼可能會騙他呢？

第十五章

「娘子？我們回府嗎？」倍檸扶著已經淚流滿面的沈文戈，自己也跟著哭了出來。「娘子……」

沈文戈走出很遠很遠，才敢露出疲憊的樣子，她舔了舔唇，脆弱地對倍檸道：「娘子我想喝酒了，妳給娘子打點去。」

「哎！」倍檸用衣袖擦淚。「娘子，您等著奴婢！」

沈文戈靠在路邊牆上，只覺得腿好疼啊……

倍檸打了酒，本想雇牛車回家，被沈文戈阻止了，她出府時說天氣好，想走走，便沒坐馬車，如今回府坐牛車，定會被人看出端倪。

深一腳、淺一腳地回了府，她打開綠蟻酒，直接對嘴喝了下去，半瓶進肚，她才說：「倍檸，娘子我腿好疼啊……」隨她話畢，兩滴淚落了下來，她真的好疼啊……

倍檸抱著她家娘子，哽咽道：「娘子腿疼是不是？我給娘子揉腿，揉揉就不疼了啊！」

娘子啊，您哪是腿疼？您是心疼啊！

沈文戈喝了一細白瓶的酒，眨著滿是淚花的眼，四處在房中看著。「雪團呢？我的雪團呢？啊，在宣王府吧？王爺呢？」她晃悠悠地站起身。

倍檸追在她身後，怕她摔倒。「娘子您要幹什麼去？娘子您小心，別往上爬，小心掉下來！」

「我沒醉……」她說著，人已經熟練地爬了上去，然後在兩個院子的婢女和宦官的驚慌注視下，坐在了牆頭。「王爺呢？叫他出來，我帶了酒呢，一起喝啊！」

王玄瑰抱著雪團趕來時，就見安沛兒站在梯子上伸著手，小心去搆沈文戈。

「娘子，您先下來好不好？」

沈文戈抱著酒瓶躲她，一眼瞧見他，立即笑著說：「你來了！」

兩人並排坐在牆上，沈文戈將手中的酒瓶推到王玄瑰眼下。「王爺喝呀，我請你！」

王玄瑰嫌棄地瞥了一眼酒壺裡的綠蟻酒。這款米酒，色如翡翠湯，上面還有沒能過濾掉的黑色渣滓，就像酒液上漂浮著一層黑色螞蟻般，因而得名綠蟻酒。

他「嘖」了一聲，伸出一根手指將酒瓶給推遠了。「本王不喝。」

「阿郎，」安沛兒在牆下喚他。「夜深風大，奴找了披風，你們披上。」遞披風之際，她又道：「奴沒能問出娘子為何飲酒，她的婢女也不肯說。」

王玄瑰頷首示意自己知道了，又道：「將我的葡萄酒拿來。」

「是。」

他展開披風，嬤嬤只拿來一件，索性兩個人共披一件披風，將她包緊了。

她酒勁上頭，只覺得熱，伸手就要去解繫繩。

「別亂動，喝妳的酒！」拍掉她的手，怕她掉下牆去，又趕忙伸手攬過她。他一條手臂就能輕易環住她的纖細腰身，略一側頭，便能瞧見她霧濛濛的眸子，鼻尖則縈繞著她身上的酒香和髮香。喉結滾動，飲下一口葡萄酒。見她小臉湊了過來，他將葡萄酒拿遠放好，伸手掐住她的臉頰。「妳不能喝。兩種酒摻著喝，明天早晨，妳的頭怕是要疼得不能要了。」

沈文戈委屈巴巴地看著他，許是覺得累了，往他身側挪了挪，扶著他的身子當成樹樁子靠了上去。

從後看去，只能看見兩人共披披風，而她的頭靠在他寬厚的肩膀上，顯得十分依賴。

見她消停下來了，王玄瑰又喝了口葡萄酒，方才問道：「為何飲酒？」

她盯著自己晃蕩的腳尖，說：「我腿疼。」

「嗯？」疼還能順著梯子爬到牆頭，在這裡晃著腿？

淚珠順著眼角流出，墜於鼻尖，她閉了閉眸，好似找到了一個可以傾吐心事的人，說道：「今日遇見了尚滕塵，便腿疼了。」

王玄瑰一側的眉毛挑起，看不得她這副情傷的不爭氣樣子，遂沒好氣道：「他娶新婦，妳就這麼傷心，還要借酒澆愁？妳若是想再回去他身邊，本王也不是不能再幫妳！」說完，他自顧自又飲下一大口酒，心中煩躁不已。

她靜靜道：「然後我們遇見了曾經借宿過的人家，尚滕塵知道那年救他的人是我，而非齊映雨了，我……腿就更疼了。一直想要的證明，現在唾手可得，恨以前的自己無能愚蠢，恨自己做出改變了也沒能救回兄姊……」

淚珠不斷墜下，有些許落在他的衣袖上，他伸手去掐她的臉，只摸到了一臉的淚。

「嗯？沈文戈妳別哭……本王真是欠了妳的！」他想用衣袖給她擦臉，卻發現自己還戴著護臂，只得去拽她身上的披帛，結果只沾了兩下，就又扔了下去，紗質披帛根本不吸水。最後拎起她的寬袖，才將她的臉蹭乾淨了。他堂堂宣王，什麼時候幹過這種伺候人的活兒！

「等等，什麼叫他知道當年救他的人是妳，不是齊映雨？不就是妳救他的？」

沈文戈重重點頭，動作太大，整個人差點翻下去！

下面的安沛兒、蔡奴及倍檸見狀，嚇得心臟都快要停了。

幸好王玄瑰固定著她，又將人給撈了回來。

「分明就是我救他的，他卻一心將人認成齊映雨！你說，我該不該氣？就算與他和離了，想想還是氣得慌！」

王玄瑰嗤笑一聲。「救命恩人都能認錯，他還能幹點什麼？」

沈文戈用力點頭。

「妳也是傻的。」

這回沈文戈頭點到一半就不點了，眸子裡又聚起了淚。

王玄瑰頭皮發麻，趕緊道：「妳不傻、妳不傻，傻的是他尚滕塵！本王給妳出氣行不行？」

「行！」沈文戈乾脆地說，然後破涕為笑，又蹙眉道：「腿疼……」

王玄瑰已經被她磨得沒脾氣了。「真腿疼還是假腿疼？」

「不知道，就是疼。唔……」手被緊緊攥住，沈文戈又道：「腿疼……」

明明飲了酒該燒起來的人，此時握著他的小手卻是冰涼一片。他皺眉伸手摸向沈文戈的額頭，摸到一手冷汗。

「她腿疾犯了，快將梯子拿來。」伸手穿過沈文戈腿彎，直接將其抱了起來。比想像中還要輕很多，縮在他懷中小小的一團。很難想像，那年雪天，她是怎麼將他們三個人一個個救起的。唇緊抿成線，尚滕塵是瞎了，竟能認錯恩人！

騰空而起，沈文戈自然而然地摟住他的脖頸，手裡還不忘拿著她的酒壺，聽見倍檸叫她，還越出他的肩頭向她樂道：「倍檸，妳快看，娘子我飛啦！」

「娘子！」倍檸站在梯子上，眼看著她家娘子被王爺給抱走了，急得像熱鍋上的螞蟻。

安沛兒趕緊來到牆邊，說道：「我們都在，娘子不會出事的。當務之急是娘子腿疾犯了，她平日裡可有吃的藥或是泡藥浴的方子？」

「什麼？腿疾犯了？有的有的！」

「趕緊叫人去拿，妳跟著下來，隨娘子進去。」

「好、好！」倍檸回頭叫此刻抱著雪團的音曉趕緊進屋去拿方子和鹽袋，待音曉跑得呼哧帶喘地將東西拿給她後，她被安沛兒扶著，趕緊翻下了牆。

安沛兒將藥方直接交給了一直住在王府的大夫，既然王府有湯池，自然是泡藥浴最能緩解腿疼，何況這腿還是被雪天凍壞的，湯池本就可以促進活血。

此時，王玄瑰已經抱著沈文戈進了湯池房，這裡離得最近又最暖和，他嘗試將沈文戈放下幾次，但她每每腳尖碰地，都要哭不哭的，眼巴巴地看著他說「腿疼」，他沒法子，又想著將人放去美人榻上好了，這下用不著站，坐下就好，可她仍緊緊摟著他的脖頸不鬆手。

「沈文戈，本王真是敗給妳了！」

等安沛兒領著倍檸，帶著藥材進來的時候，就見她家阿郎坐在美人榻上，任沈文戈拿著酒壺在他懷中喝酒，活像個只知道紙醉金迷的縱慾王爺！

她快速用餘光掃了一眼倍檸，說道：「阿郎，怎不把七娘放下？」

王玄瑰冷笑道：「妳自己過來試試。」

對娘子的擔憂大過一切，倍檸衝了上去，蹲在榻邊。「娘子、娘子？」

沈文戈將空了的酒瓶推給她，將臉埋進王玄瑰懷中，不動了。

喝醉了酒，比雪團還纏人。

湯池中加入了熱水，霧氣上湧，藥材被扔了進去，整個湯池的池底都變成了黃褐色的，出水的閥門被關上，到了沈文戈該泡腿的時候了。

可倍檸和安沛兒用盡了方法，都沒能將沈文戈拉下來。

「行了，別擾她了。」王玄瑰抱她起身，走到湯池邊連人帶衣給放了下去。

剛一入水，沈文戈就被藥材味衝得打了個噴嚏。湯池下面有坐的地方，可她暈暈乎乎的，坐都坐不穩，險些跌水裡去。

王玄瑰眼疾手快，半跪在地扶住她的腦袋，轉頭看向還呆愣的倍檸。「過來扶住妳家娘子。」

倍檸如夢初醒，連連應聲，趕緊跑了過去。

安沛兒突然急忙驚呼道：「阿郎別回頭！」

眉梢挑起，剛剛尚且在他掌心的柔嫩臉蛋已經離去了，他的手指彷彿碰到了什麼滑膩的皮膚，隨即就感覺自己的腿被人抱住了。下意識低頭看去，只見剛才沈文戈在水中撲騰時，吸足了水的寬袖長袍沈沈地從肩頭滑落，露出她圓潤的肩膀，又被她嫌沈地從其中掙脫出來。現在兩根白嫩嫩的藕臂正纏在他的靴筒上，將其染上層層疊疊的水漬，而他的手指剛剛碰觸到的是她的鎖骨。

一種詭異的感覺從心底瀰漫開來，他手指輕捻，隨即伸手掐住還在往前拱、快要和他的靴子貼上的臉，十分殺風景地說：「本王的腳不臭嗎？」

沈文戈的動作僵住，勾著他靴筒邊緣的手指一根根翹起離開，濕漉漉的頭髮黏在她的臉側，可憐兮兮的。不再抱他，她身子就往水下沈了沈，於是又悄悄伸手拽住了他的衣襬，然後仰著頭望他。「你也要像他一樣，不要我了嗎？」

這話，問得人心疼。他丹鳳眼勾起，靜靜望著她，隨即道：「本王不走。」俯身從她頭上解下一根白綢髮帶，他乾脆曲起一條腿坐了下來，拿起髮帶覆在眼上，在合眼前，他看見她鎖骨下方有三顆小痣，像在畫紙上灑了的小小墨水點。而後他摸索著拿下護臂，扔在一旁，將自己的衣袖交給她，又按著她的頭將她轉了一個圈，背對著自己。「坐好泡藥浴。」

他想著，回頭得讓聖上給他派些更厲害的醫者才行了，他的心怎麼一直在亂跳？

站在兩人旁邊，想伸手給沈文戈蓋衣服又不敢的倍檸，和一直沒有出聲的安沛兒，齊齊噤聲看著眼前這一幕。

室內，霧氣氤氳多了起來，讓在水池裡外的兩人像是被仙氣圍繞一般，誰也捨不得去打擾。

喝醉了酒的小娘子，春光乍洩，寬大的黑色衣袖遮蓋住了她半個後背及肩膀，她則依賴地握緊手中的衣袖。

彷彿獲得了安全感，又被熱水泡得渾身舒坦，沈文戈的眼睛輕輕合上，側著頭倒在了衣袖上。

在她身後的郎君，白色綢帶在他鴉黑的髮後繫了個簡單的結，他曲著腿，手臂伸直搭在其上，任她扯著衣袖，好似也跟著睡著了。

與此同時，尚府裡的齊映雨也牽起了尚滕塵的衣袖。「塵郎你怎麼了？眼睛都紅了。」尚滕塵看著她，嘴角動了，半晌也沒能笑出來，索性將人抱在懷中，木愣愣地盯著几案上的香爐，問道：「妳可還記得，當年救我時，為我烤的山雞？」

齊映雨避過這個問題。「怎麼了，塵郎？」

「我只是有些懷念，想再吃一次妳烤的山雞了。」他將「山雞」兩個字加重聲音發出。窩在他懷中的齊映雨軟軟地道：「好啊，那映雨再為塵郎烤一次。」

尚滕塵疲憊地閉上了眸。當年，他吃到嘴裡的是兔肉。

「塵郎？你弄痛我了。」尚滕塵抱著齊映雨，剛才用的力道，似是要將她揉進他懷中般，她嬌羞地拍他。「快鬆一鬆。」

他無聲地喘了口氣，鬆開了她，又將下巴抵在她的頭上，不讓她看自己現在的神情，想著，不過是吃食，都過去四年了，她可能記錯了也說不定。

「那年雪夜妳的救命之恩，我不知有什麼辦法能報，每每想到當年，妳我合衣躺在一張床榻上，都覺得很幸福。」

齊映雨還是頭一次聽他說，救他的女子與他是同榻而眠的，不禁嫉妒心起。「是啊，當年我生怕塵郎你嚥了氣，時不時就要爬起來探探你的鼻息呢！」

「是嗎？」尚滕塵摸著她的髮，滿嘴苦澀，竟連這個也對不上。他又問：「妳可喜歡馬？過兩日，我帶妳出城騎馬去吧？」

「去郊遊踏青嗎？」他馬上就要娶妻了，卻還能想著要帶自己出門，齊映雨覺得快活極了。「好啊，塵郎，我們一起出去，屆時我親自給塵郎烤野雞吃！」

她語氣充滿愉悅，與尚滕塵現在的心情截然相反。

他接話道：「我給妳錢，妳去做一身騎馬裝來。」

「嗯！塵郎你對我真好。」

尚滕塵牽起她的手，不知為何，之前覺得她頭上好聞的髮香，如今只覺得膩得慌。「屆時，我親自教妳騎馬。」

「好呀，塵郎教我，我一定學得快！」說到這兒，齊映雨心中一個哆嗦，反應過來自己說錯話了！她是知道當年救尚滕塵的女人，後來是騎馬走的，於是趕忙描補道：「畢竟我腿摔傷過，再騎馬都不會騎了。」

尚滕塵沈默著沒有接話。

齊映雨想著兩人剛才的對話，冷汗不禁一層層地出，話也密集了起來。「畢竟是四年前的事情了，許多細節我都記不清了，虧塵郎還記在心上。能救下塵郎，真是我三生有幸。」

「我也覺得。」尚滕塵手都是涼的，覆在齊映雨的面上，凍得她一個哆嗦。「被妳所救，也是我之幸。既然說到了騎馬，我們不如現在就出去溜達一圈吧？」

齊映雨覺得自己糊弄過去了，哪敢反駁他？順著他的意思點了頭。

被他扶上突厥馬，明明怕得要死，她還得裝出一副終於能騎馬了的開心樣子。

尚滕塵拽著韁繩的手都在發顫，他在西北當兵時，曾當過騎兵，一個人是不是真的會騎馬，從很多地方都能輕易看出來，比如她剛才生疏得根本不知從哪兒上馬就可以。

「塵郎……塵郎……塵郎……」

尚滕塵牽著馬，只覺得她叫自己的聲音，變得那麼刺耳、那麼惹人煩躁。

隨著天氣變暖，天黑得也晚了，兩人走在街上，人們依舊是往來密集，很快地他就帶著她來到了賣胡餅的攤子旁不遠處。

賣胡餅的夫妻兩個照舊做著自己的生意，似乎根本不怕他會折回來質問。而街邊對他們在這兒擺攤的長安熟客更是證明了這一點，他們真的不是沈文戈找來的人。

本以為會帶她去吃些好東西的齊映雨，在馬上嬌滴滴地開口說：「塵郎，我們吃胡餅嗎？總覺得有些膩味呢！」胡餅而已，有什麼好吃的？

尚滕塵沈默地看著夫妻兩人忙乎，說道：「這夫妻兩人也是從西北來的，興許會是映雨妳家鄉的人也說不定。」

齊映雨半點也不想看見家鄉人，何況她的村子早就在戰亂下什麼都不剩了，但她也只能感動地開口道：「原來塵郎你帶我來這兒是為了讓我認人的？但可能要辜負塵郎的用心了，我家——」

「映雨妹子？」一個曬得皮膚黝黑的年輕漢子自兩人身旁經過，叫了齊映雨一聲，看到她望了過來，更肯定是她了，便對尚滕塵抱拳拱手道：「這是妹夫吧？也太巧了，我們竟能在這兒相遇！」

齊映雨看見他，張張嘴，活像是震驚之下失了語。賣胡餅的夫妻兩人早就發現尚滕塵了，誰會看不見那匹突厥馬？見自己兒子同馬上的小娘子打招呼，便趕緊喊道：「猴子，過來幫忙！」

猴子「哎」了一聲，又對齊映雨說：「見妳過得好就行了，可以啊，都會騎馬了！為了當騎兵，我到現在還學著呢！我先過去幫忙了，等我給妳拿幾張胡餅來！」他跑過去後，索利地掏出兩張木凳，讓父母坐下休息，自己則幫他們賣了起來，又低頭同他母親說了什麼，他母親指了指齊映雨，他看了一眼後，沒再過來。

尚滕塵鬆開韁繩。「妳不是說，妳會騎馬嗎？映雨。」

齊映雨的臉刷白了，支支吾吾地解釋道：「塵郎，我們也只是同村而已，他哪能對我了解那麼多呢？」

「是啊，妳不說，我都要忘了，」尚滕塵轉過身，逆著光看她，看不清她現在的神色。「妳家鄉的村子我記得不是很富裕，都養得起馬了？」普通百姓村落，能有一頭牛幫忙種地，都是極富有的村落了，馬是戰略物資，除了高門大戶，誰養得起？

有些事物，不在意的時候，不覺得有什麼問題，可在意之後，就處處都是漏洞。

他究竟被什麼迷了眼，竟會堅定地相信齊映雨？明明假的就是假的，再裝也不是真的！

齊映雨捂著頭，使出了她百試不爽的方法。「哎呀……塵郎，我頭又痛了！你知道的，齊映雨我家沒了流落在外時，我傷了頭，許多事情都記不清了。」她從衣領裡拽出她貼身佩戴的玉珮。「塵郎，這玉珮可是你親手交給我的啊！」

尚滕塵伸手接過玉珮，就是因為這塊玉珮嗎？他露出了今日面對齊映雨的第一個笑容，一個苦笑，說道：「映雨，妳聽過一個鳩占鵲巢的故事嗎？」

齊映雨愕然地看著他，著急地想下馬抓著他的胳膊解釋，可卻不得其法地困於馬上，根本下不去。「塵郎，你在說什麼？」

「當年妳我從未同榻而眠過；妳照顧我卻日益沈默，很少開口說話，心裡似藏著事；妳手藝不佳，除了第一頓吃的烤兔肉，剩下的還不如孀子給的菜粥好吃。妳說妳不記得了，其實是妳根本沒經歷過吧？齊映雨，妳騙我，騙得好苦！」他執起那玉珮，「啪」地摔在地上，玉珮何止四分五裂，簡直因他的大力快碎成粉末了！

齊映雨見狀，抱頭尖叫。「啊！」一雙滿是淚的眸子痛恨地望著齊映雨，內裡飽含的那恨不得掐死她的殺意，將齊映雨嚇得花容失色。「塵郎！塵郎，你誤會什麼了？就是我救你的啊！我……我只是……只是有些地方記不清了而已！塵郎、塵郎，我是你的恩人啊！」

「妳到現在還不承認？」尚滕塵重新牽起韁繩，不知是失望還是什麼，翻身上馬。「駕！」

駿馬奔馳在街道上，不消片刻工夫就回了府。

齊映雨臉色煞白，幾乎是被尚滕塵拖下馬的。

帶著她回了屋，尚勝塵就去翻她帶來的行李。

齊映雨嚇得在一旁團團轉。「塵郎！塵郎，你做什麼？你肯定是被人哄騙了，我才是你真正的救命恩人啊！」

給她收拾東西的手一頓，尚勝塵一字一句問：「我何時跟妳說過，真正的救命恩人出現了？」

這回齊映雨是真的膽寒了，她偷用某人的恩人身分，那個人終於要戳穿她了嗎？「塵郎……」她下跪哀求，咬死不認。「不管誰說了什麼，我才是你真正的救命恩人啊！」

他摔下手裡的東西，衣裳服飾瞬間撒了一地，他蹲下身捏著齊映雨的肩膀。「為什麼？妳到底為什麼要騙我？妳知不知道，為了妳我都做了些什麼？」

「塵郎……」

「我到底都做了什麼啊！」

被他們兩個的吵鬧聲引來的王氏，依舊是一身棕色的衣裙，顯得十分不近人情，進了門就道：「好了，不管齊氏做了什麼，塵兒你也不能縱馬馳街啊，小心被人彈劾。」

直接被扣上是她的錯，齊映雨捂面楚楚可憐地哭了起來。

可尚勝塵不再像以往般去哄她了。

王氏拍著尚勝塵衣裳上的灰塵道：「馬上就要娶妻的人了，可不興再胡鬧了。你求母親讓你納齊氏，母親也都同意了，如今臨近婚期，你就消停些吧，省得再惹你父親生氣。」

聽到自己還有個要過門的妻子，尚滕塵更絕望了，他淒楚地說：「母親，兒犯了一個滔天大錯！兒認錯恩人了，兒一直認為映雨才是當年救兒的人，怎麼辦啊？」

「不，不是的！塵郎，是映雨，真的是映雨救你的！」

「閉嘴！哪有妳說話的分？冒領恩情還不知收斂！」王氏喝斥了一聲。訓完後，一臉十分不在意的表情，她還以為怎麼了呢，原來是為了這事啊！「母親不是早就告訴過你了，齊氏並不是你的恩人，可你當時不聽，完全被氣昏了頭腦。」

尚滕塵愕然地看著自己的母親，想起當初要和沈文戈和離時，母親曾說過的話。他問道：「母親您知情？真的是文戈救了我？」

王氏肯定道：「是她，她為了救你消失了三日，鎮遠侯府豈會不知情？若非如此，我們也不可能鬆口讓她嫁進來。」當然，因著沈文戈救了塵兒這事，他們尚府也好生拿喬了一番，不然豈有後來尚虎嘯的升遷？

「你們……全都知道？」尚滕塵向後退了一步，不敢置信。「你們都知道，但卻沒一個人告訴我？」

王氏也覺得奇怪。「說來也是，你怎會認錯人呢？我們誰都沒想過，也不知這齊氏究竟給你餵了什麼迷魂湯。」她還在不遺餘力地給齊映雨上眼藥，而後道：「但現在說這些也沒有用了，你已經與沈氏和離了。既然看清了齊氏，若不想留她在府上，打發到莊子上便是。」

尚滕塵此刻何止是絕望，原來只有他一個人不知情。他任由沈文戈遭受母親的搓磨，他任由沈文戈看著他帶了齊映雨進府！易地而處，他若是沈文戈，怕不是吃了他的心都有！

他對沈文戈何止是羞愧？如今知道真相，他簡直是悔得肝膽俱裂。

若早知如此，他豈會對沈文戈惡言相向、從不理睬她，又何至於與她走到和離這一步？

尚滕塵抬腳就要去尋沈文戈。

王氏叫住了他。「塵兒！馬上要宵禁了，你要去哪兒？有什麼事明日再說。」

他抬頭望天，明明金烏已經隱沒，他為何還會被陽光灼眼，流下淚來？

齊映雨看著尚滕塵落寞的背影，頹廢地倒在地上。當年救塵郎的人，竟然是沈文戈?!

她頭一次無比清晰地知道，自己完了！她比任何人都清楚，尚滕塵已經在後悔與沈文戈和離了，如今知道沈文戈才是他真正的救命恩人，他豈不是要瘋？

不、不，她不能去莊子上，她現在唯有緊緊抓住尚滕塵了！

「唔……咳、咳……嗯……」沈文戈扶著頭，手指插進頭髮中，艱難地坐了起來。身體沈重不說，嗓子也乾癢，頭還一跳一跳地抽疼著。她費勁地睜開眼，只覺得能見的範圍都小了不少，伸手摸上眼皮，光滑彈嫩，一按就能出一個水坑。不用想，肯定是昨天哭多了，又喝了酒，所以腫了。再摸摸臉，臉好像都大了一圈。

在床榻旁一直守著沈文戈的倍檸迷迷瞪瞪地睜開眼，瞧見她家娘子坐起來了，趕緊撲了上去，從上到下摸了一遍。「娘子，您醒了？您可算是醒了！」她昨天在宣王府，嚇都要嚇死了！一直提心吊膽的，生怕宣王對娘子做點什麼，又怕府上的人發現娘子其實人在宣王府，直到娘子熟睡後，王爺將娘子抱回來才鬆了口氣。

「水……」

「我去倒給娘子！」

一杯水下肚，沈文戈的嗓子才好了些。她打了嗝，呼出來的氣都還帶著酒味兒，她用手搧了搧，這才發現自己身上只剩裡衣，那肯定是倍檸幫她換了。酒這個東西，看來下次不能喝了，頭好痛。

「娘子，腿可還疼？」娘子昨天可是一直喊自己腿疼的。

沈文戈還記得自己跟倍檸說腿疼的事，她動了動腿，沒有任何問題，便搖頭說：「不疼了。」

倍檸開心地道：「那看來昨天的藥浴是真的有效果呢！也不知下次還能不能泡上？」

「為何不能泡？」左右是買藥材回來放浴桶中泡，燒個熱水不就泡上了？她伸手撐著頭，覺得好難受，好想吐……

「嫂嫂？妳醒了嗎？」

屋內有三嫂言晨昕的聲音，沈文戈看向倍檸。三嫂在外面等她，怎麼不告訴她？

倍檸低下頭，悶悶地道：「是奴婢的錯，尚郎君找來了，一直跪在府門外說要見您，奴婢有私心，不想讓娘子見他。」

「他來做什麼？」不管他來做什麼，能讓三嫂捨下臉面來找她，定是外面又鬧起來，實在沒法子了。要知道，現在府上，母親已經在有意地培養三嫂當家了。沈文戈掀被下床，道：「給我更衣，拿套簡單方便穿的，再拿頂冪籬來。」

等她收拾妥當，一出門，就見三嫂走了過來。「嫂嫂別怕，妳幾個兄長和嫂嫂們全都在府外給妳撐腰。若不是趕不走他，我也不會來尋妳。」

「沒事，嫂嫂，我去見他一面。」

「妳這嗓子是怎麼了？」

沈文戈搖頭，隨她出了府。

府門外，幾個兄長不論說什麼、做什麼，尚滕塵都愣愣地跪在那兒，任太陽照射，滿頭是汗也不走。就在鎮遠侯府門外，幾個兄長也已經教訓過他了，一旁還有人圍觀，真不好再動手，給人留下把柄。見她出來，幾人趕緊將她團團圍住。

六郎咋呼道：「嫥嫥是不是生病了？怎麼還戴著冪籬？」伸手想去看看沈文戈的臉。

唐婉立即打了六郎的手。七娘會戴冪籬自然有她的用意，他手欠什麼？

沈文戈道過謝，讓他們先進府去，做什麼都在這兒陪著尚滕塵曬太陽？

三嫂言晨昕攙著三郎的手臂道：「沒事，我們就在這裡等著，嫥嫥妳放心跟他說話。」

有人愛護著，沈文戈心裡覺得熨貼，當下提著裙襬，下了臺階，走到尚滕塵面前。

發現自己眼前出現了白色裙襬，尚滕塵抬起了頭，他眼睛裡布滿了血絲，鬍茬往外冒著，一看便是一晚上都沒睡。

當著所有人的面，他一字未說，先是給沈文戈磕了頭。「砰」的一聲，可見用勁之大。沈文戈沒避讓，她救了他的命，又為他持家三年，她受得。「你來做什麼？」

他緩緩從地上抬起頭來，額頭上都磕破了皮。「我來向妳道歉。」

沈文戈昨晚痛快地哭過一場、醉了一氣，已經將那些鬱氣都散盡了，又可以冷靜地面對他了，便道：「你已經道過歉了，在公堂之上。」

「那是為我母親道的歉，我今日前來，是為自己道歉的。我對不起妳，沒能認出妳來……」說著，他眼眶濕潤了，啞著嗓子道：「對不起文戈，我讓妳受委屈了。」

兩輩子了，她終於等來他的道歉了，可她已經不需要了啊！

冪籬被風吹動，隱隱露出內裡搖著頭的下巴尖。「好，我知道了。我收下你的道歉，可我永遠不會原諒你的。」

尚滕塵聽她說永遠不會原諒自己，心都要裂了。「我會補償妳的，盡我所能。」

「不必。」沈文戈自嘲地笑笑。她其實更感興趣的是，他是怎麼看清的？齊映雨不是瞞他瞞得很好嗎？

尚滕塵主動告知，簡單地道：「我帶她去見了那賣胡餅的夫妻倆，又問了她一些細節，她都說不上來。」

真奇怪，那些細節，前世齊映雨應該也說不出來才是，那為什麼前世的尚滕塵就信呢？

沈文戈不明白，她也不想明白了。「你走吧，不要再來侯府找我了。」說完，她轉身要走。

尚滕塵跌跌撞撞地往前，因為跪久了沒能站起來，就那麼跪著拉住她的裙襬。

沈文戈心下一寒，渾身雞皮疙瘩都起來了！被他碰了，好噁心！

倍檸趕緊將沈文戈的裙襬撤出，冷喝道：「你做什麼?!」

尚滕塵苦笑，夫不夫、妻不妻，他怎麼就和沈文戈走到了這一步？他眸中含著淚，說道：「文戈，我悔了，自妳離去後，我才知道我對妳也是有感情的，妳……再給我一次機會好不好？我真的知道錯了，我會將她送到妳看不見的地方，我們和好吧？」

沈文戈只覺得耳邊像是有蒼蠅在嗡鳴，她嗤笑了一聲，像極了王玄瑰不屑的樣子，說道：「知道我是你的救命恩人了，你便後悔了？」

尚滕塵猛地搖頭。不是的，不是的，他早就後悔了，只是自己不敢相信。直到昨晚，他實在悔得不知道該如何是好！但他能怎麼辦？他已經納了齊映雨，如果她還在尚府，文戈絕對不會回頭的！「文戈，求妳，再給我一次機會好不好？我立刻去退婚，沒有什麼新婦，只有妳！」

「不好！」

「文戈！文戈，我——」

「尚郎，你們已經和離了，就別再糾纏了！」有一隊穿著明黃盔甲的金吾衛奔了過來，幾人攙扶起尚滕塵。

「不，你們放開我！我還沒和文戈說完呢……」

其中一人擺手，讓他們快將尚滕塵帶離開，而後向沈文戈抱拳。「七娘，宣王命我等過來幫忙。妳放心，他來一次，我們攔一次。」

王爺？腦子一閃而過什麼，沈文戈晃了晃腦袋。「多謝你們。」

「不客氣，七娘。」

金吾衛都是尚滕塵的同僚，誰也沒下重手，眼見著尚滕塵就要掙脫開來，幾人額頭上都冒了汗。該死的，這事若沒辦好，他們還不得被王爺訓斥！

「郎君、郎君！」有尚府小廝氣喘吁吁地跑了過來，見到尚滕塵及他身邊的金吾衛，也沒多想，畢竟尚滕塵本就是金吾衛。他衝上前，靠在尚滕塵耳邊道：「郎君，快回去吧，齊姨娘上吊了！」

「什麼？」尚滕塵心裡升起不可遏制的怒火，齊映雨她又在鬧什麼？他現在可是在文戈的面前！「她死了嗎？要是沒死，你來尋我做什麼？」

小廝跺跺腳，看了大家一眼，又靠了過去耳語道：「齊姨娘有身孕了，夫人讓您趕緊回去！」

晴天霹靂不外如是。他不再掙扎，愣在原地，半晌後露出一個絕望的苦笑。含淚的眸子看向沈文戈，隔著她的冪籬對上她的視線，落下兩行淚來。為什麼要這麼對他？以沈文戈的傲氣，他還怎麼求她回來啊？

他身子晃動，晃下金吾衛的手，對著小廝道：「我們回府。」

沈文戈歪頭挑眉。

那離得近、聽了個全的金吾衛見狀，立即湊上前，對沈文戈說道：「好像是說尚郎家裡的姨娘上吊，然後發現懷孕了。」

又是上吊？齊映雨自盡的法子真是千千萬。心下膈應，她也不想再污耳朵了，鄭重地向來幫忙的金吾衛道謝，還給他們塞了碎銀，就見到了宣王府的安沛兒。

兄長們見此，這才紛紛回了府。

安沛兒熟稔地托住她的手，悄悄道：「娘子放心，我家阿郎已經派船去接范娘子了，尚郎君馬上就要沒空來尋您了。」

「范娘子是何人？」

「瞧我，忘了跟娘子說，就是尚郎君的新婦，鹽商范氏之女，范欣。從杭州來長安，按理走水路最便利，但就怕水路上劫匪多，她又帶了大批嫁妝，索性圖安全，走的是官道。如今阿郎給派了船和護衛去接，能節省一個月的時間。不出意外，范娘子沒幾日光景就能來到長安了。」

那敢情好，省得尚滕塵再來煩她。不知道她是救命恩人的時候，也沒說要求她回頭，現在裝什麼深情？「嬤嬤替我謝謝王爺。」

安沛兒捂著嘴笑道：「還是等娘子親自去同王爺道謝吧！」然後她又拉著沈文戈的手，細心詢問道：「娘子頭可疼？今日可有喝了解酒湯？阿郎那兒還有野蜂蜜，回頭我給倍檸裝點，娘子拿回去喝。」說完，她又看著冪籬，若有所思。「娘子戴冪籬可是因為眼腫了？不怕，給奴看看，奴知道好些消腫的方子呢！」

沈文戈被她這一連串的親密舉動給弄得一頭霧水，躲閃著她的目光，說道：「醜得很，嬤嬤還是不看了。」

「好、好！」安沛兒哄著她，卻是隔著她同倍檸道：「回去後給娘子用熟雞蛋滾眼睛，可以消腫的。」

見倍檸笑著應下，沈文戈心中疑惑更深，她們兩個什麼時候關係變得這麼好了？「嬤嬤怎麼知道我昨晚喝酒了？可是倍檸告訴嬤嬤的？」

安沛兒疑惑地和倍檸對視一眼。

倍檸拉拉沈文戈的袖子。「娘子，昨晚是安嬤嬤一直在照顧您的。還有，可是王爺……」

「嗯？跟王爺又有什麼關係？昨晚嬤嬤照顧過我？我怎麼什麼都不記得呢？」

兩人異口同聲說：「娘子不記得了？」

「妳不記得了？」白銅馬車不知何時來到她們身旁，王玄瑰用皮鞭掀起車簾，目光在沈文戈身上上上下下掃視一遍，而後嗤了一聲。

他走下馬車，伸手扣了扣護臂，一副秋後算帳的模樣，朝著沈文戈走去。

倍檸下意識擋在沈文戈身前。

沈文戈輕輕拍拍倍檸的肩，示意沒事，但心裡也是陡然一緊。昨晚到底發生什麼事？

王玄瑰走到沈文戈身前，俯身看著她的冪籬，突然出其不意地將其掀開了，伸手掐住她的臉頰。

沈文戈駭得睜大了眸子，這個動作太親密了！她不禁動了動頭，想脫離他的手。

他丹鳳眼眯起，昨天晚上還死活要黏在他身上，不讓他走，今日就疏離地躲他，她沈文戈可真是好樣的！可隨即他突然低聲笑了，沈文戈昨日哭狠了，現在眼睛紅腫得連眼皮都是亮的，更遑論雙眼皮，已經腫到沒了，簡直醜得別具一格！

見他伸出另一隻手，沈文戈想睜大眼眸都做不到，只能看著那根修長的手指離自己越來越近，最後戳在她的眼皮上，還反覆戳了幾下！

實在忍不住了，她抬手碰上王玄瑰的兩隻手，制住他的動作。「王爺！」

這一聲似是撒嬌般，手背上的觸感又清晰地傳遞給大腦，惹得王玄瑰的心又亂跳了一下。他收回手，在沈文戈鬆了口氣時，說道：「想知道昨天晚上發生了什麼事嗎？」

「發生什麼事了？」沈文戈問。怎麼大家都一副知道的樣子？難不成她昨日去尋王爺了？

王玄瑰向前俯身，在她後躲時，掐住她的脖頸，湊到她耳邊說：「妳扒著本王的腳，聞得可香了！」他怪笑了一聲，然後在安沛兒一聲不贊同的「阿郎」下，直起身帶著人離去。

只留下沈文戈摸著被他氣息吹得發紅的耳，腦中轟然作響。

眼前閃過縹緲霧氣之下，王玄瑰那張妖豔的臉上露出無奈的神色，而自己則泡在湯池中費勁地抱住他的腿，不住地往上爬的一幕。

冪籬落下，她呼吸都要停了。

快步帶著倍檸回到房間，接過音曉給盛的粥一飲而盡後，猛地同倍檸說：「快跟我說，昨天喝醉後，我都做了什麼？」

倍檸也是沒料到，她家娘子會把昨日的事情都忘了，但這事可不能瞞，娘子必須要知道，因為昨日的事情確實……確實太出格了！她低聲細細同沈文戈說著。

這便是沈文戈剛剛腦中閃過的那一幕了？等等，她胳膊上好像沒衣服？所以她在水裡撲騰的時候，將衣服也弄掉了？沈文戈只覺得自己到現在都還沒清醒，頭暈目眩得很，甚至不敢深究，自己酒醉後為何會做出那樣的舉動？

她邊恨恨地用雞蛋滾著眼，邊追問道：「接著說，我怎麼回來的？」

倍檸欲言又止，昨晚她與安嬤嬤兩個人寸步不離地守著兩位主子，一個怕沈文戈睡不好滑下水，溺著了；一個大氣不敢出，生怕擾了王爺好不容易的熟睡。

但藥浴也不能久泡，約莫兩個時辰後，她們兩個人想悄悄下水扶沈文戈起來，可她手裡緊緊攥著王爺的袖子，分也分不開，袖子被幾番扯拽，終是把王玄瑰驚醒了……

雖坐久了，身體疼痛，但王玄瑰已許久沒睡過這麼沈實的一個好覺了，他慵懶地用手捏著眉心，問道：「幾時了？」

「阿郎，再過一個時辰，該去上朝了。」

「嗯。」那便是他該起來收拾了，得先將沈文戈這個小麻煩解決了。他收了收袖子，結果另一頭的沈文戈就跟著他的袖子，在湯池中左右搖擺。聽著湯池裡的水花聲，他問道：「她還沒醒？」

安沛兒摟住沈文戈。「尚未。」

「哼，不會喝酒還喝那麼多！」再用勁抽袖子，確定真的抽不出來，王玄瑰索性也放棄了。「拿把剪子來。」

就著沈文戈手攥著的袖子，嬤嬤剪了一圈，終於將兩人分開了。

王玄瑰起身活動了一番，眼上依舊矇著白綢，指使道：「將她弄出來，本王送她回去，她還想在本王這裡過夜怎麼的？」

倍檸和安沛兒齊齊往在美人榻上翻了個身的沈文戈看去，剛剛出水的她，白色紗裙被藥液泡得泛著黃，緊緊貼合在身上，微微透出下方的肌膚，露出她姣好的曲線來。

黑髮凌亂地散在身上各處，有一種淒楚的美，饒是女子，看了也不禁臉紅。

安沛兒挪過屏風擋在王爺和沈文戈中間，讓倍檸快速回府拿身新衣裙來。

倍檸又擔憂又沒法子，只好照做了，幸好音曉也一宿沒睡，就守在牆附近的屋子中，見她回去要衣服，驚得也不敢說話，窸窸窣窣收拾了，給她送了過來。

待倍檸回湯池時，王爺已經換上了新的黑衣，整個人都透著睡足了的閒適，任由蔡奴給他按頭鬆著頭皮，她悄悄看了一眼，王爺眼上的白綢還在。她快速衝到屏風後，和安嬷嬷兩個人一個扶著、一個幫娘子換衣裳。

在外面的王玄瑰聽著裡面換衣裳的動靜，幾乎是不可遏制地想著她們換到了哪一步，頓時覺得有些口乾舌燥，他可能真得看看腦子了。

兩個人時不時低聲交談，倍檸道：「不敢拿襦裙，怕穿著費勁。」

「嗯，做得對。我看妳拿的是大氅，一會兒將娘子往裡一裹，什麼都看不出來。穿裡衣就行，別穿外面的衫了，不然回去又要脫了，多折騰一番。」

「這……行嗎？」

「行，大氅厚實，也不是披風，別再把娘子折騰醒了。」

王玄瑰揉揉耳朵，偏了偏頭。「不按了。」

屏風撤去，安沛兒喊道：「阿郎，過來吧。」

白綢被摘下，蔡奴用最快的速度將他的髮重新用銀冠束好。

等王玄瑰踱步過去時，就見沈文戈被裹得像條毛蟲。

濕髮被絨毛帽子扣著，全身上下，就露出半張呼吸用的臉。

他忍俊不禁，上前將人給抱了起來。「還挺沈的。」

安沛兒道：「阿郎，是大鷩重。」

確實，沈文戈剛才沒那麼重。重新調整好位置，掂量一番後，他道：「走吧，天都快亮了。」

天邊已經泛起了魚肚白，還真的要亮了。

抱著沈文戈，輕輕鬆鬆翻過牆的王玄瑰，跟在倍檸身後，院子裡靜悄悄的，沈文戈身邊的兩個婢女早將人都打發走了。

一路順暢無比地到了沈文戈的臥房，倍檸做了許久的心理準備，才為王玄瑰打開了門。

雖這也是王玄瑰第一次進女兒家的閨房，但他可沒有什麼不好意思的，徑直往裡走去。看著內裡的裝飾，一件古董都無，不由得感慨一句：鎮遠侯府真窮！蔡奴竟然還說她有錢！

將人放在床榻上，他伸手撥弄著狐狸毛，露出她恬淡睡著的臉，在倍檸沒看見的時候，快速掐了一把她的臉。讓她擾了自己一晚上！

雪團被吵醒，在他腳邊「喵嗚」兩聲，他抱起貓兒順順毛，而後沒事人一般離去，上早朝了。

聽完整個過程的沈文戈，不禁伸手捂住臉。

「娘子，」倍檸舉著手發誓。「我一直跟著娘子，娘子和王爺什麼事都沒發生，清清白白的！」

沈文戈只覺得自己沒臉見人了。「別說了……」待她冷靜些許後，又問：「我手裡攢著的那塊衣袖，還有我在王府換下的濕衣呢？」

「娘子放心，全都拿回來了。」

她點頭說道：「將衣袖給我，衣裳妳親自洗，若是洗不出原本顏色，就一把火燒了。另外，音曉那裡，讓她嘴嚴實些。」

「娘子放心。」

黑色繡著流水紋路銀絲的一角衣袖，一個巴掌大小，她將其展開攤在腿上，垂下睫毛遮住眼中複雜的神色。

指腹順著繡紋滑過，她起身將其放入銅盆中，輕輕揉搓，而後展開在陽光下晾好，待其不再褶皺，方才疊起，和那一匣子髮帶放在一起。

第十六章

宣王府裡，聖上一口氣派了十位有名醫者，來為早朝後說自己心律不齊的宣王看診，沒人敢有異議。

他們一個個看完診、號完脈後，聚在一起愁眉不展，嚇得蔡奴以為阿郎真的生病了，讓他們儘管說便是。

其中一位看起來年紀最大的醫者，拱拱手道：「我們觀王爺氣色頗好，未有鬱氣堵塞，實則是康健得很啊！」

王玄瑰聽聞後，冷哼道：「庸醫！」

長安城的尚府也請了大夫。

齊映雨懷孕了，月分尚淺，若不是她上吊，將人救下後，王氏尋大夫來看診，一時半刻還真發現不了。

既然懷了身孕，當然不能再將人安置在莊子上。雖是庶子，也是尚滕塵的第一個孩兒，王氏自然上心。甚至還叮囑尚滕塵，讓齊氏安心養胎，待孩子生下後，他想怎麼處理齊氏，就怎麼處理。

尚滕塵簡直無法想像這話是從自己母親口中說出的，就算齊映雨有千萬般的錯，她為自己生了孩子，怎能說送出去就送出去？他沈默地坐在齊映雨的床榻邊，看著她脖頸上紫紅的繩痕，一點都沒作假，她竟然是真的要上吊……

齊映雨幽幽轉醒後，看見尚滕塵，柔弱地落下一滴淚來，即便嗓子沙啞，也要向尚滕塵表白心跡。「塵郎，我不是有意欺瞞你的，我……我是愛你啊，我不能離開你！」她費勁地伸出手指去碰尚滕塵的手，緊緊和他的手糾纏在一起。「塵郎，我都是因為愛慕你啊！」

尚滕塵只是頹然地抽出自己的手，看著齊映雨道：「這便是妳欺我、瞞我的理由？甚至不惜用自殺來威逼我？我以前怎麼從不知妳是這種人？」沈文戈當初也愛他，但她從沒耍心機手段留在他的身邊。他閉了閉眸子，起身道：「妳就安心在家中養胎吧，別的，不要妄想了。」

「塵郎、塵郎……」

任齊映雨如何呼喚，尚滕塵都沒有再踏入過她的房間一步。

僅僅兩天，大起大落，他好累。

而尚虎嘯聽聞他去了鎮遠侯府跪在沈文戈面前後，怒不可遏，又訓斥了他一番，他借此提出不娶新婦。

要不是因為新郎官不能受傷，尚虎嘯就要上家法了！他知道他要娶的是鹽商之女嗎？他知道一介商人之女，想嫁給他們這樣的家庭，有多不容易嗎？所以他知道，為了成功讓女兒嫁進來，范家給了多少嫁妝？那些嫁妝范氏一個子兒都不會留，全部會充公入府中。所以，他必須娶！「范氏改走水路，不日就將抵達長安，我已為你請了婚假，在娶親前，你便不要出府了！」

於是，尚滕塵再一次被禁足了。

上一次是因為沈文戈要和離，這一次是因為他拒絕娶新婦。

尚滕塵躺在地上，懷裡抱著酒瓶子，喝得爛醉如泥。

聽聞范氏到長安了，六十六抬嫁妝羨煞旁人；聽聞她已住進租下的小院，只等他迎親入府；聽聞家中給他重新撥了新房小院，佈置婚房。

房門外的鎖被打開，湧進一群人，開窗通風、打掃環境，又將其從地上扶起。

「郎君，您這是何必？明日就要大婚了，夫人讓我們給您打理一下，明天好去接親。」

尚滕塵毫無反應，像是一具沒有人氣的木偶，任他們擺布。

「郎君，別再倔了，明日娶新婦，開心些。」

開心些？他如何能開心？他的父親為了錢，逼著他不得不娶一個陌生的女人；他曾經以為的救命恩人，將他的心都剜了出來；他愛的人與他決絕和離、不再回頭，他如何開心些？

房門被重新闔上，又掛了鎖，他笑了一下。瞧，他連自己去哪兒都決定不了。

到了夜半，隔著房門，齊映雨在婢女的攙扶下，來到他的房門前，訴說自己的愛意。

「塵郎，映雨會等你回心轉意的，我們兩個將孩子好好養大好不好？映雨知道，你對映雨是有感情的。映雨真的知錯了，但映雨離不開你啊，塵郎……」

尚滕塵用手捂住自己的耳。他確實對嬌弱的齊映雨心動過，但，那是建立在他以為她是他救命恩人的基礎之上。當得知她騙他時，那點心動已經變成了厭惡，他從沒了解過她。

陽光驅散濃黑，一點點從外向裡漫了進來，鞭炮聲、奏樂聲響起，該他娶親了。

尚滕塵翻身上馬，紅袍灼人，可他臉上沒有一絲笑容。

耳邊全是說著恭喜話的人，彷彿又回到了迎娶沈文戈的那天。

那一天，漫天彩霞，他雖認為沈文戈追他追得太緊，但也覺得她明媚動人，娶妻的路上，他也是有過期待的，也會幻想她在洞房中等他的樣子。

三載夫妻，沈文戈不知不覺就融入了他的生命中，如今他終於看清了自己對她的心意，她卻已經轉身走了……

猛然拽緊韁繩，突厥馬揚蹄發出嘶鳴，他掉轉馬頭，很快穿過接親隊伍，往鎮遠侯府奔去！

在他身後，慌了神的尚家小廝們齊齊追喊道：「郎君！郎君，您要去哪兒？還得接親呢！」

尚滕塵的心跳得越來越快，今天，他什麼都不想管，只想要沈文戈一句話！

到了鎮遠侯府，他不管不顧地往裡衝，沈家漢子們礙於他騎著馬，一時與他僵持住了。

直到三郎出現，大聲喝道：「將他從馬上拽下來！」

等沈文戈出來時，正見沈家人欲要爬上馬，卻差點被受驚的突厥馬踩踏。「都住手！」見到她，尚滕塵勒緊韁繩，沈家人齊齊退去，馬兒終於平靜了下來。他坐於馬上，再見沈文戈，只覺滿足。

沈文戈見他一身新郎官的紅衣，眼皮跳了又跳，驚怒道：「今日是你大婚的日子，你不去接親，到這兒鬧什麼？」讓其他人看見了要如何想他們兩人？

尚滕塵怕下了馬就會被沈家人一哄而上制住，所以他將韁繩又纏了幾圈在手上，說道：「我來尋妳，有話問妳。」

她蹙緊眉，看了眼聚過來的兄嫂，不願與他在這兒掰扯，問道：「該說的話我都說過了，你還想問什麼？」

他看見了她眼底的厭煩，心頭一片苦澀。「文戈，我想再問妳一次，假如沒有齊氏、沒有范氏、沒有我母親，我們能否從頭開始？」只要妳說能，我就帶妳去只有我們兩人的地方，我什麼都不要了！

沈文戈微愣，要是在前世，尚滕塵能說出這樣的話該多好？可惜，一切都晚了。

她用十分平和的語氣說：「尚滕塵，我們和離了，也不會再有未來了。」看著他孤單、落寞的樣子，她又道：「回去接親吧，你要像從前對我那樣，對待你的新婚夫人嗎？別讓我覺得，我當年救錯了人。」

死死握住手裡的韁繩，尚滕塵的目光掃過鎮遠侯府裡一雙雙看著他的警戒目光，終還是掉轉了馬頭。然而，天大地大，他竟不知該去往何處？

他只想任性一把，不想去接親，所以縱馬跑出了城，任馬兒漫無目的地吃草。

城內等待接親的范欣，遲遲等不來自己未來的夫君，叫人出去一打聽，方才知曉，人家逃婚了，逃婚之前，還去了鎮遠侯府一趟。

「今天可是大婚之日，姑爺既然還和前面的夫人藕斷絲連，又為何要娶娘子？」她身邊的嬤嬤替她抱不平。

范欣把玩著手中鑲嵌著各色寶石的團扇，這是她父親和母親特意請工匠為她做的遮面扇，就為了大婚這日她能風光出嫁。如今看來，這是不可能的了。

飽滿的額頭上珍珠晃動，寬大的嫁袍更顯她身材嬌小，鮮紅微微有些凸的嘴唇一開一合道：「不等人來接親了，我們直接去尚府拜堂吧，左右已經成笑話了。」

嬤嬤問道：「要是姑爺遲遲不歸，如何拜堂？」

「管他們尚府是拿公雞還是猴子應付，這婚，我是肯定要結的，至於夫君，隨他吧。」

嬤嬤心疼道：「娘子受委屈了，在杭州也不知他們尚府竟有個惡婆婆，姑爺房裡也一攤子事，那個齊姨娘如今還有了身孕。」

范欣重新舉起團扇遮臉。「無妨，嫁誰家裡沒有糟心事？既然選了當官夫人，提攜家裡，自然是要受著的，走吧！」

新娘子自己上了馬，沒讓新郎官接，徑直去了夫家門，要求別誤了吉時，趕緊拜堂，還真是長安城裡頭一遭。

那他人倒是來啊！

不說尚虎嘯驚了，王氏也驚了！她兒沒死，怎能用公雞代他拜堂？

范欣不鬆口，晌午時分吉時到，尚滕塵要是還沒來，她就自己拜堂。

王氏指著她。「妳、妳、妳……妳還沒進門呢！」

團扇遮住高高昇起的太陽光，范欣直接道：「我也可以現在就出這個門，帶著我的嫁妝，和我父親給尚家鋪子投入的五百兩黃金。」

尚虎嘯對著王氏虎目一瞪。「夠了！還不快去找人！」

找！可上哪兒去找啊？

跟著尚滕塵一起去接親的小廝，跌跌撞撞地跑了進來。「找著了、找著了！王爺幫忙找到了！」

王氏倏地站起身。「在哪兒呢？快帶進來！」

尚虎嘯則是頭頂冒著涼風，問道：「哪個王爺？」

「宣、宣王！」

王玄瑰騎在馬上，身下馬兒溜溜達達，四隻白蹄雪白，在青石板上發出「噠噠」的聲音。他一手執著韁繩，一手牽著麻繩，順著麻繩向後看去，赫然是被捆成了個粽子樣的尚滕塵，正在自己的突厥馬上掙扎著。

見到尚虎嘯出現，王玄瑰將麻繩扔給他。「見到本王，右將軍好像不是很開心？好在吉時未誤，人，本王給你們找回來了，看好他，本王不想在家中聽見他的聲音。」

誰不知道宣王府就在鎮遠侯府旁？他這樣講，如同在說，日後不要再讓尚騰塵出現在鎮遠侯府了！

縱使不喜，尚虎嘯還是得朝他拱手。「多謝王爺！王爺可要進府喝杯喜酒？」

「不必。」

等王玄瑰騎馬走遠，尚家小廝趕緊扶尚騰塵下馬，拿下塞進他嘴裡的汗巾。

看他一身狼狽，尚虎嘯高舉的手終究還是沒有落下去。「還不趕緊帶他下去收拾！」

從府中跟著出來的范欣道：「還是直接拜堂吧，別誤了吉時。」

尚家終究還是要臉面的，尚滕塵被帶下去，以最快的速度打理妥當後，牽著紅綢與范欣拜了堂。

一場新郎官逃走、新娘自己登門成親的鬧劇，終於落下尾聲，只剩長安城有關他們婚禮的議論，還活躍在各家各戶中。

洞房花燭夜，范欣根本沒等尚滕塵回來，紅燭吹滅，她早早就睡下了。他今日沒給她臉，也休想她給他臉。

尚滕塵被塞進新房的時候，面對的便是一間黑漆漆的屋子。

屋內呼吸聲可聞，並不平靜，便知范欣還未睡。自知理虧，又事已成定局，再無轉圜餘地，尚滕塵也只能認了，對著床榻拱手道：「今日，對不起了。」

范欣重重地翻了個身，似是面朝著他，說道：「我知你不想娶我，可今日是我的頭婚，我對你尚存幻想，想著自己所嫁良人，但你……也罷。不怕告訴你，我一介商女，若非下面有要走科舉路子的弟弟，想通過他改換門庭，我是不會委屈自己嫁你的。如此，我做我的尚夫人，你當你的金吾衛，日後我們就相安無事為好。」

「好。」他對她的話如釋重負，因為他實在不知該如何面對她。一陣沈默後，他道：「若妳不介意，我去睡書房。」

「隨你。」

新娘子當晚不留燈，新郎官夜宿書房裡，任誰都看得出來，這對新婚夫妻的感情不好。齊映雨乘機說自己肚子疼，要尚滕塵去看看她。他不去，她就一直叫人去催，說得一次比一次嚴重。

尚滕塵幾乎是剛合上眼，就要被吵醒一次，最後實在是覺得煩了，便叮囑身邊小廝，齊姨娘肚子疼，就讓她去請大夫，不必再來告訴他！

新婚之夜，他要是真被齊映雨叫走了，讓范氏如何自處？他不信齊映雨不知道，可她還是一遍遍地派人來請，安的是什麼心？他以前到底為什麼會覺得她單純善良？

次日一早，王氏派來的嬤嬤就到了新房這兒，要范欣去請安。

尚滕塵剛睡下沒多久就被外面的聲音吵醒，他身心俱疲，抬眼一看，天還是黑的，父母定都沒起，此時讓范氏過去，這又是鬧哪齣？他起身披衣，便聽見一同被吵醒的小廝小聲抱怨嘟囔著——

「看來今天是睡不成整覺了。之前少夫人被叫過去，在門外站了兩個時辰才准敬茶呢！」

另一個道：「你還記得敬了多少杯茶，夫人才鬆口喝了嗎？」

「應該有個十多杯吧？當年啊，少夫人真是慘，新婚之夜郎君出征，都沒有人能安慰一下她，夫人還那麼搓磨……」

小廝一回頭，透過月光瞧見房門後立著的人影，趕緊噤聲。

尚滕塵沈默了，在他看不見的地方，沈文戈到底受了多少委屈？他又是哪來的臉，再求沈文戈回頭？推門打算趕走嬤嬤之際，腦中突然晃過一個念頭——他沒幫過沈文戈一次，要是幫了范氏，沈文戈知道後會不會寒心？

糾結之際，新房裡有了動靜。范欣根本沒露面，她身邊的嬤嬤直接將人給攔下了，說自家娘子累壞了，叫不起，讓夫人且等等。

王氏身邊的嬤嬤想硬闖，直接吃了個閉門羹。

待天徹底亮起，范欣才打著哈欠從床上起來，收拾妥當後與尚滕塵一同用了飯。

她算不上美女，普通人長相，尚滕塵卻稱得上俊俏，好好觀察了他這張臉後，范欣自己心裡是滿意的。是以，發現尚滕塵想向她道歉的糾結表情，她先開了口。「你不必在意我，我說了，你我相安無事，後院中的事情全交給我便是。你母親喜愛搓磨兒媳的事情，我剛到長安那一天就知曉了，是做好準備才嫁你的。」且她父親有錢，家裡十八房姨娘，就他母親那點子路數，在她面前都不夠看的。

尚滕塵聽她這樣一說，更覺愧疚，替母親道了歉，便不再多說。

有尚滕塵在家，又有尚虎嘯壓著，王氏沒怎麼為難范氏。

叫她早晨敬茶，也是想著她剛嫁過來，要給尚滕塵一個好印象，定不敢拒絕，可她半點都不在意尚滕塵，王氏此舉便不管用了。

好不容易等到尚滕塵跟尚虎嘯要去金吾衛執勤了，王氏想著兩人走之前，一個含蓄地讓她不要為難范氏，一個警告她不要故態復萌，就氣得不行，直接叫人將范氏叫去了廚房，讓她親手做飯，等尚滕塵回來可以給他吃。

范欣看著被混在一起、讓她分出來的黃豆和綠豆，十分無語，直接讓人將這袋豆子裝了起來。

王氏身邊的嬤嬤說道：「少夫人，夫人說了，這讓您親手挑出來。」

「好啊，但自己一個人挑多無聊，不如一起來挑。」

嬤嬤以為她說的是要讓婢女一起挑，想著等婢女來時，她再制止，可緊接著，她就看見范氏直接叫人將那袋豆子給拿走了。「少夫人，您這是？」

范欣笑道：「既然是要給我夫君做吃的，自然是我和他一起挑才好！那豆子啊，我叫人送去金吾衛了。」

「什麼?!」

在金吾衛執勤的尚滕塵收到那袋豆子，聽小廝說了前因後果，儼然成了眾人的笑柄。范欣是不在乎尚滕塵在金吾衛的處境的，秉持著「你母親搓磨我，我就要帶上你」的原則，直接扯下了王氏的遮羞布。

要是換做以前的沈文戈，她定是不捨得他出醜的。

有相處得還好的同僚攬過尚滕塵的脖子勸道：「你這個夫人，不像是能吃虧的主。你們家那點事，還有誰不知道？馬上就要考核了，別在這個節骨眼成了箭靶子。」

「多謝提點。」尚滕塵將豆子交給廚房，揉了揉額頭。

尚府中，王氏聽聞此事，慌亂一瞬後又趕緊將范氏叫了過來，可范氏一口一個「當然是兩個人一起挑更甜蜜」，將她的話堵了回來。

她索性讓范氏給她泡茶，然後一會兒說「熱了」，一會兒說「涼了」。

第三次的時候，范欣自己去了廚房，直接用開水泡了一杯，在遞給王氏的時候，一不小心打翻在她身上，當場就將王氏的手背燙紅了。

王氏指著她怒問。「范氏！妳是不是故意的？」

范欣掩飾好自己要翹起的嘴角。「怎麼會呢，母親？不是您說的，茶太涼了，我這不就要加點熱水？」

王氏的手被燙起兩個泡，這點小傷，她立即小題大做，想讓范欣來伺候她。

身為兒媳，范欣確實需要過去照顧。但在過去之前，她叫了自己身邊的人去金吾衛通知尚滕塵，就說王氏病重垂危，讓他趕緊請假歸來。

還在執勤的尚滕塵，連夜和人換崗，著急忙慌地騎馬往家中趕，還沒進屋裡，就聽見瓷器碎裂，緊接著是王氏中氣十足的吼聲——

「范氏，妳想氣死我是不是？」

他推過想要進屋告訴王氏他回來的嬤嬤，進了屋子，就見范氏跪在地上，旁邊全是杯子的碎片。

驀地，范氏的身影和沈文戈的重合在一起。他尚且還在長安，他的母親都敢這樣欺負范氏，那他過往在西北的時候，沈文戈是怎麼被欺辱的？沈文戈在公堂所言，竟是句句屬實，沒有一句假話！

上前將范氏扯了起來，他看向躺在床榻上趕緊起身，要跟他解釋的王氏說：「母親，兒真的很累，您給兒留點喘氣的空間行嗎？」只要王氏折騰范欣，范欣就會回過頭來折騰尚滕塵。這段日子，他在金吾衛，一邊要想著他對沈文戈犯下的錯事、他現在無能為力的局面，一邊要吃力地應付范欣與母親，過得真叫一個疲憊。「上次公堂之上的官司，母親忘了嗎？到底為什麼要這麼對待……也罷，您要是還這樣，兒作主，給范氏放妻書就是。」說完，他便拉著范欣出了屋，身後是王氏一聲聲「塵兒」的呼喚。

「你這麼說，你母親會對我更加變本加厲的，因為她知道，父親不會同意你給我放妻書，而你現在竟然幫我，不向著她了。」

他聞言回身，沒在范欣臉上看見他回來幫她的開心表情。

范欣覷他神色，想了片刻，突然道：「你該不會還想讓我感謝你吧？但凡你硬氣些，你母親都不敢對我怎麼樣的。再說了，普通人家，婆母可不會對兒媳這樣，她無非是嫉妒我搶走你罷了，所以根源還是在你身上，你怎麼能想著讓我感謝你？這是你該做的。」說完，她便走了。

徒留聽了她的話後，五臟六腑都在疼的尚滕塵。沈文戈之前在府中，是不是也很希望他能回來護住她？但他卻一次都沒有。

他重新騎上馬，回了金吾衛，與他換班的同僚一見他這副樣子，就知道他是被家裡所累，不禁同情起來，也沒說什麼，純當多幫他執勤一個時辰。

而後果然如范欣所料，王氏在平息了兩日後，竟讓她在雨中跪著賠罪，原因是齊姨娘肚子又疼了，指責她沒照顧好。

蒼天啊！她自從嫁進來後，整日忙著和王氏鬥法，連見都沒見過那位齊姨娘，這也能怨到她頭上？何況，一個姨娘、賤婢而已，讓她一個少夫人去賠禮道歉？還要在雨中跪著？

雖說知道這只是王氏懲治她的手段，她依舊懷疑王氏的腦子被水灌了，這不是給她機會反擊回去嗎？

「少夫人，我們怎麼辦？」

范欣對嬷嬷道：「之前住的宅子買下來了吧？」

「買下了，已重新收拾了一遍，人都是齊的。」

「那好，掐指一算，他們父子兩人正好快要到休沐回家的日子了，我們啊，住那個宅子去！」

范欣帶著自己陪嫁過來的人，上了馬車，對氣極敗壞追出來的王氏揮了揮手。

此番一去，非讓王氏認輸道歉而不歸！

在宅子裡的范欣吃好、喝好、睡好，而尚府裡的王氏卻失眠暴瘦得快要氣炸了。

待尚虎嘯跟尚滕塵回家後，便得知范氏去了自己出嫁的那個小院住，等同於回了娘家。

王氏還在狡辯，說范氏不服管，不過是齊姨娘肚子疼，她訓了兩句而已，就給氣跑了。

尚虎嘯一句「為了個姨娘，妳訓她做甚」的話還沒說出口，尚滕塵先拆了自家母親的臺。

「母親，兒跟您說過了，不要再為難范氏，母親不嫌丟臉嗎？我的同僚們整日拿我取笑，說我連自己的後院都管不好，夾在母親和夫人之間為難。」他緊緊皺著眉，滿眼的不理解。「母親，您就不能放過我嗎？之前文戈是，現在范氏還是，母親能不能收斂收斂？您總為難我的夫人做什麼？」最後一句，他幾乎是吼出來的。他是真的不理解，不信范欣所言，他母親只是覺得兒子被搶走了，就對她們那般搓磨！如果真是這樣，那他一輩子不娶妻好了！

尚虎嘯聽出了不對，嫡子的前途在他看來也是家族大事，他當即招來小廝，詢問他不在府中期間，王氏都做了什麼？聽聞王氏每每招惹范氏後，范氏都要去尚滕塵那兒鬧一場，這回范氏氣走，竟是因王氏要她為了一個姨娘跪在雨天裡！

尚虎嘯心中存著氣，讓尚滕塵先去接范氏，自己會勸王氏的。在尚滕塵走後，他抬手給了王氏一個巴掌。「之前沈氏要和離的時候，我就跟妳說過，別對塵兒的房裡人指手畫腳，妳是拿我的話當耳邊風了？」

王氏捂著臉，摔倒在地。「你又為了這點破事打我？我是她們的母親，管她們怎麼了？她們就得敬著我！」

尚虎嘯指著她罵道：「要是再讓我發現妳插手管塵兒的夫人，我不只打妳，還會直接休了妳！因為妳，家裡已經成了長安城的笑話了妳知不知道？還不知收斂！」

「你要休我？我可是王家的人！」

「王家？妳去叫一聲宣王，妳看他應妳嗎？要不是因為妳是王家人，我能容妳到現在？打理好自己，給我去接范氏！她要是不回來，妳也別回來了！」尚虎嘯踹翻了屋內几案，轉身就走。

王氏趴在地上，胸膛不住起伏，半晌後哭了出來。

最後，王氏還是憋屈地去了范欣的出嫁院子。范欣臉色紅潤，一點都不像被氣跑的人，看得她更恨了。

范欣一瞧她來便笑了。「母親來了？是來接我回去的？我這裡有剛到的葡萄，母親要來吃點嗎？」

不愧是鹽商之女，價值千金的葡萄都可以隨便吃！

王氏陰沈著臉看她，可旁邊還有尚滕塵在，只能憋著氣道：「跟我回家，日後你們兩個的事情自己看著辦。」

范欣自顧自地吃了一串葡萄，吃夠了，方才包袱款款地跟著二人回了尚府。

回去尚府後，范欣二話不說，將自己帶來的嫁妝交給了尚虎嘯，充了公。

她的嫁妝原就有兩份，一份是私產，一份是要孝敬尚虎嘯，不在嫁妝單子上的。她離家出走，錢還沒拿到手，尚虎嘯豈會不急？這不就押著王氏來尋她了？

回了新房後，她叫住一點都不想待在家，想返回金吾衛的尚滕塵。「齊娘子總是肚子疼也不是個辦法，我看不如請個大夫來，給她好好檢查一番，調理一下身子吧？畢竟懷的是你的第一個孩子，我還不至於跟一個不知道是庶子還是庶女的肚皮置氣。」

尚滕塵沒聽出什麼不妥，只道：「隨妳。」

范欣這回是真暢快，王氏服軟了，那就只剩齊姨娘了！

她當下帶著大夫去看望齊映雨，別說，還真診出氣血兩虧、身體底子不康健的問題。大夫讓齊映雨靜養為主，還開了兩個月的保胎藥。

范欣身邊的嬤嬤帶著大夫下去，悄悄問：「黃連可不可以多加些，洩洩火？」

高門裡的陰私事，大夫是不管的，只道：「可酌情加些。」

范欣站在床榻邊看著被按住、不能動彈的齊映雨，確實長得就是一副我見猶憐、楚楚可憐的樣兒，怪不得能勾得尚滕塵為了她，同前面的妻子分道揚鑣。

「藥熬好了，給她灌下去吧，小心她肚子裡的孩子。」

齊映雨如何能掙扎得過粗壯的嬷嬷？苦到她舌頭發麻的保胎藥從喉嚨裡湧入，她眼淚糊了一臉，邊嚥邊嘔。

雖說齊姨娘跟尚滕塵兩人之間出了什麼事鬧翻了，范欣不知情，可她還記得新婚當夜，這位齊姨娘敢三番兩次地派人去院子裡叫尚滕塵的事呢！

范欣拿出汗巾，為灌完藥、看著奄奄一息的齊映雨擦拭唇邊的藥汁，笑說：「既然自己只是個妾，就別肖想自己不該有的，是不是？我可不是尚滕塵前面那個脾氣好的夫人，她是被傷透了心，所以懶得理妳，但我不同，我沒有心，因此就格外在意妳在我眼前蹦躂。聽聞妳是從村子裡出來的，那想必沒見過高門大宅裡的陰私手段吧？這回妳有福了！」

只見齊映雨驚恐地看著她。

險些被嚇破了膽的齊映雨，想尋求尚滕塵庇護，可他已經又回金吾衛了，整日裡她只能被困在小小的房間裡，叫天天不應、叫地地不靈。

煎熬之下，她趁送藥之際，哀求自己的婢女為她去尋尚滕塵。

於是剛返回金吾衛，終於從家中母親和范氏中間脫身而出，鬆了口氣的尚滕塵，便見到了齊映雨身邊的婢女。

小婢女跪求他為齊姨娘作主，說范氏將姨娘關了起來，姨娘的精神頭非常不好，整個人憔悴了一圈，恐怕對生產不利啊！

尚滕塵狠狠地揉著自己的鼻梁，但因有范欣提前告知在先，所以他覺得齊映雨裝可憐騙他回去的可能極高，便決定待他下一輪休假時再回家看望齊映雨。給了小婢女錢，讓她照顧好齊映雨後，他就將人打發走了。

將尚府裡兩個對她最有威脅的人整治好了後，范欣就想親眼去見一見那個能讓尚滕塵不惜逃婚也要去找的女人。到底是個什麼樣的人，能讓他念念不忘？

她派人去鎮遠侯府附近盯梢，可幾乎都是剛露面，就被鎮遠侯府的人發現了，只能將人撤下。

既然不能在府邸旁看著，那只能等沈文戈出府了，沈文戈總不能一直在府裡待著吧？這一等，機會便來了，范欣趕緊讓人駕馬車追上了沈文戈。

「七娘留步！」

沈文戈今日是來鴻臚寺交譯書的，所以和倍檸一人懷裡捧著一摞書卷，聽見有人叫她，便回過身去瞧。

只見一個穿著紅色石榴裙的小娘子在探頭叫她，等人下了馬車才發現，這瘦瘦小小、站在她面前剛到她下巴高的小娘子，竟是位已經嫁人的夫人了。

在腦中回憶片刻，實在沒見過她，但尚滕塵逃婚鬧過一場，知道他已經娶了妻，又見她穿了身紅衣，旁邊的馬車也眼熟得很，沈文戈不禁暗道一聲「麻煩」，面上仍客氣道：「夫人叫我何事？」

范欣以為沈文戈是路過鴻臚寺，沒有多想。終於見到了全府上下背地裡懷念的前少夫人，她不禁將步子都放緩下來，好彰顯她受到過良好的教育，又悄然將沈文戈從頭到腳觀察了一遍。沈文戈今日穿了裙頭靛藍的襦裙，配了繡著蘭花的寬袖大衫，頭上一根玉簪，簪上還垂著白色流蘇，瞧著怪清冷的。好一張美人臉！可惜，再美還不是和離了？

不過，她怎麼那麼高？再往前走，看她都必須要仰視了，范欣索性停下步子，張口說道：「七娘，我是塵郎新娶的夫人，經常聽他提起妳，一直想與妳見一面。妳也知，我剛嫁給塵郎沒多久，聽聞妳一直將他照顧得頗好，所以想來向妳取取經呢！」

沈文戈保持微笑，眉梢輕挑。果然來者不善啊！想詢問尚滕塵的喜好，問他身邊的小廝不就好了，來問她做什麼？這是來警告她，既已經與尚滕塵和離了，要保持距離吧？

「夫人說笑了，我已經與尚滕塵和離，塵歸塵、土歸土，夫人的問題，恕我不知。」說完，她便帶著倍檸想走。

范欣又說：「七娘別急著走！我還沒跟妳說，我也算是幫妳出氣了！嫁進府後，婆母便拿出了使喚妳的那招對付我，這我如何能忍？又早就知道七娘與她對簿公堂，是以狠狠地還擊了回去。還有啊，那齊姨娘被我關在院子裡，不能隨意走動。姨娘嘛，就得尊著我們夫人才行！」

沈文戈的眸子漸漸冷了下去，原來是為了來跟她炫耀？還真是前人栽樹，後人乘涼。她看了看一旁的馬車，能在這裡堵到她，想來這段日子沒少關注她，於是便說：「夫人如何做，用不著跟我說。下次夫人再想尋我，也不必派人盯梢，直接投拜帖就是，省得被人誤會是燕息探子。」

范欣心裡道了一句，這話好生厲害！她剛想繼續說些有關尚滕塵的話，便見鴻臚寺中匆匆跑出一位青袍官員，仔細看去，是他們杭州前年的狀元柳梨川！他回鄉祭祖時，她還跟著人群圍觀了。想來是她們在鴻臚寺門口說話，礙著他們辦公了，因此范欣便道：「七娘，我們讓讓吧？」又看向那青袍官員，想攀談一句，便見柳梨川索利地將沈文戈懷中書卷抱起！

「七娘，這太沈了，我來幫妳抱。七娘妳不仗義啊，怎麼又挑王爺不在的時候來……」

范欣愣住，看著兩人走進鴻臚寺，只沈文戈身邊的倍檸給了她一個不知所謂的眼神。

王玄瑰看著自己面前几案上的譯書，隨手一翻，好一手簪花小楷。「沈文戈她來了，你們又沒將人留住？」

以柳梨川為首的年輕官員紛紛低頭應是。

若是以往，都是七娘將譯文交給王爺，再由王爺帶到鴻臚寺的，近日也不知怎麼回事，七娘都直接送到鴻臚寺來，且專挑王爺不在的時候。

「這些……」王玄瑰扔下書卷。

所有人胸腔裡憋著一口氣，生怕王玄瑰說出「這些譯文翻譯得不好，讓七娘重新翻譯」

的話。翻譯一本書可不容易，要是讓七娘知道，可要傷心了！

盯著他們看了半晌，王玄瑰轉動著大拇指上的扳指，勾起了一側唇角。「你們查看無誤後入庫便是，再給她挑本新的。至於她的譯錢，讓她來找本王領。」

回府時路過鎮遠侯府，王玄瑰心裡冷哼一聲。本王倒是要看看，妳能躲到什麼時候！

鎮遠侯府，沈文戈抱著雪團，揉著牠的腦袋瓜，低頭蹭了一下，而後便是長久的愣神。

倍檸站在窗邊看見這一幕，也為娘子難過起來。

府上又喧鬧了起來，不知發生了何事，將沈文戈驚醒過來。

倍檸福身道：「娘子且等等，我去瞧瞧。」

沈文戈點點頭。

很快地，倍檸就快步走了回來。「娘子，聖上要出兵攻打燕息！府上幾位郎君都在說這件事，他們也要參戰！」

聖上有言，漫長的冬季已經過去，墨城之戰慘烈，我陶梁男兒自有血性，做不出揮刀向自家人一事，那便召集大軍，舉兵攻打燕息，斬罪魁禍首！

沈文戈猛地站起身，剛把兄長們迎回家，他們就又要去戰場了嗎？

「喵嗚……」雪團從她懷中滾落，翻身輕巧落地。

墨城一戰，沈家軍被燕息圍困，被墨城拋棄，他們只能眼睜睜地看著他們的弟兄慘死在自己面前。

正如聖上所說的，他們對墨城百姓，除了說一句愚蠢、恨他們涼薄、不再去守墨城，他們沒其他辦法！那他們胸口盤旋的這口惡氣，該向誰發？燕息國！他們要戰！

四郎房中，四夫人陳琪雪少見地在沈桓宇面前落下淚來。她從來都是快人快語，不讓自己吃虧的性子，除了接他回來那天當著他的面哭了，以為他死了的那些日日夜夜落下的淚她從沒跟他說過。如今她不打不罵，只拍著純兒的小身子哄他睡覺，讓四郎也不禁濕了眼眶。

「夫人……」他啞聲道。「這一仗我非去不可，往大了說，鎮遠侯府需要下一位將軍撐起來，我得去賺軍功，我現在才只是個副將；往小了說，我得去報仇！我的命也是那些死去的沈家軍給的——」

「沒說不讓你去！」陳琪雪打斷他的話。「以前天天唸叨著讓你爭氣，多賺些軍功升官，現在不在乎了、不讓你去了，你又偏要去！」

「夫人……」四郎沈桓宇半跪下來，環住陳琪雪的腰，將頭放在她的腿上。「夫人別哭了，夫人再多打我兩下出氣可好？」

手高高舉起，輕輕落下，陳琪雪道：「我等你回來再打你！我不管你軍功不軍功的，我只要你完完整整地活著回來。」

「我會的，夫人，一定會的。」四郎緊緊抱著他的夫人，他會回來的，一定會！

五郎沈錦文抱著五夫人崔曼蕓，抬頭在她下巴上親了一口。「小蕓蕓，妳在家中好好的，有事情就找娉娉。三兄也在家，若是遇到解決不了的大事，別不好意思，去跟三嫂說，嗯？」

崔曼蕓扶著他的肩膀，眼眶裡已經蓄滿了淚，只需輕輕一眨就能流下。她委屈地道：「不是說好了，你去金吾衛的嗎？」

他又接連親了兩口。「金吾衛不光維持長安秩序，有戰事也得上戰場的。這次聖上欽點一萬金吾衛加入西北軍，一同攻打燕息，都是要去的。」這一萬金吾衛都是精銳中的精銳，他此時入金吾衛若無功績在身，只怕也輪不上他，還是要在長安巡邏的。

「怎麼金吾衛還要去打仗呢？」崔曼蕓忍不住了，吸了吸鼻子，伸手抱住他，淚水順著她的臉頰流入五郎的脖頸。

他單手抱她，拍著她的背，低哄道：「妳放心，我捨不得妳，這一次，一定小心再小心。」

戰場瞬息萬變，是小心就能好的事嗎？想起三兄被斬斷一條臂膀，都咬牙在大冬天扛過來了，就為了見三嫂一面，崔曼蕓緊緊勒著他，小聲在他耳畔道：「你得回來！我……我好像懷孕了，興許是個女兒呢！」

五郎沈錦文愣住。「小蕓蕓妳說什麼？幾個月了？怎麼沒跟我說？」

她抱著他，和他咬耳朵。「月分淺呢，才一個月，我是這個月月事沒來，有點懷疑的。」

他手一鬆，崔曼蕓落了地。

她趴在他的胸膛仰頭看他。「你要回來，我不想讓孩子剛一出生就沒了父親。你要是不回來，我就帶著孩子改嫁！你不知道吧？母親給我的放妻書，我還收著呢！」

他半晌後才從自己又要當父親的喜悅中回過神，重重點頭。「回，我一定回！妳休想帶著我的孩子改嫁！」

崔曼蕓抱住他的腰。「說話算數。」

「嗯！」

兩位兄長都已經作好決定，甚至連想都沒想，便要投身戰場，跟隨大軍一起攻打燕息，只剩六郎沈木琛還在猶豫。

他曾說過，他不想再打仗了。墨城一戰，給他留下了不可磨滅的心理陰影，但同時他又是鎮遠侯府的一分子，從小受到的教育，就沒有退縮一詞。

內心裡也有一股聲音在吶喊：你甘心嗎？就這麼從戰場退下來，開間鋪子過生活，你甘心嗎？不去攻打燕息報仇，你甘心嗎？

不甘心！

可他要怎麼和唐婉、他剛娶進門的夫人說？

他前陣子還和她說，自己想退下來，她十分支持，還同他說，日後她養他，她很會做生意的。如今，他怎麼能開得了這個口？

晚間唐婉回府後，和翻來覆去睡不著的六郎躺在床榻之上，她突然道：「你去吧！」

攻打燕息一事，已經在長安傳開了，在鋪子裡，唐婉就知道了此事，回來又見他這副樣子，還有什麼不懂的？

六郎突然從床榻上坐起，翻身下地點了燈，蔫頭耷腦地走回來。

唐婉也坐了起來，和他面對面。「我嫁你的時候，你其實就是個『死人』，我對你沒有那麼多期待，你回來是意外也是驚喜，所以，你大膽去做你想做的事，不用顧慮我。」

「我、我食言了……」

她突然伸手抱住了他。「你當時說的不算數的，你只是在和我商量未來可能會有的生活。可是比起你留在我身邊，和我一起打理鋪子，過知足而安穩的小日子，我更希望你去做自己想做的事。」

六郎顫著手將人攏進懷中，在她耳邊道：「多謝妳的諒解……我想去。」

「這不是諒解，是我作為你的夫人應該做的。那就去吧，我永遠支持你。」

兩人靜靜相擁，自從六郎回來後，雖說兩人一直睡在一張床榻之上，可兩人純情得最多只敢拉拉小手，這已經是最大膽的舉動了。

本以為他們會有很多時間培養感情，可如今戰事迫在眉睫，沒時間了。

唐婉睫毛抖動，道：「我給你生個孩子吧。」她語氣堅定。

六郎將人鬆開，燭光映照下，她低垂著頭，臉色緋紅。他也垂下眼，不好意思地道：「妳想好了？還是……」

「母親給過我放妻書。」她那柔軟卻並不嬌嫩的手主動覆上他的。「你看我做生意那麼厲害，之後我也會選對我最有利的那一條路的，你放心。」

小傻子！六郎在心裡說。妳要是真那麼精明，當初還能被親人害到要嫁給我一個「死人」？真那麼精明，怎麼母親讓妳離府的時候，妳不走？

他將自己的手指和她的交握在一起，十指緊扣，道了句。「夫人。」

「嗯。」唐婉伸出另一隻手，輕輕解開了裡衣繫帶，露出裡面那件紫色的肚兜。

這彷彿就是他回來的那晚，手裡摸過的那件。想起那晚，他伸手摸住她的腳，腳心上還有當晚她被碎片劃到的傷疤。

唐婉羞得向後縮了縮腳，他則輕輕俯下身去。

燭光下，兩道身影逐漸糾纏在一起……

「……我那卷書，婉婉妳說妳給放哪裡了？我們要不要學個姿勢？」

唐婉閉著眸子不敢睜開，汗水濕了髮，她羞道：「閉嘴！我不記得了……」

所以，除了受了傷不得不待在家的三兄，所有的兄長都要去戰場了。

沈文戈對著窗外抽出了綠葉的菊花叢看了半晌，雖這彷彿就是他們鎮遠侯府的使命，可還是讓人心底難受得發酸。

鎮遠侯府一切都在有條不紊地進行中，有三郎和三夫人在家主動承擔起給幾位出征兄長籌備物資的事情，陸慕凝和沈文戈肩上的擔子輕了一半。

屍山血海拚搏而出的三郎，如今只能退居幕後，為他們修繕盔甲、佩刀、軟甲，本就沈悶的人，變得更加不愛說話了。

言晨昕伸手握住他僅剩的那一條左臂，心疼極了。他是她的驕傲，哪怕缺了一條臂膀。

三郎沈念宸低頭看她，想拿另一隻手為她拂去臉上的髮絲也做不到了，只能將臉搭在她的頭頂，說道：「我無事。能再見到妳，我此生已經無憾。」

「你能活著回來，就是上天對我最大的恩賜。三郎……」

「嗯？」

她抓住他的手放在自己的臉頰上，眼睛裡全是柔情，溫柔望他，說道：「我是不是還沒有說過，你就是我的天，我最愛的人。」

三郎身上那難以言喻的傷心褪去，他俯身親吻她的鼻尖，說道：「妳亦是。」

她的眼裡全是他，她用十分堅定的語氣道：「你能留在家中陪在我身邊，我甚是開心。」

他與她額頭相抵。「嗯，能留在妳身邊陪伴你們，我也甚是開心。」

「那我們去看看六郎？弟妹從沒整理過他的東西，只怕會手忙腳亂，我們去幫個忙？」

「好。」

第十七章

彷彿有鼓聲在催促，眨眼間的工夫，就推到了大軍要開拔的日子。

詔令下，近五千名沈家軍歸來，除受傷者，無一人缺席。聖上將之暫併入金吾衛，由金吾衛大將軍管理。

好像整個陶梁都激動了起來，所有人的目光都注視著他們去報仇、去將燕息打得屁滾尿流！

出征那一日，萬民相送，無數親人抱著自家兒郎哭得撕心裂肺，送他們入隊。

范欣和齊映雨也先歇了戰，齊齊看向尚滕塵。

一個說：「放心，我會看顧好家中，你安心去。」

一個淚眼矇矓道：「塵郎，你一定要注意安全，我與孩子等著你平安歸來。」

尚滕塵點頭，看著面前的兩個女人，說道：「我不在家，妳二人應互相扶持，萬不可再做出過分的舉動。」

那日他從金吾衛休假回家後，看見齊映雨當真被范欣關了起來，不禁怒從心起。這算什麼？就算是犯人，都有一扇小窗能見見陽光！不管如何，齊映雨還懷著孕，怎能受得了這樣的折磨？當下就讓人解了禁。

可范欣有理有據，她是夫人，如何懲治後院中人，自然是她說了算。

而後齊映雨仗著肚子裡有他的孩子，他又在家，屢屢挑釁范欣，但范欣手段頻出，又總叫齊映雨吃虧。

一日、兩日，他在家的日子，不是在調解她們兩個人的問題，就是在解決兩個人的矛盾，他真是一個頭兩個大。

後來聖上說要攻打燕息，欲從金吾衛中抽調一萬人去西北戰場，他想也沒想就報了名，如此既能遠離這讓他喘不過氣的地方，又能打破他在金吾衛的尷尬處境。

而後經過重重選拔，他成功加入，這下子，她們不吵了，他耳根子也終於能清靜了。

尚虎嘯有力的手拍了拍尚滕塵的肩，有軍功那都是實打實的功績，他是非常贊同尚滕塵去的。「此番一去，萬以自己性命為先。」

尚滕塵抱拳道：「父親放心。」

「兒啊，一定一定要小心！」王氏哭得眼都要睜不開了。

尚滕塵握住她的手。「母親放心，兒不是第一次去戰場了。」他轉身上馬，奔向集合的隊伍。大部隊慢慢往城外移動，在城門口，他瞧見了在人群中一眼就能看見的沈文戈。

鎮遠侯府諸人就站在人群的最前面，他們一身縞素，與身邊穿得五顏六色的長安人形成鮮明的對比。是了，他們雖迎回了幾位郎君，可還有兩個人沒能回來。

陸慕凝從不在人前顯露自己的傷心，但她已有半頭白髮，如今看在人們眼中的黑髮，都是用買來的黑髮包。

沈文戈悄然牽住她的手，對她說：「母親，還有嫂嫂在。」

尚滕塵貪戀地看著沈文戈，他騎的戰馬就在最旁側，是以在人群中搜尋兄長身影的沈文戈，就那麼與他對上了視線。

他怎麼在這兒？他也要去西北攻打燕息？沈文戈微愣之時，就見尚滕塵向她抱了抱拳。

不管兩人有過多少恩怨，這一刻，在生命面前，她都只是個送別士兵們、希望他們安然回來的人，因此她抱拳回禮，說道：「祝君武運昌隆。」任何仇怨，都請活著回來承受。

尚滕塵眼眶驟紅，他看清了她的口形，更加自責與後悔。他放下手，直到再也看不見沈文戈，方才扭過頭。

整齊劃一的隊伍氣勢磅礴，長安城這一萬五千人最先開拔，為防止其餘人蠢蠢欲動，邊境軍隊不動，聖上抽調了藩王手裡的大量護衛隊，整合成一股勁，向燕息而去。

整座城的人都齊聲喊道——

「祝諸君，武運昌隆！」

「祝諸君，武運昌隆……」

在陶梁的細作趕緊要將這消息傳遞出去，可不管他們傳不傳，陶梁都不在乎。

他們大軍壓境，要攻打燕息的心思昭然若揭！

燕息國白玉城的地牢中，沈婕瑤掙脫開三皇子燕淳亦的手，奔向牢籠中的兄長。

原本閉眸的沈舒航在聽見不同於三皇子的腳步聲時，睜開了眸子，見她還活著，眸裡全是欣喜。

沈婕瑤扒在欄杆上，只一眼就讓她險些落下淚來。她的兄長端端正正地坐於椅子上，露在外面的身體表皮一點傷口都沒有，但她知道，傷都在看不見的地方。甚至她兄長的腿腳也壞了，不然他怎麼可能不激動地向她走過來，還依舊坐在那張椅子上？

她哭道：「大兄！」一聲音悲戚，當真是讓聞者傷心，聽者流淚，可她看向沈舒航的眼中唯有堅韌，她無聲地向他說道：大兄，待我救你！

沈舒航眸子一縮，微不可察地衝她搖搖頭。萬不可做傻事！

沈婕瑤還想說什麼，敏銳地聽見身後三皇子的腳步聲接近，當即用衣袖狠狠擦了一把眼，將眼刮得通紅，哭道：「大兄……」這回是情真意切地落下淚來。

等三皇子燕淳亦親昵地將她的手從欄杆上拿開時，她已滿臉是淚。

「做什麼哭得那麼凶？我不是都按妳的意思，讓妳來看他了？」

燕淳亦伸手想要拭去沈婕瑤眼角的淚珠，被她「啪」的一聲將手打開。

她紅著眼眶冷冷地看他，抱臂往旁邊移了一步。「自重。」

他還想伸手搆她，更想當著沈舒航的面說些過分的話，可看到她眼底的警告，終還是將手垂下。英眉下壓，眼中壓迫便出來了。「好了，走吧，時間緊迫，我們要儘早趕過去。」

沈婕瑤抿唇，最後望了沈舒航一眼，終還是跟在燕淳亦身後走了出去。

沈舒航手指輕顫，費勁地攥緊了拳。

不出片刻，便有人過來，將他帶進了一輛四面都用黑布遮起來的馬車。耳朵盡力捕捉外面的聲響，知道是陶梁大軍在邊境駐紮多時，再結合沈婕瑤剛才的話，沈舒航不禁蹙緊眉心。她想做什麼？

沈婕瑤靠在車壁上環著胸，惡狠狠地盯著三皇子燕淳亦。「這就是你說的會照顧好他？他是我大兄！」

燕淳亦湊上前去，在她有些乾癟的紅唇上輕輕印下一吻，得到的是她颳起風來，險些要打到他臉上的手掌。他將她因為習武，掌心滿是老繭的手包裹住。「我對他還不好？都沒有殺他。瑤、將、軍，要不是為了妳，妳現在能見到的，只是他的一具屍骨。」

沈婕瑤眸中滿是冰霜。「別裝深情，燕淳亦，你要帶我和大兄去戰場，不就是打著拿我們兩個當人質的主意嗎？卑鄙！」她用力抽了兩下，沒能將手抽出來，索性將臉撇開，不再理他。

他似是十分適應她這種樣子，也不生氣，挨著她坐下，細細描繪著她掌心的繭子，眼裡有著掙扎和憐惜，語氣緩了下來。「瑤兒，妳別逼我。」

「我逼你？」

「我怎麼捨得拿妳當人質。」

沈婕瑤似笑非笑地看著他。「所以你是要拿我大兄當人質？滾，別讓我看見你！」

燕淳亦在她手背輕輕留下一吻，下了馬車後立刻肅著臉，低聲道：「看好她。」

「是，三皇子。」

沈婕瑤在三皇子走後，摸著下巴，陷入沈思。片刻後，她掀開車簾，讓自己這張臉充分暴露在外面，待外面的人緊張兮兮地讓她趕緊放下簾子，她方才放下。

舔舔嘴唇，她將腳翹在几案上，悠哉悠哉地摸出馬車內的果脯罐子，一會兒丟一個地用嘴去接，又咕嚕嚕地喝了好大一杯茶，這才滿意地將几案踢到一旁，睡下了。

几案發出的聲音，好似她在馬車內生悶氣，沒有人敢在這個時候觸她霉頭，因此馬車一路平穩地駛到安營紮寨時。

她被關在三皇子燕淳亦的大帳內，內裡一個書卷都沒有，她左看看、右摸摸，這時帳內突然進了一人。

來人跪下道：「見過瑤將軍！屬下來救瑤將軍和大將軍出去！」

沈婕瑤睫毛都沒動一下。第四批了，燕淳亦有完沒完啊？總這樣試探，她很煩欸！

她回身，憂傷道：「我如何能走？你若可以，先將我大兄救出去吧！」

「瑤將軍！」

待把人糊弄出去後，沈婕瑤朝天翻了個白眼。拿他們陶梁的細作當傻子不成？就這麼直愣愣地衝進來要救她出去？裝也不裝得像點！

她習慣性地要一撩身後披風坐下，撩了個空，直接大剌剌地坐下，用手沾水在桌上畫起圖來，在一處地方重重地畫了幾個圈，而後在燕淳亦回來時，平靜地用手抹去。

月黑風高，一直悄悄尾隨著燕息大軍的幾個沈家軍，焦急地不住探頭探腦。「怎麼樣？找到瑤將軍留下的暗號了嗎？」

「找著了、找著了！」回來的人一臉菜色地抱怨道：「瑤將軍這暗號藏得也太隱蔽了，誰會發現啊！」

「說什麼了？」

「附耳過來。說讓我等趁兩軍交戰時，速歸，傳信長安，再……」

「話說，你怎麼這副臉色？瑤將軍將布條藏哪兒了？」

「……恭桶。」

「別說了！」

長安城宣王府內，王玄瑰彎腰將黏在他腿上的雪團抱起，無數細毛在空中亂飛，他一手抱貓，一手在空中搧了搧。摸一把雪團，手上就沾了層毛，他皺眉道：「怎麼還掉毛了？」

安沛兒手裡拿著一把細齒梳，乘機在雪團背上梳了一下，說道：「天熱了，掉毛是正常的，阿郎不必擔憂。」

王玄瑰眼睜睜地看著那梳子上帶下許多黑毛，頓時將雪團抱高了些，避過安沛兒想再伸過來梳一把的手，望向鎮遠侯府的方向說：「沈文戈這是當縮頭烏龜當上癮了，也沒找妳？」

安沛兒搖頭，又抬手梳了把雪團，然後將牠身上掉的毛收了起來，說道：「娘子定是不知該如何面對阿郎，害羞呢！阿郎何必咄咄逼人？給娘子些時間吧！」

他咄咄逼人？王玄瑰「嘖」了一聲，抱著雪團不理安沛兒了。他現在算是知道了，一涉及沈文戈，都是他的錯。

這時，蔡奴帶著宮裡的宦官走了進來。「阿郎，聖上急召。」

見王玄瑰還想將沾了貓毛的衣裳換下，聖上身邊的大公公忙說道：「王爺，有關燕息戰事，聖上催得急，趕緊進宮吧！」

王玄瑰只好將雪團交給安沛兒，又鄭重地說：「不許給牠梳毛。」

「阿郎放心。」安沛兒親親貓頭，親了一嘴毛，呸了兩聲，看著阿郎的背影搖搖頭，抱著雪團走到湯池房的牆邊，輕聲說道：「阿郎進宮了，讓娘子隨意活動吧！」

雪團甩著尾巴，貓頭難受地蹭著安沛兒的手背。「喵喵！」

牆頭突然出現一顆名叫倍檸的腦袋，她對著安沛兒道了謝，又急匆匆去尋沈文戈了。王爺進宮了，那娘子就可以出門了！南市有家鋪子出了點問題，需要去看看。

安沛兒笑著嘆了口氣，抱著雪團坐在廊下。「來，雪團，嬤嬤給你梳毛。」她手法溫柔又解癢，讓牠舒服地翻著小肚子，打著小呼嚕。

梳好毛後，她親自上廚房給王玄瑰備吃食。

可直到金烏西斜，都沒能等到人回來，她便知燕息戰事有些棘手了。

宣王府燈火通明，沈文戈也睡得並不安穩，眼角的淚一直流，沾濕了頭下軟枕。

她夢見了兒時，二姊偷偷帶她出去玩，兩個人一起迷路，差點回不了家，還是大兄將她們二人找回來的場景。

夢裡一聲聲叫著「大兄」、「二姊」，驚醒過後，她緊緊抱著被子，再無睡意。

床邊還有一道呼嚕聲，是不知何時又跑到她床榻上的雪團。她擦乾淚，伸手摸了摸雪團，摸到了牠脖頸間的一根白色髮帶，手頓時一顫。這根髮帶，是什麼時候繫上的？

雪團定又偷跑出去了，剛才回來的時候還沒有呢！

她心裡不平靜，黑夜中加重的喘息聲分外明顯，將胸口那跳動不停的心捂到平靜下來後，方小心解下髮帶，爬下床，輕輕推開窗，藉著月光看著髮帶上的字——

沈文戈，妳確定要繼續躲著本王？妳兄姊的消息不聽了？

「啊！」她驚呼一聲，又趕緊捂住了嘴，生怕自己看錯了，反反覆覆地將髮帶看了好幾遍，一個字一個字地看，而後又擔心月光不夠亮，將燈點上，再看一遍。

是兄妹！

她這屋點了燈，倍樗也醒了，睡意朦朧地問：「娘子，怎麼了？」

「無事，妳繼續睡。」沈文戈隨意從衣櫃中抓了套衣裳穿上，又披上斗篷，拿著一個燈籠就出了門。

牆上一直有一把梯子沒有放下來過，她舉著燈籠費力爬了上去。

樹下披散著濕髮，不知等了多久，連髮梢都不再滴水的王玄瑰聽到動靜抬起頭，看見她的小臉從牆上露出，原本緊抿的唇微微上翹。「本王還以為，妳這輩子都不打算見本王了。」

「王爺……」她下意識目光閃躲著。

王玄瑰抱著胸，從陰影處走至燈火遍布的地方，就站在她的正前方，挑了下眉。「下來，妳還想讓本王陪妳在牆頭說話不成？」

牆頭？沈文戈倏地臉紅了。她這段日子陸陸續續想起一些醉酒的片段，其中就有她坐在牆頭拉著他喝酒的一幕。看了眼他寬厚的肩膀，她磨磨蹭蹭地翻過牆，順著梯子爬了下去。

到了他面前，只覺此人都要和黑夜融為一體了。「王爺等了許久？怎、怎麼不讓人叫我？」

說到這個，王玄瑰也沒想到。他睨了她一眼，問道：「雪團沒鬧妳？」

「沒有啊。」安安靜靜趴在她身邊睡覺呢！

雪團不吵她，卻偏愛往他身上跳、襲擊他，他每每都會被雪團這樣叫醒，所以還以為牠會一樣地對待沈文戈，將她折騰起來。「也罷，沒良心的小東西。」眼下小痣隱匿在他睫毛投下的影中。

這聲「沒良心的小東西」說的是雪團，可聽在沈文戈耳裡，只覺得是在說自己。是了，王爺幫她頗多，她這段日子卻總躲著王爺，想和他保持些距離，確實是她沒良心。可，對兄姊的擔憂，衝破了她的不好意思，她手裡攥著髮帶，舉到王玄瑰跟前。「王爺，上面寫的兄姊消息，你找到他們了？」

他輕輕「嗯」了一聲，只見她臉上瞬間迸發出歡樂，那是一種被驚喜砸中的喜悅，喜到她眼裡都帶著水光。

她急切地問：「他們在哪兒？可受傷了？傷得重不重？王爺？」

他沒打算在這事上逗她，說道：「他們在燕息。」

沈文戈的瞳孔一縮。「他們被俘虜了？自墨城戰事到現在都那麼久了，現在陶梁要攻打燕息了，才傳出消息來，他們的處境肯定不好。」

不愧是在鎮遠侯府長大的孩子，王玄瑰頷首。怕她心焦，又接著道：「利用兩軍交戰的空隙，妳二姊將消息傳遞了出來，今日聖上剛收到的傳信。她和妳大兄均在燕息三皇子手中，三皇子想利用妳大兄，讓陶梁不戰而退。」

只有大兄，那她二姊呢？

看著她的眼睛，王玄瑰道：「莫急。」他自己都沒察覺，以往的他，什麼時候會對一個人這麼有耐心了？早斜睨一眼後轉身離去了。「放心，妳二姊心有成算，她讓聖上派人去燕息接應，而後聽她吩咐，陶梁這邊兵力不斷，繼續作戰，她會負責營救，勢必不讓陶梁因為妳大兄而陷入兩難的境地。」

沈文戈攥住裙襬，點點頭。對，她大兄和二姊都是天之驕子，他們一定會沒事，會平安回來的，他們那麼厲害呢！

王玄瑰想伸手拍拍她的背，讓她換口氣，手剛伸出去，對上她明亮又帶著期待的眸子，又將手收了回來。

她問道：「聖上要安排誰去燕息救人？兩軍正在交戰，如何去燕息？」

本想說，人選還沒定下來，聖上今日讓他進宮，就是去商議此事，可……

他迴避了第一個問題，先說了如何去燕息。「如今天氣正好，適合陶梁使團出使，聖上的意思，是將派去燕息之人混入使團中。使團向西而行，出使西域，燕息、陶梁、婆娑那邊有一塊三交地帶，從那裡進入燕息，聯繫上妳二姊，而後使團繼續出使，他們則救人後歸。」

沈文戈一聽完，腦中瘋狂運轉，不得不說，真是一步妙棋！想好後，立即道：「我要去！」

王玄瑰丹鳳眼瞇起，連帶著眉頭都緊皺。「妳去做什麼？路途遙遠且辛苦！」

她平靜地分析道：「婆娑說的是天竺語，我會，我不光會，我還會婆娑國旁邊的吐蕃語，再縱深往西走，波斯等語我也都會的！使團出使，需要像我這樣所有語言都會的人。」

「胡鬧！」

「我不是胡鬧！」沈文戈紅著眼眶道：「你不知兄姊平安對我意味著什麼，我要親自去接他們。」自墨城戰事起，她就陷入了深深的自責中，生怕因為自己仗著有一世的記憶，攪亂了現在的平衡，推動了不該推動的發展。否則，怎麼會其他的兄長都回來了，可她的兄姊卻沒回來？可她今日聽到了什麼？她的兄姊還平安！當時沒來得及趕去西北，就戰事爆發了，這次說什麼她都要去！「你要是不同意，我就自己套輛馬車，跟在使團後面走。」

王玄瑰嗤笑一聲，說道：「妳威脅本王？」

沈文戈搖頭。「不是威脅，是告訴王爺，我要去的決心。我為何就不能去？我不怕苦、不怕累，也絕不會成為拖累。難道就因為我是個小娘子，所以不配出使？」她小聲嘟囔了一句。「鴻臚寺許多官員翻譯的水準還不及我好呢！」

王玄瑰警告道：「妳若作為譯者去，便要跟隨使團完成出使的任務，縱使成功接應到妳兄姊，也絕不可半途而廢。」

沈文戈抬頭說：「我可以，我去！我能負責所有的譯者工作！」下意識地伸手拽住他的衣袖，反應過來後好似衣袖燙手一樣，又趕忙鬆開，她肯定地道：「我二姊能帶兵打仗，我亦能出使西域。」她從不是養在深閨不知愁的天真小娘子。

王玄瑰看著這樣的她，好似又回到了那年雪夜，睜開眼看見的那個抱膝將自己縮成一團，卻救了人的沈文戈。也不知她弱小的身軀，是怎麼迸發出力量救人的？

「妳讓本王想想。」他沒給出肯定的答覆，讓她先回府。

她一步三回頭地看他，最後只能翻牆回去。走了幾步，她便提著燈籠奔向陸慕凝的房間，越走越快，最後幾乎是小跑地穿過彷彿看不見盡頭的長廊，和一隊隊夜晚巡邏的人碰面，流著淚跑到了母親的房門口。

被驚醒的陸慕凝披散著頭髮，兩鬢斑白，她看著氣喘吁吁、滿臉是淚的女兒，趕緊讓人進屋。「這是怎麼了？嬤嬤去給她倒杯熱水來。」

沈文戈手裡的燈籠被吹滅，屋裡點燃了燭火，她看著在燭光下彷彿老了十歲的母親，先說道：「母親將藥吃上。」

陸慕凝的心都提了起來，聽她的話服下了靜心藥丸。「娉娉，出什麼事了？不管天大的事，都有母親在，儘管說便是。」

「母親，大兄和二姊還活著！」

「什麼？」陸慕凝愣住了。

沈文戈又說了一遍。「大兄和二姊還活著！母親，他們沒死，沒死！」她眼中盛滿了淚。「女兒欲去找他們，將他們接回家。」她抱住陸慕凝，哭著說：「母親，他們沒死……」

陸慕凝拍著她的背，悄然擦去眼角流出來的淚滴。「好、好、好！」

沈文戈閉上眸子。真的太好了，他們沒死，沒死！

沈文戈幾乎一整晚都沒合眼，天剛剛亮起，就趕緊洗漱一番，再次去了宣王府。

被蔡奴叫醒的王玄瑰眼下一片青黑，他看著趴在牆頭的沈文戈，氣笑了。「妳現在倒是不躲著本王了！」

「王爺……」

看她這副可憐巴巴的樣子，王玄瑰揉著眉心。「行，去，本王准了！妳說得對，妳確實是位出色的譯者，本王會將妳的名字加在使團名單中供陛下挑選，但最後能否被選上，本王不做保證。」

沈文戈笑了，沒了任何壓在心底的愁苦，她的笑如升起的朝陽般燦爛明媚，驅散一切陰霾。「多謝王爺！」

王玄瑰擺手讓她下去，隨即自己轉身往回走。他想了半夜沈文戈到底適不適合跟著使團出使，現在頭還疼著呢，要回去再睡會兒。走了兩步，他又惡狠狠地回頭瞪了那什麼都沒有的牆頭一眼。「罷了，進宮。」

使團出使是大事，方方面面都要考慮到，尤其是出使之人，既要有對敵的武力，又要會說對方的語言，最好還有過出使經驗，因此聖上也十分頭疼此事。

王玄瑰好歹還睡了半宿，聖上則是一晚上都在分析利弊。於情於理他都不能拋下被燕息困住的兩位將軍不管，必須救他們出來！但瑤將軍到底能不能將人成功救出來，他心裡沒底。萬一沒成功，對燕息的戰事到底打不打？這些都要列出個章程來。

王玄瑰帶著一身早晨的寒氣而來，到了就先和聖上用了早膳，這才將懷中的東西給聖上扔過去。

聖上打開一看，是使團出使名單，不光有鴻臚寺適合出使的人，還有金吾衛中或會說些外語、或武力十分高強、或擅刀劍軟鞭弓箭等人，這名單可真是解了他的燃眉之急啊！再看率領使團出使的人，他驚訝地問道：「你去？」

王玄瑰冷冷地「嗯」了一聲。

聖上一拍自己的肚子，肚子顫了顫，樂了。這可真是太好了，自己正愁怎麼說服王玄瑰帶領使團前去呢，想來想去也就王玄瑰適合。既負責鴻臚寺，又任過金吾衛大將軍，兩方人馬都對他信服，對兵事也精通，上過戰場，參與過戰事，若要營救，確是不二人選。他還曾孤身闖過婆娑、吐蕃等地，對地形也熟悉，不去真是屈才了！最關鍵的是，自己信他。

「善！大善！」

王玄瑰敲敲几案。「使團出使要交換的物品，你來準備。」使團出使，就算是做做樣子，也得備好東西，屆時可以跟別國做交換。

「這是自然！」

王玄瑰又道：「你再好好看看鴻臚寺要去的人員名單。」

聖上一目十行，嗯，這個人他有印象，是前年的狀元，這個也認識，不錯、不錯，都是十分出色的人才，直至他看到最後一個人名——鎮遠侯府七娘沈文戈。

他還以為自己老眼昏花了，忙招呼身邊的大公公過來。「快，快幫孤看看，這鴻臚寺名單上的最後一個人是不是沈文戈？」

大公公接過一瞧，又還給了聖上。「回聖上，確是鎮遠侯府的七娘。」

聖上看向王玄瑰，指著上面的人名。「怎麼回事？為何加上她？」莫不是真的色令智昏了？怪道這麼積極主動說要帶領使團出使呢！

王玄瑰解釋道：「鴻臚寺如今能說七國語言者寥寥無幾，多為比我歲數還要大的，出使只怕身體吃不消，若遇到危險，還要保護他們，而年輕的又基本只會說一、兩國語言。沈文戈雖不在鴻臚寺任職，卻經常幫鴻臚寺翻譯，懂多國語言，不光會說，還會寫，她一個頂那些官員十個。何況，她是鎮遠侯府的人，有她在，還怕瑤將軍不回來嗎？」

最後一句話，戳到了聖上心裡最隱秘的那個點。

據說燕息三皇子是極英俊之人，又擅計謀，就怕沈婕瑤一顆心遭哄騙，誤在了那裡。他做不來殺了有功將領的事，但也容不得她留在燕息，只能將人帶回國，卸了她的盔甲，讓她養在家中，這輩子再也不能上戰場殺敵了，雖可惜，但他不能拿掌握著陶梁軍事命脈的她作賭注；但如果她一心為陶梁，他自然會授官封爵，張揚我陶梁國力之威！

沈文戈，她的親妹妹……

「好，孤准了，就讓沈文戈同行！」

王玄瑰挑挑眉，滿意地應了。

大朝會上，聖上欲要派一隊使團出使的消息火速傳遞開來，這苦差事誰都不想沾，便有幾位官員開始推託，說陶梁和燕息正在打仗，使團出使不急在這一時。

結果被知曉實情的六部官員堵了回去，怎麼，戰事一刻不停，日子還不過了？該出使就出使！

可誰出使？喔，讓宣王帶隊去？那沒事了，快走吧，趕緊離開長安！

可怎麼使團成員中還混入了一個小娘子？這可不行！他們口誅筆伐，最後被聖上一句「沈家七娘懂多國語言，你會你去」給堵歇了火。

至此，沈文戈將會成為陶梁第一個以女子身分跟隨使團出使的人。

不說鴻臚寺的人如何羞愧難當，他們竟連七娘都比不過！

金吾衛聽聞隊伍裡有女的，那可是一個個都樂開了花！小娘子哎！

雖有人心有不忿，覺得女人會拖累他們，但也沒有表現出來，到時候，自有她苦頭吃！

「出使西域，行程緊密，救了人之後要再向西行進，那是截然不同的國家，不是我們打著陶梁旗幟就會被人迎進去的，也會遭遇看不見的危險，要做好吃苦的準備。」

沈文戈重重點頭。「王爺放心，我知道。」她已經同鴻臚寺有過出使經驗的老人打聽過了，據他們說，他們曾被當作騙子，關進大牢，九死一生才逃了出來。最危險的一次，他們差點就被當地土著當成肉來烤了，可見凶險。

王玄瑰瞧她那副做好準備的樣子，又道：「妳是女子，但本王不會在路上優待妳，妳將遭遇諸多質疑、指責甚至辱罵，只能自己挺過去。」

沈文戈「嗯」了一聲，為了兄姊，只要讓她去，這些她都能忍下去的。

「如此，妳若還執意要去，便收拾行李吧！輕裝上陣，屆時遇到危險，牛車上拉的東西都可能捨棄，何況是妳那點行李。」

被他一說，緊張感立刻湧上來。「是。」盯著他略顯疲憊的臉，她又忍不住追問了一句。「王爺你說不會優待我，所以，王爺也會去嗎？」

王玄瑰「嗯」了一聲。「不日出發，回去吧。」他過來跟沈文戈說一句，讓她做好準備，還要去鴻臚寺一趟，以作安排，忙得很。

很奇怪，自他說他也要去，沈文戈的心就定了一半。待人走後，她從牆頭爬了下去。

安沛兒眼看阿郎都已經大步流星走出好遠，才叫住蔡奴，微微揚起聲音問：「阿郎向來不喜歡攬差事，這次怎麼主動向聖上提出要帶領使團出使？」

一牆之隔的沈文戈還未從梯子上離去，她一愣，索性趴在牆上聽，蔡奴的聲音便傳來——

「奴也好生奇怪，使團出使條件艱苦，阿郎最是惱恨，怎麼就主動擔責了？他也不需要升官發財，守著鴻臚寺挺好的啊！」

安沛兒道：「哎喲，我要為阿郎準備好東西才是！」

「嬤嬤記得給阿郎準備幾身衣裳，婆娑那裡日夜溫差大。」

「曉得了。」

瞅著王玄瑰身影都要看不見了，蔡奴給安沛兒一個眼神後，自己匆匆追了上去。

安沛兒望著牆頭，整理了一下披風，同院裡的小廝小聲道：「都激靈點，一看見七娘，就趕緊過來稟告。」

「是，嬤嬤。」

牆那側沒有聲音了，沈文戈才抿著唇下了梯子，眉頭緊蹙，走了兩步之後又再次回望。

夜半時分，沈文戈親了兩口雪團，又好一番揉搓，將牠吵醒後，抱著牠去了牆頭，將其放上，輕聲道：「去啊！」

雪團「喵喵」兩聲叫，伸出爪子搆沈文戈。

沈文戈仰著頭戳戳牠的小爪子。

牠以為沈文戈在跟牠玩，頓時更不肯下去了。

「雪團。」她叫牠。

牠兩隻耳朵動了動，搖晃的尾巴停在空中，倏地收爪轉身，而後向後躍去。

沈文戈先是以為牠下去了，轉念一想，梯子在牆的正中央，牠不往樹那邊跑，直接從這裡跳下去，不會摔傷了吧？她擔心得趕緊爬上牆去看。

就這個想的工夫，牠已穩穩落於男人懷中，被帶著重新出現在了牆頭，「喵嗚、喵嗚、喵喵喵」地叫著。

王玄瑰將作勢往上爬的沈文戈抓個正著，低頭睨著她。「大半夜不睡覺，在這兒玩貓？」

他一身水氣，從她這個角度還能瞧見沒有合攏的衣襟下那若隱若現的鎖骨，當即一雙眼都不知該看哪兒了。睫毛在微風中抖動著，最後如蝴蝶般張開蝶翅，將目光定在他眼上，描繪著他眼下小痣、高挺的鼻梁，以及那一抹薄唇。本就是她想透過雪團將人叫出來，如今他出現在她面前，她又突然不知該如何說起了。

他「嗯」了一聲。

「是雪團淘氣，帶著我出來了。」

他伸手摸了雪團一把，柔軟的貓毛在掌心蹭過。外出出使，定不能帶著牠的，他要有許多日子都見不到牠了。

見他只顧著摸貓，沈文戈微微深呼吸著，做了許久準備後，語氣放緩，問出了她想問的話。「王爺為何要去？」

王玄瑰聞言，眼都未抬，為雪團揉著肚子，似是在說一件普通到不行的小事一樣回答她。「因為妳要去，本王不放心。」

藏在衣袖中扒著梯子的手，狠狠地扣住了梯子，她耳中泛起嗡鳴，那道本就不堅固的防線，再次被他捶碎了一道縫隙。真是的，她明明都已經通過迴避，收斂好了自己的心，他又在不經意間，以強悍之姿扎根發芽，讓她怎麼辦？

久不聞她說話，他挑起眉梢，若有所思地盯著她，盯得她臉上都出現紅暈，眼神逃避時，方才道：「這幾日貓兒就跟著本王吧，妳便不要跟本王搶牠了。」

沈文戈一口氣憋到半途又散了，哭笑不得地點頭。「好，王爺喜歡，便抱過去養兩天，只怕牠要樂不思蜀了。」

「嗯……」她皮膚白皙，如今眼下出現陰影就分外明顯。「回去休息吧，妳睡不了幾個安穩覺了。對了，出使時，身邊婢女定是不能帶的，妳做好準備。」

「我知道了。王爺……」

「嗯？」

她半垂著眸子，說道：「王爺記得每日沐浴後，絞乾頭髮再睡，不然受涼，該頭疼了。」

一向不耐煩擦頭髮的王玄瑰敷衍道：「行，本王知道了，妳快回吧。」

「好。」她緩緩爬下梯子，往外走了幾步又回頭一看，月光下，王玄瑰還抱著雪團停在牆頭，似是在送她回去。

待出了菊花叢，走到拐彎處停下腳步，她又反身去看，牆頭已經沒了一貓一人。不是錯覺，是真的在送她。

嫁給尚滕塵那幾年，從來都是她披著衣裳送他、等他，何時等來過他的眼神？

她呼出一口長氣，低垂下頭。

許許多多小事也能匯聚成汪洋大海，她這一葉孤舟，也不知還能堅持多久……

一滴灼熱的淚從眼中掉出，隱匿在泥土中。

天黑了又亮，雲卷雲舒飄過澄藍的天空，陸慕凝輕輕為沈文戈擦拭著臉頰上的淚。「出門在外不比家中，萬事都要提高警惕。」

沈文戈重重應了。「母親在家等我，我去將大兄和二姊他們帶回來！」

「妳把妳自己帶回來！」陸慕凝冷喝一聲，握緊她的手。「萬事妳以自己的安危為先，知道嗎？不能他們沒救出來，妳也折進去了！嫂嫂，母親現在只剩妳了。」還沒見到妳幸福，想到妳後半輩子還沒人能照料，母親一顆心放不下。倘若妳也出了事，母親也不知還能撐多久。這話陸慕凝沒有說出口，但沈文戈能懂的。

沈文戈如何能不懂？掉下的淚珠再次被陸慕凝擦掉。

「既要去出使，便不可再做小女兒姿態，記住，妳是鎮遠侯府的七娘！」

「母親，我知道。」

三夫人言晨昕看了一眼府門前的白銅馬車，出聲道：「時候不早了，娉娉，這一路一定要照顧好自己。」

沈文戈看著關切地望向自己的眾人，應了，福身道：「娉娉出使，家中就拜託大家了。」

「妳且去，不用惦記家裡，我們都在。」四夫人陳琪雪道。

一旁的五夫人和六夫人也齊齊應聲。

沈文戈向人群中的嶺遠招手，摸著他的髮道：「嶺遠在家等姑母將你父親帶回。」

嶺遠眼眶紅紅的，小心地抱住她的腰，仰頭道：「以姑母為重。」

她掐了一下嶺遠的臉蛋。「好，嶺遠不用擔心，整個使團人員眾多，姑母只是其中一個毫不起眼的人。」

「表妹。」林望舒一身青袍，著急趕來，額頭出了一層細密的汗，卻不折他風姿，依舊是清雋的狀元郎。他將一卷手稿交予她，解釋道：「自知道妳要跟著使團出使，便極為妳開心，妳的所長終於能被眾人所看見。近幾日，我拜訪了諸多學者，整理了婆娑、吐蕃等地的情況，給妳。」待沈文戈小心接過後，他又交給了她一沓用樹葉穿在一起的書籍，道：「這是從婆娑流傳而出的書籍，興許能通過看他們的書，獲知他們的思想。」

「這太珍貴了……」想推辭，卻又是她現在急需的，她重新用絹包裹住，對林望舒說：「必完璧歸趙。」

林望舒笑了，如山間清泉般拂過人心，說道：「表妹這樣說，我是要生氣的，太見外了些。就當是表兄提前送妳的生辰禮可好？」

她也跟著笑。「那我就謝過表兄了。」

在他二人身後的陸慕凝，瞧見這一幅俊男美女如畫的場面，卻是輕輕嘆了口氣。她曾寫信給江南阿姊試探口風，阿姊只讓她在長安城為望舒尋門好親事，這便是不想親上加親的意思。她理解，她的嫂嫂如今和離過，再嫁是二嫁女，而望舒身為狀元郎，又通過了吏部的考核，正等待任命，未來前途無量。易地而處，她若是望舒的母親，也希望他能娶個更好的妻子。可她的嫂嫂怎麼就不配了？目光落在宣王的白銅馬車上，再看望舒送出的書，她搖頭。觀之望舒對嫂嫂不似全無感覺，可惜，出使短則三月，長則半年有餘，兩人也是有緣無分了。

沈文戈收下大家的祝福和叮囑，最後看向眾人。「好了，嫂嫂走了。」不敢再回頭，她上了白銅馬車。她一定能將大兄和二姊成功接回的！

白銅馬車最後停在了鴻臚寺前，所有即將出使的人，都將在這裡集合，等待王玄瑰的命令，與金吾衛會合後，共同出發。

鴻臚寺共出使十人，去掉王玄瑰與沈文戈，僅剩八人，其中經常與沈文戈有著翻譯來往的五人，剩餘三人都是有過出使經驗的老人。

他們對沈文戈也是極和藹的，見面後主動與她打招呼，還讓她站在他們中間，以提高她的地位。

沈文戈向他們道了謝，聽見熟悉的腳步聲，向前看去，就見到了穿著紅衣、分外張揚的王玄瑰。

似是從收到她兄姊未死的消息起，他就將自己的一身紅衣給換了回來。

此時的他，紅衣上布滿了黑色祥雲繡紋，她還是第一次看見祥雲是黑色的；皮質護臂將寬袖緊緊束住，包裹出有力的小臂；腰帶通過銀質皮扣將他的勁腰勒起；鑲嵌著紅瑪瑙的銀冠將他的頭髮束起，整個人俐落又搖曳。

他騎於馬上，向下看著鴻臚寺眾人，問道：「人可都到齊了？物品可有清點完畢？是否整裝完畢？」

「是，王爺！」

「好。」

覺得他目光掃過自己，她正了正神色，就像一個接受審閱的士兵一樣，站得筆直。

殊不知，王玄瑰只是在看她穿什麼衣裳，見是一身出行方便的胡服，而不是妄圖藏起自己小娘子身分的男裝，當即滿意極了。女兒身分出使西域，本就是該驕傲的事情，要是為了迎合隊伍就換上男裝，才是落了下乘。

再瞟一眼，嗯，豆綠色的交領短衫，外搭淺橙色背子，下面一條相同色系的橙色百迭裙，顏色要比褙子深一些，裙尾繡著大朵大朵叫不出名兒的花來，同穿白色時一樣好看。

待負責出行的金吾衛將軍派人稟告一切都準備好了後，他手一揮，示意啟程。

鴻臚寺的官員們三三兩兩地上了馬車，馬車中的安沛兒本想叫沈文戈上白銅馬車，可見有鴻臚寺的官員招呼她，便沒再出聲。

柳梨川他們今日要出使，所以都換上了官袍，一個個精神奕奕。尤其是柳梨川，青袍一上身，狀元郎的氣質就遮掩不住了，他接過沈文戈遞給他的樹葉書，連連稱奇。

馬車走動，沈文戈透過被掀開的車簾向外望去，見王玄瑰騎於馬上，寬袖落下，眼前倏忽閃過黑色衣袖搭肩讓她攥著的畫面，她不禁睜圓了眸子，肩膀處似是還有他手指不小心蹭過時的觸感，趕忙放下車簾不敢再看。

馬車裡，柳梨川愛護地將樹葉書還她。「不行不行，這馬車晃得厲害，可不能再看了，萬一失手將樹葉折壞，那我就罪過了！七娘，還給妳。」

鴻臚寺共三輛馬車，每輛馬車上分了三個人。

和他們同坐的另一個年輕官員人長得圓圓胖胖的，雖不是什麼狀元、探花出身，也是排名前二十的人，名叫張彥，脾氣非常好。

沈文戈接的替別人翻譯的私活，就是他介紹的。互相都是熟人，也沒那麼多講究，你一言、我一語，將氣氛炒了起來。

柳梨川突然驚呼道：「這麼多金吾衛?!」

鴻臚寺的人是不知情的，只知道要去出使。

他們將面前進人的車簾整個掀起，掛在車壁上，便見城外約莫八百精兵整齊立於外。

而後五十輛馬車，讓鴻臚寺的人眼睛都亮了。他們出使向來都是牛車出行，能帶三輛牛車的珠寶、絹布都算多了，這次出行可真大手筆啊！

張彥尋思過味兒來了。「不對啊，我們寫的單子，上面沒有那麼多物品啊，撐死了十兩馬車就夠拉了。」

知曉實情的沈文戈都不想打擊他們了，那五十輛馬車拉車的均是戰馬，為減輕重量，將物品都分散而放了，而且還有的馬車上裝的是糧食、砍刀、帳篷等物。看著多，其實還有幾輛空馬車，可以讓馬兒替換著拉。

等接應出大兄和二姊，這八百金吾衛裡有五百精兵和五十匹戰馬都將返回，最後會從邊境買幾頭牛拉車，由剩下的三百人護送他們出使。

但比之以往五十人就出使來說，本次出使也算得上是大手筆了。

馬車晃晃悠悠，晌午時分，王玄瑰下令停下休息，主要是讓戰馬休息，人只是順帶的。

坐得腰痠背痛的鴻臚寺官員們一下馬車，沈文戈馬車上的柳梨川和張彥就有些不好意思，兩個人你看我一眼、我看你一眼，誰也沒好意思先出聲。

沈文戈向外一看，就見鴻臚寺的官員們齊齊脫下官袍，換上了私服，就連不遠處的金吾衛都將盔甲卸了，換穿上一身輕便的甲裝，盔甲實在太重。

他們陶梁的聖人因嫌棄朝服繁雜，是以愛穿自己的衣裳上朝，大臣們一看，便也跟著脫去了朝袍。一來二去的，除了重大節日慶典，從聖上到官員才換上官袍，其餘時間皆穿私服行走。

她立即便懂了，對二人道：「我下馬車透透氣，一時半刻不會回來。」

腳下踩著青草，鼻尖嗅著新鮮空氣，沈文戈的心境陡然開闊起來，甚至覺得自己之前怨懟尚滕塵，將所有情緒繫他一人之身的做法有些蠢。

「娘子！」

沈文戈愕然回頭，便見安沛兒正站在白銅馬車前招呼她，在這個地方遇見沒料到的人，她有些激動地小跑過去。「嬤嬤妳怎麼在這兒？」她還以為白銅馬車只是王爺借她，讓她去鴻臚寺的，萬萬沒料到，車和安嬤嬤都跟著過來了！

安沛兒將水袋遞給沈文戈，輕聲說：「阿郎出行，我與蔡奴都放心不下，便都跟了過來。再說，阿郎他嬌氣，沒有我照料可怎麼行？」

馬車內飲茶休憩的王玄瑰手一頓，幽幽看了一眼當作自己什麼都沒聽到的蔡奴，冷笑一聲。以往他外出出差，他家安嬤嬤什麼時候這麼貼心了，還非要跟著他？她還說什麼來著？他嬌氣？他出門在外，一向秉持著輕裝出行，就說這白銅馬車好了，他剛剛掃了一眼，裡面有一半多都是沈文戈的東西！

蔡奴重重咳嗽一聲，再次為王玄瑰斟滿茶。「阿郎喝茶。」

聽到馬車裡的動靜，安沛兒催著沈文戈喝水。瞧瞧，只半日，唇瓣都乾皺了。

沈文戈拿著水袋，象徵性地抿了一小口。她不敢多喝，不然如廁太過麻煩。不過看到了嬤嬤，不得不說，她真的是鬆了好大一口氣。

馬車裡的王玄瑰被蔡奴催促著出去看看風景給趕了下來，迎面撞上喝水的沈文戈。

見他突然出現，她差點灑了水。

他伸手扶住水袋，和她的手指相撞，只覺她手指冰涼，便又貼著追了過去，捏了下她的指尖，皺眉道：「妳上馬車歇會兒，要等日頭最熱的時候過去，才會重新開始走。」

沈文戈嚥下嘴裡含著的水，曲著手指應了。

安沛兒便用足以讓周邊人都聽見的聲音說：「七娘上馬車陪嬤嬤我說會兒話吧！」然後拉著她上馬車，悄悄道：「馬車上有恭桶，七娘可要解決一下？奴在外面看著，七娘放心。」

沈文戈倏地臉紅了。

安沛兒笑著推了她一下，將恭桶拿了出來，又道：「奴走遠些，恭桶是雙層的，不會發出聲音和異味的，娘子放心。」

沈文戈確實需要，她本來是想著夜半時自己再偷偷出去解決的，現在有機會，整個人像是熟透的蝦子般，解決了個人問題，又被安沛兒搶著將恭桶倒了。

如今的她還有馬車可以遮風擋雨，甚至嬤嬤還在照顧她，真不知她二姊在軍中，是如何忍受的？以前只是敬佩，現在才短短半日她就覺得辛苦，為她二姊心疼了。這般一想，便連手裡的乾糧都嚥不下了。

王玄瑰遠遠地見她小口小口掰著乾糧，不禁皺眉四處看了一下——全是荒地，別說兔子了，恐怕連隻田鼠都抓不到。

第十八章

太陽炙烤草皮的熱度終於散去，車隊重新出行。

夜幕黑了下來，鴻臚寺的官員們直接在自己乘坐的馬車中睡下。

沈文戈收拾出一個窩就打算和兩位同伴將就一下，畢竟是出行在外，哪講究那麼多？

突然，馬車被敲響。

王玄瑰站在外面說道：「下車。」銀色閃爍的星子密布在夜簾上，將王玄瑰嵌入它的畫中，他重複道：「下車，去跟嬤嬤一起睡。」

沈文戈輕輕呼了口氣，說道：「我在這兒睡就行。」她是鴻臚寺的隨行人員，自然要同他們睡在一起，何況她都已經是和離過的人了，沒有那麼多名聲講究。

在她身後的柳梨川和張彥連忙開口勸說。「七娘，妳去和嬤嬤一起睡吧，馬車這麼小，妳走了，我們兩個還可以寬敞寬敞。」

「極是極是！馬車太小，估計要頭腳相連著睡，互相聞臭腳丫子的味。七娘在這兒，我們都不好意思脫鞋了。」

見兩人連連拱手，沈文戈只好應下。

王玄瑰探身上馬車，在柳梨川和張彥驚懼的目光下，捲起沈文戈的鋪蓋挾在腋下，帶著她往白銅馬車而去。

普通馬車尚且能擠下三個人，何況本身就寬敞的白銅馬車。

安沛兒和蔡奴兩個人早就將馬車內部整理好了，可以收起摺疊的几案、蒲團都收了起來掛在車壁上，內裡鋪著厚厚的墊子。

沈文戈的薄褥被鋪在了最裡側，中間是挨著她的安沛兒和蔡奴，另一邊方才是王玄瑰。

她坐在自己的褥子上，縱使隔著兩個人，也覺得馬車狹小、有些喘不過氣。

安沛兒催她趕緊躺下，為她按摩一番，趕了一天的路，定是累壞了。

而負責使團出使的王玄瑰則尚且不能休息，要安排值夜。

王玄瑰不在馬車中，沈文戈尚且能好些，在嬤嬤輕柔的按摩下漸漸睡去了。

她確實是累了，縱使年少時也經常乘機出入戰場，但她的心好似是困在大宅中失了智、斷了翅膀多年的鳥兒，一時有些調整不過來。

她累得甚至不知道王玄瑰他們是什麼時候回馬車的。

夜半，安沛兒和蔡奴齊齊睜眼，互相看了身旁的人一眼，確定都睡熟了，兩人輕手輕腳、連身下墊子都沒有收拾就出了馬車，而後上了一輛早就準備好的馬車，沈沈睡下。

啪！沈文戈腦門上被襲擊，痛得她一個激靈醒了過來，可腦子還昏昏沈沈的，打著哈欠摸上去，是一隻骨節分明、修長的手。

這手絕不可能是嬤嬤的！她猛地睜眼，瞌睡蟲迅速飛跑了。

就在這時，又一隻腳踹了過來，正搭在她的小腿上。

她眼睛狠狠眨了一下，費勁地將呼在腦門上的手弄下去，轉身坐起，收起腿抱成個團。

尚未至晨曦，可黑暗已經被提前出現的金烏驅散了大半，就著微微亮的天色，她才看清馬車內只有她和王玄瑰兩人。

本來應該睡在另一側的人，現在占據了三個人的位子，成大字型趴在上面，襲擊她的就是他舒展的手腳。

可見，他還想連她的位子都占了，如今擠得她就剩貼在車壁的一小點地方，連手腳都伸展不開。

見他趴著，沈文戈生怕他氣上不來，憋到了，於是任勞任怨地扶起他的胳膊，想幫他調整一下睡姿。奈何這人睡著了，手腳都極沈，她費了半天勁兒，都沒能將其翻過去，索性放棄了。又打了個哈欠，她將伸到自己這邊的手腳往他那裡靠了靠，自己蜷縮成一團躺下了，昏昏欲睡。

手腳憋著的王玄瑰感覺到不舒適，將臉轉了過來，整個身子也跟著動了，側睡對著沈文戈。

沈文戈身上頓時又是一沈，她眉頭都蹙起來了，閉著眸子摸上去，這回搭在她身上的是他的手臂，且因為她已經靠近車壁了，他手臂伸不直，朝她這裡彎了下來。

雙手舉著他的手臂，太沈弄不下去，索性她也轉了個身，想借力將其扔下去。可這一轉，她便撞上了一堵胸膛，原本極致睏頓下，腦子裡什麼都想不了的她呼吸頓時一窒。他的喉結就在自己眼前，微微一抬頭就能看見他的下巴，甚至能看清上面新長出來的鬍茬。

許是又不舒服了，他再次一動，胳膊劃拉著她人，往他自己靠去，她趕忙伸手抵在他的胸膛上。靜謐的馬車裡，能聽見自己的心跳聲，如鼓，直入耳。

被他緊緊箍在懷中，她眼中睏倦徹底消失，取而代之的是深深的迷茫。

兩個人的呼吸聲漸漸變得一致，她能感受到他的身體像火爐般灼熱，她有些愣神，想起尚滕塵唯一一次抱她，還是在他喝醉酒的時候，醒來後留給她的依舊是厭惡的眼神。

他當初的懷抱也如現在這個火熱嗎？好像不是的，是冰涼又充滿酒氣、令人不適的。

她晃頭，手剛剛用勁地想將他推開，臨到使勁的時候，又洩了氣，她也是會貪戀這點溫暖的。明知道不應該，可還是忍不住。

最後一次。她跟自己說。

手指蜷縮，她抓住了他胸膛上的衣裳，將額頭抵在他的頸彎，靜靜地聽著他呼吸，貝齒輕咬住下唇，兩側的唇角翹了起來。

就這樣，一直睜著眼睛，天光逐漸大亮，亮到她可以清晰看見他身上衣裳的紋路，如流水潺潺而過。

外面響起了輕微的聲音，她小心地從他的懷抱中掙脫出來，最後看了一眼他濃密的睫毛，伸手在他眼下小痣上摩挲一下，便起身整理了一番衣裳，下馬車了。

大家都已經三三兩兩醒了過來，她手中拿著髮帶和水壺，朝駐紮附近的溪流走去。先將水壺給灌滿，而後對著小河將睡了一晚亂糟糟的頭髮給攏起，沒給自己梳髮髻，而是像她二姊一般，將頭髮高高束起，用髮帶一繫，簡單又快捷。

往回走的路上，能遇見許多結伴前來的金吾衛，看見她之後低語聲不停響起，甚至還有吹口哨的聲音。沈文戈步子沒停，平靜地往回走。

可她越不理，他們就越過分，有幾個人更大膽地攔住了她的路。

「娘子，妳這水壺沈不沈？不如我幫妳拿吧？」

「是啊，娘子，出城這麼久，怕不怕啊？」說著就伸手，借拿她水壺的藉口，往她的胸口襲去！

此處位置離駐紮的地方不遠，他們竟敢如此大膽！沈文戈的臉色陰沈下去，將水壺擋在胸前，剛要開口喝止，他們便被另一群趕來的金吾衛給揍了。

「嘴賤手也賤！七娘也是你們能調戲的？」

一群金吾衛一哄而上，那幾個人哪是對手？當即被按在地上一頓打。

「七娘，妳沒事吧？」

沈文戈搖頭，冷眼道：「別打太重，免得影響行程。」

「七娘放心，我們心裡有數。」一出手相幫的幾個金吾衛收了力道，邊按著地上扭動掙扎的人，邊在沈文戈面前介紹起自己來。

全都是西北軍出身的，不少還在她父親麾下當過兵，自然見不得這幾個人調戲沈文戈。

他們這裡鬧出的動靜，將沈睡的眾人全給吵了起來。

王玄瑰也不例外，他半睜著眸子，眸底醞釀著被吵醒的風暴，他已經許久沒有睡過這麼沈、這麼好的覺了。

車簾被掀起，陽光直直曬入，他抬起胳膊遮光，手便磕到了車壁，這才發覺，自己已經睡到沈文戈的褥子上了。

嗯？安沛兒探頭往車廂裡一看，沒見到沈文戈，想起外面的動靜，當下一聲驚呼。「糟了，娘子！阿郎快醒醒！」

丹鳳眼瞇起，他猛地坐起，拿起車壁上懸掛的鐵鞭，下了馬車。

見他出來，伸著脖子看熱鬧的、往那邊走去圍觀的，齊齊停了下來。

他帶著蔡奴和安沛兒走過去，便見沈文戈孤零零地站在一旁，身旁是兩幫已經打完架的金吾衛們，一見這架勢，不用問都知道是怎麼回事。

雖說是精挑細選的八百精兵，可到底有人透過走動關係，將自己不成器的兒郎塞進使團，想要鍍層金，聖上和他只能睜一隻眼、閉一隻眼。如今可不就是在長安城為所欲為慣了的人，把手伸向了沈文戈？幸而他特意多挑選了些西北軍出身的人，護住了沈文戈。

他眉眼間一片冷凝，眼神掃過，確定沈文戈沒有出事，手中鐵鞭一動，嘩啦嘩啦作響，聽著就讓人膽寒，不管是動手調戲的，還是制止之後參與打架的，全都跪了一地。

沈文戈懂軍紀，知道這個時候自己不能出言相幫，只能也板起臉來。

鐵鞭不比平日拿在手裡的皮鞭，它長約兩公尺，此時垂落在地上的鞭身一動，便能留下長長的痕跡來，加之鞭上有倒鉤，若挨到皮膚上能撕下一層皮來。

破空聲響起，鞭尾直衝著調戲過沈文戈的金吾衛而去，他們嚇到失聲，就見尖尾從他們緊縮的瞳孔前劃走，在土地上劃出深痕。

「啪」的一聲，所有人的身子皆是一抖。

越往西北走，天氣將越熱，若是身上出了傷口，只怕對接下來的營救計劃不利，因而鐵鞭只是從每個人面前劃過，嚇得他們兩股戰戰，卻沒打在身上。

王玄瑰冷道：「天熱了，都燥了是吧？那就給本王去河裡好好洗洗！」

在他的逼視下，兩幫人前後下了水。清晨的河水冰涼刺骨，他們下去後，忍不住抱著自己打顫。

鐵鞭落在水裡，攪起一片水花。「都站著做什麼？給本王操練起來！」

「是！」

一套動作下來，調戲沈文戈的金吾衛齜牙咧嘴；護人的金吾衛倒是將身體活動開了，得到王玄瑰的准許，可以回去烤火了。

王玄瑰站在岸邊，手腕一動，水中鐵鞭便是一揚，那些金吾衛當下個個挺直背脊，誰也不敢偷懶，忍著痛在水中認真操練起來，直到第一個人昏倒在水中，他才大發慈悲道：「帶下去！記住，七娘是本王特意帶上的譯者，若再敢對她有意見，直接來找本王，本王給你們好好解釋。」

「王爺，我們不敢！」

蔡奴開口道：「都長點記性，使團出使，也未必所有人都能去，全部人歸，回去吧！」

他們相互攙扶著從水裡走出來，連沈文戈的臉都不敢看，匆匆往回歸。

「娘子可驚到了？」安沛兒走過去問她。

沈文戈搖頭，看了一眼王玄瑰，垂下眸子，輕聲說：「對不起，我給你們添麻煩了。」見他看著自己手中的水壺，她將其往身後藏了藏，在她以為他要訓斥自己時，王玄瑰才冷哼一聲。

「他們的錯，妳往自己身上攬什麼？水壺裡的水，回去燒開了再喝。」

她攥緊水壺。「好。」

安沛兒一路上沒說什麼，和她一起回去後，將她手中水壺裡的水倒入鍋中，燒好涼了後才又還給她。

出了早晨的事，沒人有閒心生火做飯，匆匆啃了兩口乾糧，就行動迅速地收拾好東西，重新出發，悶頭趕路。

沈文戈也回到了鴻臚寺的馬車上，可沒想到馬車上竟然擠了五個人！

柳梨川和張彥都被擠在了邊邊上，有過出使經驗的鴻臚寺官員招呼她上來，見她臉色不好，笑呵呵地給他們講著自己曾經出使的故事。說著說著，就說到了他們和當時護送他們出行的士兵對罵，差點打起來的事情。

他們一行人出使，文官坐牛車，士兵只能用兩條腿走路。

初時還好，兩方人井水不犯河水，可後來遇到危險，士兵們既要保護他們，又要吃苦，自然就不樂意了，說話夾槍帶棒，又鼻子不是鼻子、眼睛不是眼睛的。

出使的都是年輕人，年輕嘛，自然氣盛，誰能受得了？他們可都是承擔著出使重責的使臣，在牛車上也沒閒著，一直在鍛鍊語言，還要思考去哪個國家、互相交換何物，才能不墮陶梁之威，與士兵們不同職責而已，因此當下就覺得自己受了委屈。

陶梁重文也尚武，不少文人也都是能提劍和人打上兩個回合的，誰怕誰啊？

「那可真是罵得精彩，何止祖宗十八代，我們連文人的臉面都不要了，已經擼著袖子拔劍就要衝上去幹架了！還是當時為首的兩位將軍將我們分開了，勒令我們雙方將自己手上的活兒和對方互換，我們呢，就跟士兵一樣，負責探路、守夜；他們呢，則要學當地語言，負責交流。」說到這兒，嗓子都有些乾啞了。

「然後呢？」柳梨川殷勤地將水壺遞上去。

那官員讚賞地用手指點點他，潤了潤喉，這才繼續道：「然後自然是連一天都沒能堅持下來，就握手言和了。我們幾個走得腳底板全是血泡，士兵們一個個學語言學得兩眼發暈，別說交流了，差點連長安話都不會說了！」

馬車裡響起此起彼伏的笑聲，連沈文戈都展顏，跟著笑了出來。

見她一笑，那官員就點頭了。「所以啊，七娘，說來說去，妳早上這一遭，還是受了鴻臚寺的連累。」他指指外面一直在走路的金吾衛，說：「你看他們一個個臉上的疲憊，我們卻能坐在馬車上，所以他們心裡不舒服。妳和我們在他們看來是同一個群體，且因為妳是女子，看著就更瘦弱可欺，自然要先挑妳這顆軟柿子來捏。」當然，欺負可以分很多種，但早上那些人明顯是人品敗壞。「下次就不要單獨出去了，要不叫上他倆，要不就跟著王爺身邊的那位嬤嬤，若是再遇上他們欺負，便狠狠反擊回去。」

沈文戈被如此一安慰，心裡有不同於以往的感動，是一種被他們認可、被劃在他們範圍內的安心。她鄭重道：「多謝。」

「那行，我這老胳膊老腿的就不跟著你們擠了，回我們的馬車上去了。」在下馬車之時，他又點著柳梨川和張彥。「既然跟七娘同輛馬車，就多跟七娘學習探討，省得出去丟人。」

兩人急忙應聲。「哎哎哎！」

「可終於走了，擠死我了！」柳梨川癱在張彥身上，哪裡還能看得出狀元郎的風采來？看沈文戈笑了一下，晃得他趕緊捂眼，「哎喲喲」地叫了起來。「七娘一笑，完了，我這三魂就去掉一半，回家我夫人要吃醋了！」

張彥點頭道：「你放心，我定會如實告訴嫂夫人的。」

知他二人是故意逗樂，沈文戈早上的不快徹底消散，翻出樹葉書來，對他二人道：「我們今日不如研究它？」

二人齊呼。「大善！」

一連幾日，他們白日都在馬車中翻譯樹葉書，晚間雖可以睡在馬車中，但王玄瑰為了趕路和沈婕瑤會合，漸漸加快速度，都是半夜趕路，半夜休息。

當真是日夜兼程，沒過幾天，能明顯感覺到大家都更勞累了。

晚間沈文戈繼續回白銅馬車入睡，但她聰明地會在每天晚上睡前壓住安沛兒的一角衣袖，安沛兒若起身，自己也會跟著醒來。

安沛兒和蔡奴沒法子，索性也不折騰了。

就是苦了挨著王玄瑰的蔡奴，某一日早晨起來，眼眶都青了，讓沈文戈沒忍住，當場笑出聲來。

如此，他們距離三國交匯地越發近了。

途中遇見樹林，王玄瑰帶著一部分人進林中狩獵加食。

沈文戈則和鴻臚寺的官員們找了一棵大樹遮蔭，由鴻臚寺的人安排工作。有重新去清點物品的、有繼續鍛鍊口語的，也有聽沈文戈講述自己從樹葉書上翻譯而來的結果的。

她講著，不少金吾衛也聚集了過來，他們也對婆娑充滿了興趣。

雙方間沒有劍拔弩張，反而友好相處，他們插坐在鴻臚寺官員們之中，聽著聽著，偶爾也會問一句，便有人給他們解答，一時間倒是其樂融融。

說著說著，金吾衛們自己也聊了起來，還有人暢想著婆娑的女子會不會十分豪放？若是能春風一度，可太美了些！

沈文戈臉上的笑隱了下去。

「正所謂你懂我深淺，我知你長短啊，哈哈哈哈！」

她身旁的張彥尷尬道：「七娘，別聽他們說這些。」

柳梨川也是頻頻皺眉，聞言點頭。「簡直有辱斯文，七娘勿聽！」

鴻臚寺的男性官員們，全都聽明白了他們講的葷段子，一個個不舒適起來。這裡還有小娘子呢，他們在那裡說什麼有的沒的！

沈文戈呼出口氣，側頭看向還在那邊大談特談的金吾衛們，他們若無其事，甚至不知道自己說了什麼不對的話，反而對沈文戈道：「七娘能聽懂我們說什麼嗎？哈哈……」

這種以為自己很了不起，開了個玩笑的態度，讓沈文戈彷彿看見了二姊初到軍營時，耳裡充斥著骯髒話，卻不能不聽的場景。她放下了她手中的樹葉書，站了起來。

柳梨川趕緊問：「怎麼了，七娘？」

沈文戈目光不閃不避，直直看向講著葷話的金吾衛們。「我確實沒聽懂，麻煩你們給我解釋一遍。」

鴻臚寺的官員們臉色遽變。

柳梨川壓低聲音道：「不是什麼好話，七娘別問了。」

金吾衛也是哈哈一笑。「對，七娘還是別問的好！」

「有什麼是我不能問的？」沈文戈道。「既然不能問，你們又為何當著我的面說？所以，請你們向我解釋一遍，你們剛才說的話是什麼意思？」

金吾衛們支支吾吾，如何能解釋得出來，當即一個個臉色脹紅，拱著手退去了。

她是真的沒聽出來他們在說什麼嗎？當然不是。她一個嫁過、和離過的人，有什麼聽不出來的？她就是故意要質問他們，看他們話堵在喉嚨中沒法解釋的樣子！

看著那群金吾衛灰溜溜離去了，柳梨川鼓掌叫好。「七娘威武！」

沈文戈臉色不好，只向他們點了個頭，就回到了白銅馬車裡。

安沛兒正拿著一兜雪團掉下來的毛，戳著貓毛雪團。白日裡，沈文戈極少來白銅馬車，因此安沛兒放下手中東西，趕緊給她倒了杯茶水，關心地問：「娘子，怎麼了？」

沒什麼，她只是越臨近地方，越著急、越害怕，越想她二姊和大兄了而已。「嬤嬤，妳說，我們能成功將他們接應出來嗎？」

「一定能！」

燕息與陶梁作戰的後方，燕息三皇子帳內，沈婕瑤頭皮發麻地捂著自己的小腹，薄唇都被她抿得發了白。

燕淳亦掀開帳篷大步走了進來，一把將呆坐在帳內的沈婕瑤抱了起來，欣喜道：「瑤兒，妳懷孕了！」

沈婕瑤一個不察，被他騰空抱起，單手摟住他的脖子，臉上可沒有他那種喜氣，掙扎道：「放我下來！」

「好好，妳別動！」燕淳亦將她放好，不讓人坐著，扶著她躺了下來，小心將手覆在她小腹上，一顆心滾燙，這裡有他和她的孩子。他英眉下的眸中，柔情都要溢了出來，輕輕吻在她小腹上。

沈婕瑤深吸了一口氣，兩隻手枕在腦後，隨他折騰。

他起身，看她神色冷淡，喉頭不禁發哽，輕輕吻上她的唇。她推他、咬他，他都不放開，一吻畢，他翻身上了榻，將她整個人抱在懷中，同她耳鬢廝磨。

「我怎麼覺得感受到了他的心跳？」

「那是我的血管在跳。」

他輕輕咬住她的耳朵，在她耳畔說：「我若能成就大業，瑤兒，妳就是我的皇后，他就是太子或者公主。」見沈婕瑤沒回答，他便發了狠咬下去。

她嘶了一聲，推他。「你屬狗的不成？」

舔著被自己咬破的地方，他道：「沈婕瑤，妳已經懷孕了，便不要想其他的了。我可以將妳大兄還給他們，妳，不行。」他又笑說：「妳說，你們陶梁的皇帝若知道妳懷孕了，會是什麼表情？他還能信任妳回去當將軍嗎？」

沈婕瑤猛地坐起，伸手打他，眸中俱是怒火。「滾！」

燕淳亦自然而然地接過她要打人的手，與她十指緊扣，在她唇上印下一吻，隨即起身出了大帳。

她將自己整個人摔進榻中，手拍在小腹上，自言自語道：「怎這麼不爭氣呢！」她癸水一向不準，自己也沒當回事，是出現孕吐反應，燕淳亦緊張兮兮以為她又想出什麼么蛾子，叫軍醫看診方才發現的。

手指在小腹上彈跳著，既然懷孕了，那計劃有變。

她從榻上坐起，望著關押兄長、被層層看管的帳篷，摸著自己的下巴思考著，她要怎麼利用這個突然出現的小東西？此豈不為天賜良機？她笑了一下，伸手摸到耳朵上被燕淳亦咬出的傷口，目光幽深。

陶梁與燕息戰事膠著，陶梁士兵心中有一股恨氣，打起燕息軍隊自然勢如破竹，士氣大盛。

就在燕息快要堅守不下去時，燕淳亦帶著沈舒航出現在戰場上。

他們陶梁的大將軍像一條狗一樣被關在鐵籠中，看見這一幕的戰士無不紅了眼！

沈家幾兄弟連同沈家軍更是要氣瘋了！

陶梁大軍當下亂了陣腳，節節敗退。

回去之後議論紛紛，原來大將軍沒死，而是被俘虜了！

這時燕淳亦提出暫時休戰的要求，他們手中有西北大將軍沈舒航，想要人，陶梁須自行退兵三千里！他要讓燕息不戰而屈人之兵，直接取得勝利。

此時正是兩軍休戰期間，燕息正在積極運送糧草以防陶梁執意攻打。

陶梁則從上到下都在說，要救的，但是直接敗走，他們不甘心啊！

「你讓我再見大兄一面吧？我都懷孕了，你還有什麼好怕的？」

燕淳亦攬著她，自顧自往她盤中挾菜。如今正值戰事，就連他都是跟士兵們吃一樣的糙飯，唯獨給她燉了魚，精心準備了小菜。

沈婕瑤閉口不吃，一副「你不讓我見大兄，我就不吃飯」的架勢。

如今她有孕，燕淳亦自然也做不出強迫灌飯的事情，不過她要是太過順從他，他反而要起疑，因此便道：「好，妳先吃，吃完帶妳去。」

她微微拿眼睛看他。

燕淳亦乘機在她唇上輕點。「快吃，我何時說話不算數？」

你確實沒有，你只會鑽空子，用另一種方式達成目的。沈婕瑤心裡說著，嘴則誠實地張開了，由著他投餵。不用自己動手吃飯，還有人給挑魚刺、餵魚湯喝，也挺享受的，一頓飯吃得小肚子滾圓。

燕淳亦摸著她的小腹和肚子，確認她吃飽了，方才帶著她去了關押沈舒航的地方。

他被關押之處，位於燕淳亦大帳的正前方，是一掀開簾子就能看見的，外面一圈八個人看守，內裡還有四人盯著。

最中間是沈舒航被關押的鐵籠，鐵籠四面都被黑布遮蓋著，內裡五條鎖鏈，分別扣著沈舒航的脖子及四肢，可真是怕他跑了。沈舒航現在一個渾身是傷的殘廢，被如此鄭重對待，也算是側面說明燕淳亦對他的看重了。

「大兄。」沈婕瑤趴在鐵籠上。

燕淳亦就站在她身邊，幾乎要與她的後背貼上了，甚至他還伸手扶住了她，道了一聲「小心」，他是故意做給沈舒航看的。

果然沈舒航見了，眸色沈了下來，整個人更加沈默。

沈婕瑤此行只為確定大兄安危，再觀察帳內情況，本就沒打算與他說些什麼。

她伸手摸著大兄身上的鐵鏈，看著像是心疼他，所以想碰碰他，實則在悄悄掂量鐵鏈的重量，發現除了找鑰匙開鎖別無他法後，立即就鬆了手，囑咐他要好好吃飯，然後一步三回頭地被燕淳亦帶走了。

之後幾天，沈婕瑤日日用絕食的法子讓燕淳亦帶她去看沈舒航，還會故意省出一部分吃食帶去餵給他，給他補充營養。

次數多了，燕淳亦也從剛開始的全程陪同，到只中間過來查看兩次，再到後面時不時出現幾次。

陶梁得知沈舒航未死的反應，出乎燕淳亦的意料，他們幾乎是在瘋狂反撲，而且每每出現的人數都不多，就像是違抗軍令，偷跑出來要為沈舒航出氣一般。

燕淳亦被他們煩得不堪其擾，因此帶著沈舒航去了一次戰場，那一次，陶梁軍隊有人用弩箭射殺沈舒航，似乎想讓其死在燕息軍中，驚得燕淳亦不敢再輕易將人帶出去了。

弩箭殺傷力極大，可那一箭卻是擦著沈舒航的鐵籠頂部飛過，串起三名燕息士兵，而後釘入地中。

射箭者，沈家四郎、五郎與六郎，三人合力發動弩箭，一箭射完，六郎整個人都虛脫了，坐在地上大口喘氣，其餘兩人手心也俱是冷汗。

這一箭交給別人射，他們不放心，只能自己來。不過都是值得的，大兄再也不會被帶上戰場，更加安全了。

對此，傳信出去讓他們騷擾作戰的沈婕瑤，深藏功與名。

他們踩著燕淳亦的底線來回蹦躂，在估算著燕淳亦快要惱了，就差拿沈舒航祭旗的時候，一直跟著沈婕瑤、和她通信的沈家軍，收到了來自瑤將軍的最後一封密信——

讓陶梁軍隊於午夜時分，準備大舉進攻！

大地震動，殺喊聲響徹天際，燕淳亦猛地坐起，見沈婕瑤似是被他吵醒，翻了個身背對著他繼續睡去，他才輕聲下床，穿上黃金盔甲，準備迎敵。

這一次陶梁來勢洶洶，幾乎全部兵力碾壓而來，燕淳亦冷靜指揮，兩軍對上，燕息也押上了全部兵線，此時大本營中戰力空懸。

沈婕瑤睜眼，脫去燕淳亦為她準備的裙子，換上乾淨俐落的胡服，出帳那一刻伸手扭斷了一名守衛兵的脖子。

在另一個人刺向她時，踩上他的長矛，直踹他胸口，在他倒地那一刻奪過長矛，直接刺入，挽了一個矛花，然後將兩人拖入帳內。

一名穿著燕息士兵服的男子找來，塞給她一柄匕首。「瑤將軍，我已經引開了將軍帳外的人，只剩裡面的四人了！」

這才是他們陶梁安插在燕息真正的細作——嚴熹。他有著一張老實本分的臉，在發現沈婕瑤被燕息三皇子俘虜時，就暗地裡和她牽上了線。

兩人一個走在前，一個裝作看押她的樣子，往沈舒航的帳篷而去，路過士兵沒有一人發現異常，讓他們得以順利進帳。

進帳一瞬間，兩人齊齊動手，一個手中匕首脫手而出，直接收割一人性命，一個纏上一人，一刀封喉。而後迅速與另外兩人對上，不給他們叫嚷的時間與機會。

黑布被沈婕瑤扯下，她拿出每夜偷偷從燕淳亦那裡用麵團做模具複製下鑰匙模型後，交給嚴熹配出的鑰匙，為沈舒航開鎖，急得鼻尖上全是汗。

鐵鏈粗重，每每挪動它，都會給沈舒航帶來苦楚，可他一聲不吭，只心疼地看著沈婕瑤。

他腳筋盡斷，無法起身，沈婕瑤紅了眼，低罵一聲，伸手攙扶起他，低聲道：「大兄，我來救你出去！」

沈舒航盡力平衡身體，不讓她太過費力，兩人僅挪動出鐵籠便是一身的汗。

幸好此時嚴熹歸來，他已經藉口奉三皇子之命，將馬車駕到了帳篷外，架起沈舒航，將人送進馬車內。

沈婕瑤俐落地翻身上馬車，勒緊韁繩催促道：「快上來！」

嚴熹未動。沈婕瑤打算用自己這張臉和肚子裡的孩子強闖出去，誰都知道三皇子待她極好，會有人忌憚讓開，但若有個萬一呢？他抱拳道：「我去放火吸引大家注意，二位將軍速速離開。」

沈婕瑤和沈舒航一同開口。「不可！」留在這裡，死路一條！

嚴熹不退讓，時間緊急，也沒工夫多說，他上前狠狠一拍馬屁股，馬兒嘶鳴一聲，帶著馬車向前跑去，他道：「祝二位將軍得以逃出生天！」

事已至此，沈婕瑤咬緊牙關，狠狠拽著手裡韁繩。「大兄，坐好了，我們走！」

馬車風馳電掣地向著前方奔去，後方嚴熹一把火陸續燒了許多大帳，還扔了一個火把飛進糧草安放處，火光沖天而起，他喊道：「著火了！快來人啊！」

營地裡到處都是奔跑的士兵，為應對陶梁攻擊，留守人數本就不多，又有極大一部分去救火，是以一路上沈婕瑤雖正面遇上幾隊士兵，可憑著自己這張臉，硬是跑了出去。

在臨近門口時，她喊道：「我懷了你們三皇子的孩子，速速讓開，將柵欄撤去！我有要緊事去尋燕淳亦！」

營地士兵誰不認識沈婕瑤這張臉？一聽她喊「懷了孩子」，還是要去找三皇子的，腦子一懵，覺得得罪不起，便將門給打開了。

沈婕瑤一聲「駕」，馬車從門口飛馳而過，在她背後的是火舌四起的燕息大本營，在她前方的是兩軍交戰的戰場。

她不可能駕著馬車奔向戰場，那跟送死沒有任何區別，所以她韁繩一轉，馬兒跟著轉向，走上了另一條小路，一條通向她要求接應的路。

戰場上，黃金盔甲上濺上層層血跡，燕淳亦看見陶梁弩箭再射，大喊道：「躲！」

他翻滾幾圈後，回頭一看，驚見燕息營地黑煙飄空！面對陶梁的進攻，他不可避、不能避，頓時大怒！「沈婕瑤！」

「駕！」沈婕瑤根本沒管發現她沒去找燕淳亦而跟上來的燕息士兵，她不能回頭，只能往前跑。

在馬車裡的沈舒航隨著顛簸，身體無法控制地來回撞在車壁上。再又一次馬車騰空而起時，他咬緊牙關，伸手扣住了車窗，忍著痛勉強將自己固定住了。待稍微平穩些，他摸到了馬車內嚴熹給他們準備的袖箭，他用牙咬著將之戴上，向後射去，解決了追上來的士兵。

另一邊，使臣車隊如約來到三國交匯地，這是一片一望無際的荒地，石頭在陽光下曝曬，彷彿都要裂開了皮。

也正是因為無法開墾，所以三國有默契地將這片地帶作為緩衝之處。

他們在這裡停留了三日，還是沒有人影出現。

而此時的沈婕瑤正帶著沈舒航，棄了全力奔跑、力竭而死的馬兒，用她從燕淳亦那兒偷來的珠寶首飾，給兩人喬裝打扮後，混入城池中，買上新馬，重新啟程。

她沒越過戰場尋找陶粱軍隊，也是為了迷惑燕淳亦，她帶著大兄，還套著一輛馬車，焉能逃得過燕淳亦的追趕？所以，她換道，為兩個人爭取時間。

沈文戈站在巨石上眺望遠方，沒有人，一個人影都沒有出現。她的大兄和二姊在哪兒呢？是不是出了什麼事？

王玄瑰也正在和金吾衛率隊的將軍交談，他指著地圖上的某一處位置道：「我們不能再等下去了，瑤將軍將接應地點定在此，走的是這條路，我們前去找他們。」

金吾衛的將軍說是將軍，其實就是個六品，完全是嘴上叫得好聽，此次出行全聽王玄瑰差遣，聞言便抱拳道：「請王爺吩咐！」

紅袖翻飛，鐵鞭森然，王玄瑰喝道：「全體聽令，配刀上馬！」

「是！」

五百名身負重任的金吾衛飛快地將車從馬兒身上卸下，自馬車內拿出一套套盔甲往馬上套去，片刻工夫，五十匹裝備好的戰馬嘶鳴。

而金吾衛們一個個也換上了明光甲，盾兵、騎兵、箭兵、步兵，皆排列整齊，喝道：「戰！」

鴻臚寺的官員們都驚呆了，一個個下了馬車，面面相覷。「怎麼了？怎麼了？」在這兒玩變身術啊？要打仗了嗎？婆娑的人來了？那他們是不是也要把官袍穿上，壯壯氣勢？

沈文戈一顆心撲通撲通跳個不停，髮絲飄在眼前，她仰頭看著立於五百精兵前的王玄瑰，眼眸有些濕潤，這是要去接她的兄姊嗎？

「七娘、七娘，妳知道這是怎麼回事嗎？」柳梨川一邊往身上套官袍，一邊問她，餘光瞥見沒被吩咐的其餘金吾衛也默默換上了明光甲，心中更忐忑了。

她望著柳梨川，流下淚來，說道：「是要……是要去接我兄姊，他們沒死。」

「什麼?!」聽到的鴻臚寺官員，再看看眼前的場景，紛紛驚呼出聲。

實際負責鴻臚寺官員出使，也就是先前給沈文戈講故事的蔣少卿，徑直找向王玄瑰，同他說了什麼。

王玄瑰頷首，而後大步朝沈文戈走過去，問道：「妳是跟本王一起走，還是繼續和使團出行？」

沈文戈想也未想便道：「跟你走！」她翻身上馬，跟隨在王玄瑰身側衝了出去，一黑一白兩匹馬並排而行，互不相讓，後方五百精兵齊齊跟上，以最快的速度前進。

王玄瑰只要微微側頭，便能瞧見她雙腿夾起，控制著胯下白馬躍過山坡，白馬在空中穿過金芒，她單手攥著韁繩，像是仙鶴，輕盈落下。險些忘了，鎮遠侯府的七娘，不光會騎馬，馬術亦是十分嫻熟，不然當年是怎麼在寒冷冬日裡，及時將他們救出的？

真正的使團眾人，站在荒地上目送著他們離去，他們也有自己要肩負的重任。

沒有人對沈文戈脫離使團、跟著王玄瑰離開有異議，那是她的兄姊，由她去接回，再合理不過。

他們重新清點物品，將其歸置在牛車上。早在使團路過城鎮時，王玄瑰就派人買了數十頭牛來，現在好了，鴻臚寺的人終於知道這些牛是做什麼用途了。

剩下的三百金吾衛護送著使團繼續向西行走，走得並不快。蔣少卿已經同王玄瑰說好，他們會等著王爺和七娘歸隊的。

陶梁的旗幟插在牛車上，漫長的使途繼續著。

王玄瑰和沈文戈帶著五百精銳全速前進，幾乎趕了近一天的路，終於瞧見了遠方而來的人影——

一輛孤注一擲的馬車正在瘋狂地向他們這裡跑來，在他們後面煙塵四起，近二十匹馬呈扇形欲要包圍住馬車。

沈文戈騎於馬上，哪怕是隔著千米，她也能認出，那輛馬車上駕車的人是她的阿姊！

她一聲呼喊還沒叫出聲，就被接下來的變故駭得差點跌了馬！

一旁的王玄瑰伸手一攬，將她抱到自己馬上，帶著人衝了上前。

迎面的風吹得沈文戈眼睛生疼，她不錯眼地直盯著馬車。

「沈、婕、瑤！」找到沈婕瑤蹤跡的燕淳亦直追不捨。

多日來，沈婕瑤駕著馬車驚險躲過夾擊，但已接近筋疲力盡，此時餘光已經能瞧見他們快要趕上馬車與自己並行了。一旦並行，她再也跑不出去。

燕淳亦英俊精緻的面龐就在她身側，他發了狠，不准她脫逃。

而她的面前就是來接應她的陶梁軍隊，她絕不能在這裡失敗！

「大兄，坐穩了！」她掏出懷中匕首，狠狠扎上馬屁股，馬兒吃痛，更加瘋狂地向前跑去。

她自己則跳下馬車，險而又險地滾落在地，差點被馬蹄碾壓踩上！

燕淳亦趕緊勒馬跳了下去，扶起她。「沈婕瑤！妳不要命了是不是？」他眼中滿是血絲，細細看去還能看到對她的擔憂和害怕。

而她只是在他懷中扭頭看著馬車，看著它離陶梁軍隊越來越近。看著王玄瑰將黑馬交給沈文戈，自己跳到馬車上，了結了發瘋的馬兒，終於讓馬車停了下來。

馬車裡的沈舒航在最後停穩時，費勁坐直了身體，面對掀開車簾查看自己情況的王玄瑰，立刻道：「王爺，救瑤兒！」

沈婕瑤咧著乾枯開裂的唇笑了，她用自己攔住了燕淳亦，讓大兄得救了。

燕淳亦抱著她，緊緊箍著她，上下查看她有沒有受傷？

一旁的士兵稟道：「三皇子！他們是陶梁的軍隊！」

燕淳亦這才看向對面，將沈婕瑤從地上拉起，扣住了她的脖子。

他們只有二十人，可對面有五百人，雙方經過一番衝刺，如今僅隔百米。

沈婕瑤感受著脖子上的手，閉了閉眸，再次睜開的眸中只有冷靜。

燕淳亦在她耳畔道：「沈婕瑤，我不會放妳走的，死了這條心吧！」

對面五百金吾衛蓄勢待發，只待王玄瑰一聲令下，就會直接衝下去。

騎在馬上的沈文戈和她的二姊對上了目光，她沒時間去探究二姊和燕息三皇子之間發生了什麼事，她只看見了二姊打給她的手勢，當即彎腰拉住了已經抽出鐵鞭的王玄瑰，指揮道：「抱我下馬！」

王玄瑰一愣，隨即反應過來，她怎麼可能不會下馬？雙臂舉著將她抱了下來，她環住他的脖子，在他耳邊低語。

燕淳亦沒有起疑心，兩人動作親密，沒有半分扭捏尷尬，就像是男人寵愛著自己的女人般自然。

當然，如果他知道這個被抱下馬的女人，是他懷中沈婕瑤的妹妹，就不會這麼想了。

沈婕瑤看見小妹忍著淚看她，給了她一個肯定的點頭。

五百精銳沒有衝出，被王玄瑰摁下，他對燕淳亦道：「三皇子，放了我國將軍！」

燕淳亦拉著沈婕瑤向後退。「不可能！世子已經給你們了，她，我不會放走的！這裡是燕息境內，你們現在跑，還能帶著世子離開，若不然，只怕都得留在這兒。」

他說的是事實，這也是為什麼沈婕瑤要通過沈文戈來阻止金吾衛進攻，不要在這裡浪費時間的原因。這裡離她原本定下的三不管位置遠得很，而燕淳亦不可能只帶了區區二十人追她，他恨不得帶著大軍蕩平這裡。

她抬起手放在燕淳亦的胳膊上，緩緩說道：「放我走吧，我不屬於這裡。」

燕淳亦拒絕。「妳這輩子別想離開我！沈婕瑤，我的瑤將軍，妳是不是忘了，妳已經懷了我的孩子，妳能走到哪裡去？」

沈婕瑤就那麼忽略脖頸上的手，轉了個圈面對他，乾裂的嘴唇流著血，眼眶中水氣瀰漫，是燕淳亦從沒見過的柔弱姿態，踮起腳擁抱住了燕淳亦。

他亦當著所有人的面伸出手將她抱住了，將臉埋在她的肩窩上，說道：「沈婕瑤，留下來。」

可她只是在他耳邊道：「那就再也不見吧。」

燕淳亦還沒享受她的投懷送抱多久，就猛地推開她，一臉不可置信地望著她。

低頭看去，胸膛正中央一把匕首順著黃金盔甲破裂的縫隙扎了進去，要不是他在危急時刻及時閃躲，這匕首刺的將會是他的心臟，一擊斃命！

鮮紅的血順著匕首流到黃金盔甲上，蜿蜒成一條血河。

「三皇子！」燕淳亦帶來的人紛紛圍上。

就在這時，王玄瑰手一握，五百精兵衝出，將這二十人齊齊翻下馬，控制了起來。

燕淳亦捂著胸口匕首，哪裡還管得了他們？他看著沈婕瑤，不敢相信她真這麼狠心，半年的相處，她竟對自己一點感情都沒有！「沈婕瑤，妳就這麼想我死？」

沈婕瑤被他的血噴了一手，此時將血蹭在自己的衣襬上，聞言回道：「不然呢？」

燕淳亦只覺得頭腦發昏，氣越發喘不上來了，也不知是傷口疼，還是聽了她的話心痛。他幾乎站不穩，踉蹌地說：「我以為，妳是愛我的……」

一聲嗤笑響起，也不知是誰的淚，在風中飄落。

沈婕瑤道：「你我之間，只有生死之仇、國仇家恨，你跟我談愛？」她上前一步，摸著燕淳亦的臉。「我們之間只有你的強取豪奪，沒有兩情相悅，三皇子，認清現實吧！愛？你不配。」

帶著血的手拽住她。「別這樣，妳懷孕了，妳都懷了我的孩子了！沈婕瑤，別對我這麼狠心，妳把我們相處的一切都忘了嗎？」

沈婕瑤望著遠處奔來的燕息大隊人馬，說道：「孩子？不用擔心，我會墮掉的。」

在他目眥盡裂的注視下，她近乎冷酷地將他的手揮掉，對著王玄瑰道：「王爺，我們撤。」

燕淳亦再也支撐不住，摔在地上，只能看著他們的背影越來越遠，耳邊全是嘈雜的驚呼聲。

他囚困沈舒航、算計沈婕瑤，自以為掌握了一切，卻不知，最不能掌控的便是感情。戰場上殺伐決斷的女將軍，早就被他注意到了，不然為何不將她同沈舒航一起關起來？他以為是折辱，殊不知沈婕瑤也以自己為牢籠，將他困在其中，不得其法……

「到底怎麼了？」一路狂奔出了燕息境內，沈文戈從王玄瑰的馬上跳下，鑽進由她騎著的白馬拉的馬車內，一眼看去，大兄跟二姊雙雙昏迷。她上前逐一試探鼻息、脈搏，確定人還活著，淚就落了下來。

在原地等著他們歸來的安沛兒和蔡奴趕緊帶著醫者過來，也不敢隨意挪動他們，讓醫者上馬車檢視傷勢，他們則在馬車內墊些軟墊等物，好讓他們更舒服些。

兩個醫者對著昏迷的二人唉聲嘆氣。

沈文戈的一顆心都提了起來。「他們的傷勢到底如何？說啊！」

「說。」王玄瑰一語定音。

一個是出行負責救人的王爺，一個是兩位將軍的妹妹，醫者們對視一眼，其中一位開了口。「那我先說吧，瑤將軍是因連日沒有入睡，太過疲憊，所以才會在放鬆精神之際陷入沈睡。她身上基本沒有傷，但……」他頓了一下，小聲說：「瑤將軍懷孕了，有流產的徵兆。」

沈文戈張張口，眼前閃過二姊和燕息三皇子相擁的那一幕，最後只是握著二姊的手。二姊受苦了，定是那皇子逼她的！她狠狠戳著眉心，將自己的眉心都戳紅了一小片，又看向另一位醫者。「我大兄呢？他怎麼樣？」見醫者表情嚴肅，沈文戈心裡咯噔一聲。

「將軍身上均是傷，幸好肺腑內臟沒有破裂流血，但……」

又是一個但！沈文戈都快忍不住想罵人了！又怎麼了？

「僅我目前所知，將軍他雙腳的腳筋被挑斷，且又受了寒潭之刑，就算將其接上也不能保證可以正常行走。除此之外，將軍的手指根根骨折，肩胛骨有被洞穿的痕跡，都是需要靜養的傷。恐怕還不只這些，需要待將軍清醒後，再做一次詳細的詢問。」

一滴淚「啪」地掉了下來，沈文戈點點頭。她懂了，她大兄這輩子再也不能上戰場了，甚至以後能不能正常生活還說不準。

王玄瑰也是皺了眉。接人時沈舒航鎮定地讓他去救瑤將軍，他還以為沈舒航無事，原來都是強撐著的。也是，要是真無事，也不能是由瑤將軍駕著馬車逃跑。若是二人騎馬，只怕早就到達指定地點，不會遭遇圍堵了。

沈文戈胡亂擦著臉上的淚，說：「那就治吧。」人不能太貪心，她的兄姊未死，就已經是上天恩賜了。

醫者們都是帶著藥來的，治外傷的、內傷要喝的，當下就繞著兩人忙乎了起來。

畢竟在路上，條件簡陋，只能先給沈舒航換上藥。

輪到沈婕瑤時倒是犯了難，這孩子是保還是不保？

二姊昏迷，沈文戈替她作了決定。「作有利於二姊身體的決定，其餘的等她醒來再說。」

「好。」醫者應了，那就只能先保了。這個時候要是流產，沒有進補的食物和充分的休息條件，只怕要落下病根。

恍恍惚惚下了馬車後，沈文戈腳一軟，若不是死死扒住了車架，就要摔到地上去了。

她快要心痛死了！她的兄姊為什麼要遭遇這些？

王玄瑰這時出現在她身後，問道：「可要到馬車上哭會兒？」

沈文戈被淚染濕的睫毛抖動著，她望著他，捂著胸口，話都說不出來，半晌後才搖了搖頭，她沒那麼脆弱。以前是兄姊照料她，如今換她來照顧他們。

她哽咽道：「不用了，還要去看藥熬得如何？對了，王爺，我們什麼時候回使團？」她知道她和王玄瑰是要回歸使團的，但她又放心不下兄姊，他們傷得太重了。

王玄瑰知道她的意思，在她開口前先說道：「我們將妳兄姊安全送入前方城鎮，讓他們得以休息治療，而後再追使團也來得及。」

她點頭。「好。」

藥熬好後，給兩個人灌了下去，沈文戈就坐在馬車裡望著兄姊出神，輕柔地給兩人蓋上被子，時不時就伸出手試探兩人的脈搏。

為了照顧兩人的傷勢，馬車走得不快，也幸而燕息三皇子的馬車比一般馬車寬敞舒適，不然她就要請求王玄瑰讓出白銅馬車了。

王玄瑰掀開車簾，見到的就是她將頭塞進臂彎中，抱著自己雙膝的樣子，與那年雪夜，他一瞬眼瞧見的姿勢一模一樣，是充滿了不安全感的姿勢。

她愣愣地抬頭看他，見他跳上車，將一碗冒著熱氣的稀粥遞給她。

王玄瑰命令道：「吃些東西。」

已經快一天了，她滴水未進，眸子發紅，也不知悄悄掉了多少淚。乾的東西她肯定嚥不下去，想來也就只能喝點稀粥了。

不用他勸，她自己接過碗，小口喝了起來。她得吃飯，有力氣了才能照顧兄姊。

躺在馬車內的沈婕瑤是被米香饞醒的，她先是睜開了一條眼縫，從沈文戈身上轉悠到碗裡的粥上，而後敏銳聽見王玄瑰的聲音，繼續維持著自己小小的眼縫偷窺，眼珠向上轉去，奈何根本看不見他。

王玄瑰一直等沈文戈將粥喝完了，才接過碗。

沈婕瑤見自家妹妹嘴唇上沾了些許粥漬，接著一隻男人修長的手抽出她妹妹的汗巾，給她擦了嘴，當即眼縫瞇得更小了。

「謝謝。」沈文戈嘴唇輕抿，低垂著頭道謝。等人出去後，她長嘆了口氣轉頭，就與瞪著眼睛上下掃視她的二姊對上了目光！

第十九章

沈文戈當即喜道：「姊，妳醒了？」

沈婕瑤伸出手，示意她拉自己起來。

沈文戈小心地扶著她坐起，挪開位置，讓她可以靠著車壁，又在她腰後墊上軟墊，在腿上蓋上薄被。

享受著妹妹的殷勤服務，沈婕瑤問：「娉娉，妳怎麼來了？」

「我不放心你們，就跟著使團一起過來了。妳不知道，我和母親在長安等得有多心焦，自知道妳與大兄還活著，就日日夜夜盼著你們回來。」

沈婕瑤伸手揉著沈文戈的髮，擦去她臉頰上的淚。「好好說話，哭什麼？還跟以前一樣，小哭包。」

沈文戈眨著眼睛直掉淚，不敢抱她，只能握住她放在臉頰處的手。「姊，我想你們了……」

「怎麼說得好像多年未見似的？」

可不就是多年未見？沈文戈的淚珠子像斷了線地滑落。如今能再見你們，真的太好了！

沈婕瑤哄道：「好了，不哭了，眼睛都紅了。」

「……嗯。」哭得太過，沈文戈不好意思地側身吸著鼻子，而後聽見沈婕瑤的肚子發出咕嚕聲。淚眼朦朧地盯著二姊的肚子，反應過來後，趕緊幫她二姊再要了碗粥。

外面的人聽見沈婕瑤清醒了，爆發出了歡呼聲。

這回的粥，稠得筷子都能立住。

沈婕瑤堪稱是狼吞虎嚥，將一碗粥給捲進了肚後，咂巴咂巴著嘴，沒吃飽。

沈文戈遞給她二姊水壺，說道：「剛醒過來，不能吃太過，稍微緩緩。」

「行吧！」她拍拍自己的肚子。

沈文戈駭得趕緊握住她的手腕。「姊！妳小心些！」

沈婕瑤不在乎地說：「妳知道我懷孕了？此番折騰，這小傢伙竟然都沒掉，也是頑強。」

沈文戈沈默良久方才道：「是我讓大夫給妳保胎的。」見她看過來，解釋道：「如今前不著村、後不著店，路上流胎，一個處理不好，落下病根都是小事。我怕妳出點意外，還是穩妥些比較好。」又小心地問：「姊妳怎麼想？可千萬別跟我說，孩子是無辜的，妳要將他生下來……」

她前世懷孕過，知道小小的孩子在肚子裡成長是什麼滋味，對他的母愛盡數灌入，後來因意外沒能保住孩子，她也跟著他去了半條命。

但她二姊這個孩子不一樣的，他不光是一個累贅，還是和燕息皇子的孩子。陶梁和燕息每年都有戰事，和敵對國的皇子扯上關係，日後的麻煩簡直無窮無盡。稍一想想，若是燕息討要這個孩子，作為母親的二姊夾在孩子和國家中為難，她都替二姊腦袋疼。

且二姊現在並未成婚，未婚先孕會受人指謫。她本來作為女將軍就已經很難了，若是再堅持生產哺乳，待一年多後，軍中可還有她的位置？

僅在出使路上，她一個小譯者就感受到了種種不公平的對待，二姊好不容易取得了如今的成就，讓二姊放棄現在的一切，值得嗎？

細細地將這些話掰開揉碎了同她講了，生怕她做錯了選擇。又將墮胎可能出現的情況說了，最壞一種便是沒了生育能力，如果真的這樣……「那我將自己的孩子過繼給二姊！」

沈婕瑤靠在車壁上，久久凝視著沈文戈，突然道：「總覺得我的嫚嫚好像長大了。」她在沈文戈心疼的目光中說：「妳姊還沒傻到要將孩子生下來的程度，我原是想著逃出來後立刻墮了他的，不過妳說的也有理，總不能和自己的身體過不去，那我便再等等。」她將目光落到還在昏睡的沈舒航身上。「再說，每每瞧見大兄這一身傷，我都恨不得剮了他，為他生孩子？想得美！」涉及兄長傷勢，氣氛一時凝重起來，她突然又道：「妳要過繼妳的孩子給我？妳和誰的孩子？嗯？」

在她調戲的神色下，沈文戈羞惱不已。「姊！」

「好好，知道嫚嫚是為我好。」

沈文戈垂下眸子，不敢看她，亦不敢揭她傷口，只道：「姊，妳受苦了。我已經讓人封了口，醫者不會亂說的，王爺也答應我，回長安會為妳解釋的，妳放心。」

「嗯？我家嫫嫫都會為我考慮了，果真長大了。」她灑脫道：「我沒受什麼苦，也就是被限制了自由有些難受罷了，至於男女之間那點歡愛，沒人能強迫我。再說了，我和燕淳亦誰受累還說不準呢，我不過是個躺平的，只這個孩子來得有些意外。」見沈文戈吃驚地直勾勾盯著自己，她笑了幾聲，說道：「怎麼說燕淳亦也是個皇子，長相、身材又是上佳，妳轉念想想，妳姊我睡了皇子欸，不吃虧啊！」

跟著二姊的思路走……好像是這麼回事？沈文戈被她說的話噎住了，原本想安慰的話是一個字都吐不出來了。

沈婕瑤掐著她的鼻子。「好了，姊累了，想睡會兒。等姊有精神了，妳再好好跟我說說妳跟尚滕塵是怎麼回事。」

「啊？好。」

沈文戈趕緊扶她躺下，便錯過了她難掩失落傷感的神色。

為了不打擾兩人休息，沈文戈重新回到白銅馬車上。許是一直緊繃的情緒驟然鬆了下來，她也像兄姊一般沈沈睡去，直到次日日上三竿，車隊整修休息，她方才清醒。

一下馬車，周圍景象都變了。車隊日夜兼程向著陶梁而行，如今已經走至密林中，穿過林子，就能抵達一座城鎮。

金吾衛們爽朗的笑聲成片響起，瞧見她，遙遙招呼了聲。「七娘！」

他們神情恭敬，不再是因為她是鎮遠侯府家的七娘，而是因為她是使團出使的譯者，這一路來，他們已經充分見識到了七娘的厲害。

作為打小就泡在軍隊裡長大的沈舒航和沈婕瑤對他們的態度最是清楚，二人對視一眼，眼中都有對自家小妹的自豪。

沈文戈一眼就瞧見了二姊推著大兄，透過樹葉縫隙在曬太陽，大兄身下坐著一個像椅子又不像椅子，還帶著兩個馬車輪子的東西。

她奔了過去，撲在大兄身前。「大兄！你什麼時候醒的？怎麼都不叫人喚我？你身上還疼不疼？」

沈舒航眼裡十分溫和，沒有對自己所受之傷的自暴自棄和憤慨，一一回答了她的問題，又說：「嬤嬤都可以出使了，真厲害！在路上也要聽王爺的話。」

遠遠看著他們兄妹三人湊在一起，王玄瑰拿樹枝捅了下火堆，翻轉著手裡的兔子。與他們那裡的熱鬧相比，他這裡冷清極了，不想承認，他有些羨慕……

「嘖嘖！」沈婕瑤靠在馬車上，同身旁的沈舒航道：「聽聽嬤嬤剛才一口一個王爺說，王爺已給長安傳信了、王爺會給大兄安排大夫……王爺王爺，說得我差點不認識宣王了。」

沈舒航斥了句。「莫瞎說！」

「不是啊，你自己看。」沈婕瑤抬抬下巴，兩人一同望著乖巧地坐在王玄瑰身邊等著兔肉的沈文戈，有一種自家妹妹又要跟人跑了的感覺。

她兩手的食指跟拇指捏著，對在一起又分開。「他們兩個人的眼睛裡就像有條線，一頭在嫂嫂眼中，一頭在王爺眼中，眼神都要拉絲了。」這話一出口，她自己先受不了，渾身打起了顫。摸著下巴將王玄瑰打量個遍，比尚滕塵強，不過這「能止小兒啼哭」的名聲，實在是差強人意。她正色道：「大兄在馬車中沒瞧見，接應我們倆的時候，嫂嫂和王爺共乘一匹馬，她伸手讓王爺抱她下去，王爺就抱了，一點都沒有長安城令人膽寒的宣王架子！」

沈舒航也跟著看了半晌，在王玄瑰回頭看向兩人時，微微向他頷首，然後說道：「出使路上，王爺看嫂嫂是女子定會照顧一二，嫂嫂會產生些錯覺也正常。」

沈婕瑤搖頭。「我覺得不是，這兩個人絕不是出使路上熟悉的。」

「就算如此，嫂嫂若能走出尚郎帶給她的陰影，也是不錯。不說他二人，妳和燕淳亦之間打算怎麼辦？」

「能怎麼辦？當然是散了，將孩子打啦！」

沈舒航側仰著頭說：「兄長還沒跟妳說一聲抱歉，再說一句謝謝。」抱歉讓妳為了救我，遇見燕淳亦，險些誤了自己；謝謝妳捨棄一切，也要將我從敵營救出。

「幹什麼！」沈婕瑤搓著自己的胳膊，起了一身雞皮疙瘩。「你我兄妹二人，說什麼謝不謝的？你要真想謝，不如趕緊將身子養好了！」

沈舒航鄭重道：「好。」

沈文戈端著用荷葉盛著的兔肉回來的時候，就見兄姊兩人齊齊看向自己，她用肩頭蹭了蹭臉。「髒了？」

沈婕瑤笑看著沈文戈。「不如今晚就別睡了，我們來一場兄妹夜談吧！」

當晚，兩人一左一右，像是小時候那般將沈文戈夾在中間。

沈文戈莫名覺得有些冷，將被子往上拽了拽，遮住了自己半張臉，只留一雙眼睛在外。

沈婕瑤支著胳膊問道：「妳是想先說說妳與尚滕塵之間和離的事，還是想說說妳和王——」

「咳！」沈舒航打斷了沈婕瑤的話，說道：「別理妳二姊，嫂嫂，妳先說我們失蹤的這段日子，家裡如何？」

沈文戈聽見一個「王」字，心陡然就快了起來，又見大兄解圍，趕忙說：「墨城一戰，沈家軍被困城外，墨城假傳消息，說你們和兩萬沈家軍一同陣亡了。」

「什麼?!」沈婕瑤激動地坐了起來。「什麼被困城外？」她至今還不知道這件事！

沈文戈看看她，又看看大兄，連忙安撫。「二姊妳冷靜點，事情都已經過去了。當初墨城城門不開，大兄就是為了讓剩下的沈家軍能藏身於深林中，才帶隊赴死，被三皇子抓了。」

「可惡！我說呢，大兄怎麼會被俘虜了！」沈婕瑤狠狠地看了一眼大兄。這麼大的事情，天大的冤情和委屈，怎麼都不和她說？她不過是被燕淳亦給抓了，又不是得了消息就會衝動地和他拚命的人！果然，那一刀子還是捅淺了！

見二姊快要氣炸了，擔憂她懷孕的身子，沈文戈趕緊接著道：「我們都以為你們死了，那時就傳出大兄通敵叛國，尚滕塵的父親帶隊過來搜府，幸好王爺及時出現，這才沒給府上帶來太大的損失。當時我和母親都已經做好鎮遠侯府會敗落的準備了，放妻書也硬塞給了諸位嫂嫂。對了，我和母親還給六兄娶了六嫂。」

「嗯？」這跳躍度太大了，剛剛還憤慨著墨城，氣尚虎嘯不做人，怎麼就蹦到六兄娶妻上了？

就連沈舒航都驚訝了，又問了一句。「給六兒娶了夫人？妳不是說你們都認為我們死了，所以是給他配了陰親？」說到這兒，他面色倏然冷肅起來，追問道：「墨城一戰，家中可有人傷亡？」

沈文戈剛剛還興沖沖地說著六兄娶妻，現下卻有些沈悶，說道：「我們給你們辦了葬禮，出了殯。然後六兄千里迢迢從西北歸來，帶回了墨城一戰的真相，聖上大怒，派人去接他們，四兄和五兄都好好的回來了。」

「三弟呢？」兩人齊齊開口。

「三兄……他撿回一條命，卻斷了一臂，一整條右臂。」

沈舒航閉上了眸子，自責自己沒能做到一個將軍的職責，將他們從戰場上安全帶回，又想到自己的殘腿，一時有些傷感。

沒有人再說話，車廂裡便安靜了下來。

過了許久，沈舒航才又問：「妳大嫂呢？她懷孕是怎麼回事？」

沈婕瑤猛地睜大了眸子，她和大兄一直待在墨城，嫂子怎麼可能懷孕？所以是……她捂住嘴，天啊！

說到蘇清月，沈文戈有些心疼大兄，其他的兄長回家都有嫂嫂們愛護，只她兄長，攤上了蘇清月。「母親作主，替你休了蘇清月，她……背著你和人私通，被母親發現了，將那孩子給墮了，休回了蘇家。現在蘇府對外說她病逝，但她人其實在寺廟裡。」

沈舒航點點頭。

沈文戈不用他問就立刻說：「嶺遠很懂事，當時一直捧著你的牌位為你送葬，對於他母親的事，他都清楚，沒有怨懟。對了，聖上封大兄你為鎮遠侯了，如今世子是嶺遠。」

聽到兒子懂事，又已經請封世子，沈舒航臉上這才有了點笑模樣。

家裡的事情太過沈重，沈文戈只好拿出六兄歸家時鬧出的笑話，緩和冷凝的氣氛。「六兄回家時，進了自己屋子，結果屋裡有個六嫂，他當下一驚，還以為進錯了房，到了其餘嫂嫂們的房間，當場就給跪下了！」

「哈哈哈……他是不是蠢啊？」沈婕瑤笑出聲，笑得眼淚都流了出來，也不知是因為笑的，還是因為心疼大家的遭遇。

沈舒航側頭對沈文戈道：「娉娉和母親撐著府上很累吧？辛苦妳們了，這回大兄和二姊都回家了。」

沈文戈被他這一句話弄得紅了眼眶，啞聲「嗯」了一聲。

「那娉娉，想和兄姊詳細說說妳跟尚郎究竟是怎麼回事嗎？」

她自己的事，有什麼好說的呢？便簡單將尚滕塵眼瞎認錯恩人，又執意要娶齊映雨一事說了，末了她道：「自遇到那年收留我們的人家，讓他知道了我才是他真正的救命恩人後，我就徹底釋懷了。」她的執念便是尚滕塵因為認錯人，所以愛錯人，而後徹徹底底傷了她。如今他知曉了、悔悟了，看他痛苦，她也就放下了。「後來想想，也是我想要的多了，挾恩圖報不是？我只是救了他，憑什麼就要求他娶自己、愛自己？我救人的時候，也只是不想他死而已。」

由愛生憎，無愛滅恨。

沈婕瑤摸著她的髮，肯定地道：「妳沒錯，妳只是當年太愛他了而已。」

沈文戈露出臉頰處的兩個酒窩，笑了。

「傻樣！」沈婕瑤從身上摸出兩個棉花團，扔給沈舒航。「戴上，接下來的話，大兄你就不適合聽了，我們兩姊妹要說悄悄話。」

「好。」沈舒航好脾氣地用棉花團將耳朵塞住，晃晃頭，說出的話有些怪異，不在調上。「聽不見了，我先睡，妳們慢慢聊。」

沈婕瑤掀開沈文戈身上的被子，鑽進她的被窩裡，和她咬耳朵。「妳給我說實話，妳和王爺怎麼回事？」

沈文戈躲避，含糊道：「什麼怎麼回事？」

「你們兩個不對勁！我跟妳講，我眼睛利著呢，妳休想瞞過我！對他動心了，是不是？」

那麼愛的尚滕塵，一句「他知曉真相」就釋然了？有那麼快？還是因為自己的心有了新的寄託，所以才會對舊人不在意了？

沈文戈兩條眉頭都蹙到一起去了。「沒有的事。」

沈婕瑤看她一副不承認的樣子，開始給她舉例子。「和人家睡一輛馬車、他堂堂一個宣王為妳烤兔子吃、他身邊的嬤嬤都快把妳供起來了、最關鍵的是你們兩個摟摟抱抱……」

「我哪有！」沈文戈急了，都能感覺到血液直衝腦頂，臉倏地就紅得跟滴血了似的。她重新捂緊被子蓋住臉，甕聲甕氣道：「馬車是四個人一起睡的，兔子不光我一個人吃了，嬤嬤那是喜歡我，那天抱我下馬是因為我得給他傳遞妳的信息……」在沈婕瑤的注視下，她說話聲越來越小，最後抿了唇。

「說啊，怎麼不說了？」

沈文戈委屈地靠在二姊肩膀上，只聽她二姊道——

「我觀宣王盤正條順，喜歡上他也是一件正常的事情，承認自己心動沒什麼的。」

「哪有用這詞形容男子的。」

「難道不是？所以？嗯？」

沈文戈在二姊肩膀蹭了蹭，這才道：「我也不知我對他是依賴還是心動，你們出事的消息傳回家後，我的天都要塌了，是他幫我撐起的。在我最困難的時候，他幫我良多，漸漸地就開始習慣性的什麼事都找他幫忙，他也總能解決，這顆心，好似就不受控了。」

沈婕瑤了然。「有人能依靠是不是很不錯？」

「嗯，豈止是不錯，心裡很有底氣。」她笑了，水霧洗過的眸裡亮著光，隨即又滅了下去。「但我卻不知，他對我是同情還是可憐？」

「沒出息樣！他就不能是歡喜於妳？」

沈文戈搖搖頭。「我連自己的心都沒梳理清楚呢，他……我就更不知道了。」

戳了戳她的額頭，沈婕瑤道：「不知道就不知道，你們在一起之後，妳就知道了！去試試看啊，怕什麼？不早下手，不怕他被人搶了？不對，就宣王那個名聲，估計也沒人敢跟妳搶！」

「姊！」沈文戈哭笑不得。許久過後，她才嘆息一聲，眼眶裡慢慢聚起淚來。「縱使心動又如何？我和離過了。」

沈婕瑤不喜歡她這樣說自己，勃然大怒。「和離過怎麼了？和離後二嫁的女子多的是，怎麼，到妳這兒就不行了？」

「不是。」沈文戈眸裡暗淡。「我……我一個和離過的女子，如何能配得上他呢？」

「胡扯！妳跟尚滕塵連房都沒圓過，清清白白一個小娘子，怎麼配不上了？」

可她……可她是二世為人啊！沈文戈睫毛輕眨，一滴淚流了出來。「他那麼好，理應娶一個漂亮、嫻熟，又能照顧人的小娘子，而不是……我這個殘花敗柳。」

沈婕瑤突地起身。「說來說去，都是妳的猜測，妳焉知他會不會在意？走，我們去問問他！」

「姊！」沈文戈將手抽出來。「問他做什麼呢？挑破之後，還怎麼相處？我們還要一同出使呢！」

「妳也知道你們要一同出使，那妳便整日看著他，自己糾結得肝腸寸斷？怎麼如此瞻前顧後？問一句的事，妳不問，我幫妳問！」說完，沈婕瑤已經穿好鞋子，跳下了馬車。就宣王那照顧人的勁兒，說不心動，她可不信！

「姊！」沈文戈趕忙追了出去。

可沈婕瑤動作更快，已經將白銅馬車裡的王玄瑰叫出來了，兩人一起往樹林裡走去。

沈文戈急得不知如何是好，只好提著裙襬跟在後面，躲在一棵大樹下，聽她二姊問話。

「嬤嬤說，我和大兄不在家的日子，宣王多有照顧，在此謝過宣王。」

王玄瑰往沈文戈躲藏的樹後看了一眼。「無妨。」

「我倒是還有件事，想問問王爺，王爺為何對我妹妹那麼好？」

月光下，樹影婆娑，斑駁的光點落在王玄瑰周身，有一塊落於他眼下，濃密睫毛搧動，他問：「瑤將軍是自己想問，還是沈文戈讓妳問的？」

沈婕瑤抱著手臂，覺得他這麼說，定是對嫂嫂有意，頓時胸有成竹，剛要開口，只見他側頭，對著藏在樹後卻露出了一角衣袍的人道——

「出來，躲在樹後做甚？」

已經被發現了，沈文戈沒法子，只能從樹後走出。她雙手緊緊交疊在小腹上，眸子躲閃，不敢直視他。

他挑起丹鳳眼，反問道：「沈文戈，妳不知道本王為什麼對妳好？」

咚咚咚，沈文戈覺得自己彷彿置身在樂姬起跳的鼓中，不然怎麼四面八方都是鼓聲？她抬起眼，終於與他直視，說道：「我該知道什麼？」

王玄瑰嗤笑一聲。「妳今日還吃了本王烤的兔子。」

「所、所以呢？」沈文戈問。他為她烤兔子，是因為……因為什麼呢？會是……她想的那樣嗎？

他露出一副「本王就知道」的樣子，一襲紅衣倚靠在樹上，手中鐵鞭垂落反著鐵光，如一道銀線貼著他的寬袖。「妳果然沒認出來，那年雪夜，妳忘記是誰給妳烤的兔子了？」

沈文戈微微側頭，張了張嘴，重複了一遍。「那年雪夜，烤兔子？」

「讓本王算算，到現在，應有四年多了。」

四年前的雪地裡，沈文戈從遭遇襲擊的西北斥候隊中挖出了三個活人，她搶在燕息小隊發現前，一趟趟地將他們帶到林中木屋，生火取暖。

那晚，小小的木屋擋住了風雪，救了他們的命，也成了沈文戈生命中的轉折點，逃不出的瘋魔執念。

那三人，其中一人是尚滕塵；一人救時重傷垂死，被馬蹄踩踏，盔甲與身體凍黏在一起，沒多久就嚥氣了；還有一個她至今不知姓名的士兵。

那個士兵是最先甦醒的，與她說了幾句話，還在她外出尋找食物時，獵到兔子給她烤兔肉。可他也是帶走了陣亡士兵、不告而別的人。

偶爾她會想起他、記掛他，不知他是否安好？肩膀上的砍傷有沒有處理？會不會影響生活？

他長什麼樣來著？救時他們盔甲加身，臉上血點混著泥點，髒污一片，縱使她為他們擦拭過，但因心急擔憂，並沒有認真記住他們的相貌，且對於沈文戈來說，時過多年，早已記不清了。但好似記得，那個士兵臉上有個小痣，她以為是擦不掉的泥點，還上手去摳，險些摳出血來著。

她向著王玄瑰走去，站在離他幾步遠的地方，微頓，而後樹葉枯枝被踩響，她繼續走到他面前，微微仰頭看他。

他低頭，眉毛挑起，問：「怎麼？」

她踮起腳，大膽地伸出手，在他的臉上尋找著。

他偏頭，月影下的光斑就移到了他的眼下，那個小痣倏地變得明顯起來。

「別動。」她聲音輕得似是怕驚擾了誰。

兩人距離太近，近到他低頭就可以瞧見她霧濛濛一片的水眸，聞到她身上的馨香。

她微涼的指腹輕輕劃過那個小痣，在其上反覆摩挲著。

一股莫名的熱流湧至小腹，王玄瑰喉結滾動，抬臂架住她的手。「做什麼？還需要本王自證一下？妳救過的人妳不記得？」

她記得，她怎麼不記得？若是不記得就好了，她就不會陷入對尚滕塵認錯救命恩人的怨恨中。

手指下移，蹭過他的臉頰，落於他肩膀之上，問道：「這裡的傷好了嗎？」

王玄瑰瞟了她一眼說：「是另一邊的肩膀。」

那就對上了，的確是他，她救過的那個士兵。

眼眶裡有一汪水潭呼之欲出，她道：「你是那個……那個逃兵啊？」

「逃兵?!」王玄瑰眯起眼，若不是沈婕瑤還在一旁看著，他真想伸出手掐住她的臉，好好質問她一番，但眼下也只能充滿威脅地說：「逃兵？妳竟然覺得本王是逃兵？」

「當年戰事凶險，你不辭而別，我以為你是想、想乘機離開呢……」

王玄瑰氣急，咬牙切齒道：「本王那是因為答應了死去的那個士兵，要給他家中帶信，所以回軍營了！」

沈文戈忍著淚，點了點頭，呼吸都有些抖，回頭望向沈婕瑤，眸子裡充滿了求助。

沈婕瑤此時也有些懵，她抱胸的手都抱不住了，這兩個人說什麼？什麼雪夜、逃兵？她們是來問這個的嗎？「怎、怎麼了，嬶嬶？」

沈文戈還想再求證一下，充滿苦澀地問道：「阿姊，王爺他……曾經也在西北參過軍嗎？」

沈婕瑤的腦子也是有點轉不過來了，她是應該回答「是」還是「不是」啊？悄悄向後退了幾步，感覺有些不對勁。「是、是的吧？」

王玄瑰無語片刻，鐵鞭嘩啦作響。「瑤將軍也是貴人多忘事，本王還曾經和妳在一個小隊待過，不過本王沒在西北軍待太長時間。但瑤將軍應該記得，四年前西北組織過一場反攻。」

「要是這麼說，我是記得，那年反攻是因為王爺回來報的信。」

所以，王玄瑰當年真的參過軍，是她救過的另外一人……

王玄瑰哼了一聲，丹鳳眼危險地瞇起。「沈文戈，妳想起來沒有？」

沈文戈笑了一下，笑意卻不達眼底。「嗯。」隨後轉頭，看向自家二姊，淚水再也控制不住，爭先恐後地湧了出來，一滴又一滴地墜在她下巴尖上。「阿姊，王爺他是……他是四年前那個冬天，我救過的另外一人。」

是那一年，除了尚滕塵外，她救活的唯一一人。原來是他。

她那白紫相間，分明只到腳踝的破裙，怎麼感覺長了呢？她只是後退了一步，就好像踩到了裙襬，要跌下去了。

鐵鞭比她要先落地，王玄瑰棄了它，身子前傾拉住她。「站好。」月影下，繡著大片丁香花與團花的淺紫色褙子金絲閃爍，上面混著她的淚，閃閃發亮。乳白的袖子掉到她的大臂，她抓著他的前襟，用勁之大，感覺手指都要將衣裳戳破了。「妳哭什麼？」

沈文戈緩緩搖頭，她也不知道自己在哭什麼，她只是覺得喉頭像被一隻手掐住了般難受。「王爺，你一直以來對我的幫助，是因為……我救過王爺嗎？」

王玄瑰也不知自己為什麼有點遲疑，但最初對她在意相幫，確實是如此，也就點了點頭。又想到她和離的麻煩，不禁道：「妳這點恩報的，本王甚是艱難。」

「這點恩報的」幾個字好像打開了沈文戈眼中的水閥，淚水簌簌而下，她哽咽道：「王爺一直都記得我嗎？一直在報恩嗎？」

他伸手找了一下，沒發現她身上的汗巾，就只能嫌棄地將她臉上不斷落下的淚擦去，淚水太多、太燙，讓他有點心慌。「本王又不是尚滕塵，連自己的救命恩人都能認錯。」

所以是有人記得她的，甚至一直在默默幫她，她不問，至今還不知道呢。

夜深人靜，因為救人而落下病根的腿疼痛難忍，又要淒苦地忍受尚滕塵和齊映雨恩愛，她也曾卑劣地冒出那麼一絲「是不是沒救人就好了」的想法。因為沒有人在意她，沒有人對她說一聲謝謝，她沒有得到與付出相對應的尊重。她心底，其實是有那麼一絲絲後悔的，但想到自己救下的另一個人，可能在遙遠的地方活著，興許他會感謝自己，她就又覺得值了。

今天，她得到了回答。

那個人一直記得她，一直在報恩，只是她之前不知道而已。

王玄瑰只覺得她這淚怎麼擦都擦不完。「妳怎麼還越哭越凶了……」

她淚眼朦朧，哭著說：「我……我開心啊……」在尚滕塵那兒沒能得到的東西，原來早就出現在她身邊了。一個理所當然，視恩情為無物；一個多般付出，恩情牢記在心。

可是開心之餘，她又很難過，他是為了報恩才對自己好的，弄得她也不知道自己是該開心還是難過了。

她哭得眼睛和鼻頭都紅了，王玄瑰一邊給她擦淚，一邊想著，好像沒有那麼醜，反而看著怪、怪美的。

沈文戈就那麼望著他，好像要把他刻進心裡一般，而後鬆開了他的衣襟，自己用衣袖胡亂擦了擦臉。「王爺，我想問的話問完了。」她對旁邊快要閃到樹後的沈婕瑤道：「姊，我們回吧。」

沈婕瑤看了看王玄瑰，又看了看自家妹妹，小心地邁出腳。「喔……好，那我們走。」

王玄瑰從樹下撿起丟棄的鐵鞭，看著沈文戈腳步虛浮的背影，總覺得好像有哪裡不對，但又沒錯。

沈文戈在路上擦乾眼淚後，讓二姊先回去，自己裝作沒事人一般，來到白銅馬車上。

安沛兒正低著頭，弄著手裡的毛絨團子。她已經快要將帶來的雪團毛都用完了，做了好幾個小雪團，見她上來，說道：「娘子這麼快就和兄姊談完了？奴做出了一個新的，娘子幫奴給瑤將軍。上次的那個，瑤將軍還沒親手收到。」

沈文戈輕輕勾起唇角，嬤嬤說的是上次給二姊放在棺材裡的小毛貓雪團。

她接過嬤嬤新做的雪團，伸手捏了捏，眼裡又濕潤了，覺得被人惦記的感覺太好了，讓她忍不住貪戀。將淚憋了回去，她盡力用平穩的聲音道：「嬤嬤幫我收拾一下東西吧，我與兄姊有太多太多的話想說了，之後幾日，我便住在他們的馬車裡。」

安沛兒看出她縱使被夜風吹過也紅著的眼，壓下心中驚疑，說道：「好，娘子且等等，奴這就幫妳整理。」

「我和嬤嬤一起。」

沈文戈起身將她在白銅馬車裡的一應東西，甚至連平日飲水用的水壺都給帶上了，準備悉數搬到另一輛馬車裡。

燕息三皇子的馬車內，沈婕瑤將沈舒航耳中的棉花團取下來，小聲說：「大兄，我好像闖禍了。」

沈舒航睜開眸，用眼神詢問她又做了什麼。

她壓低聲音快速道：「宣王就是小妹曾經救過卻消失的那一人，他幫小妹是為了……」

「噓，噤聲。」

腳步聲響起，沈文戈掀開簾子，將自己的東西通通搬了上來。

沈婕瑤趕緊幫她擺放。「娉娉，妳這是？」

「我這幾日搬過來跟你們擠擠。」

沈婕瑤和沈舒航對視了一眼。

沈舒航溫和地說：「好，那娉娉還是和以前一樣睡中間。」

沈文戈整個人繃著「嗯」了一聲，她翻找出嬤嬤給她二姊的毛貓雪團，遞給二姊說：「這是嬤嬤特意給妳做的，原本還有一個，放妳棺材裡了。」

沈婕瑤聽到「棺材」二字，抽了抽嘴角，隨即喜愛地將毛貓雪團翻來覆去地把玩，小心問道：「這小貓……是王爺養的？」

沈文戈默了默。「是我養的。」

妳養的貓，宣王府的嬤嬤戳得活靈活現？沈婕瑤拿著手中小貓衝沈舒航晃了晃。

沈舒航搖搖頭。

沈文戈草草地躺下了，將臉埋進軟枕中，對想跟她說點什麼的沈婕瑤道：「二姊，我累了，讓我靜會兒。」

沈舒航替人答道：「好，那妳睡。」又看著沈婕瑤搖頭。

沈婕瑤攤攤手，自己也跟著躺下了。

淚水不斷打濕著臉下枕頭，沈文戈沒有任何睡意，她想，是時候收斂起全部的心了。知道他記著自己、在報恩就足夠了，不能貪圖太多。

在她還在糾結自己和離的身分，害怕他會如尚騰塵一般，自己會再次遇人不淑、重蹈覆轍時，他已經給了她答案。原來，他是在報恩。

說不清心裡是何種滋味，擰緊著，展不開……

王玄瑰回到白銅馬車，一掀開車簾，就看見裡面空盪盪的。

安沛兒替沈文戈搬完東西回來，說道：「娘子說，她這幾日與兄姊同住。」

他挑挑眉，沒說什麼，徑自跳上馬車。

安沛兒拉住與王玄瑰形影不離的蔡奴詢問。

蔡奴低聲同她耳語幾句，他剛才也一直跟著，但他藏得比沈文戈好，也可能是阿郎習慣他了，所以沒揪他出來。

安沛兒聽完後，攏了攏自己的披帛搖搖頭。

兩人雙雙嘆氣，他們家阿郎，與其說是不通感情，倒不如說是沒見過正常的親密關係是何種樣子，所以他不懂啊！但感情一事，外人能做的有限，還得他自己想清楚才行。

白銅馬車裡少了一個人，空間就變得寬敞起來，王玄瑰被安沛兒用她晚間要起夜的藉口，趕到了最裡側。

枕著手躺在沈文戈曾經睡過的地方，能夠看見掛在車壁上的三個小毛貓雪團，一個個憨態可掬。伸手摘下一個來把玩，不自覺就想起剛才沈文戈哭得梨花帶雨的樣子，躁得他有些睡不著。她為什麼哭？

她問他為什麼對她好？她為什麼要這樣問？她問那些的目的是什麼？

他在狹小的空間內輾轉反側，然後突然坐起，將旁邊的蔡奴弄醒，問道：「你說沈文戈那麼問我，是什麼意思？」

蔡奴本就被他吵得沒睡，聞言回道：「阿郎，奴只是一個宦官，奴也不知啊！」

「要你何用！」王玄瑰惡狠狠地說完，又看向安沛兒。「嬤嬤，妳說她想得到什麼答案？我說完她就哭了，我回答的不對嗎？」

安沛兒嘆了口氣。「阿郎，你問我們，我們也不知道，不如你明日親自去問一下娘子？」

他再次躺了回去，眉頭緊皺，隱隱間好像抓住了什麼，又什麼都沒抓到。

出使在外變得比以往好的睡眠，又開始壞了，王玄瑰想不通，眼裡密布血絲，又是一個失眠夜。

清晨第一縷陽光穿過樹林間隙照耀而下，王玄瑰便翻身而起，可有人比他起得更早，他要找的沈文戈，已經去溪流旁洗臉了。

她蹲在岸邊，掬起一捧水潑至臉上，水珠在她細膩的肌膚上相掛，晶瑩剔透。

聽見腳步聲，她側目看去，發現是他，手上動作一頓，新的一捧水便漏了下去。「王爺早，晚上睡得可好？」她揚起笑臉打招呼。

睡得不好，乾脆就沒睡了！但王玄瑰沒說。他覺得沈文戈有些不對勁，很不對勁，她對自己像是回到了初見之時，客氣、疏離，話語間盡是客套。

沈文戈回過頭，水中倒影的她，臉上何止沒有笑意，連眸子裡都沒有神。

可若讓她同王玄瑰說話，她卻能隱藏起所有的情緒，戴起了自己的面具。「怎麼了，王爺？找我可是有事？」

王玄瑰丹鳳眼向上斜挑，受不了了。「妳好好跟本王說話！」

沈文戈笑笑，到底沒應。

他只好直接問：「妳昨日問本王那話到底什麼意思？」

微微垂下眼睫，她道：「便是字面上的意思，想知道王爺為何對我百般相幫，我也得到答案了，知道王爺是那年我救下的人，且還活得好好的，這就夠了。」說完，她甩甩手上的水珠。「我洗完了，就先回去了，還要煎兄姊的藥。」

兩人交錯之際，王玄瑰伸手捉住她的手腕，狐疑地看著她。「真這麼簡單？」又見她低垂著頭看自己的鞋尖，一副受氣的樣子，半晌只得鬆開她。「罷了，妳走吧。」

沈文戈捂住被他抓過的地方，難耐地閉了閉眸子，又堅定地往前走去。

回到駐紮地，她看上去和平常沒有任何差別。

可這一日，她險些將兄長的藥熬糊了，倒藥的時候又差點將手給燙了。下馬車的時候要不是沈婕瑤在旁邊扶了一把，腳定是要崴了的。

如此，王玄瑰獵回的野雞，她也強逼著自己吃了。

看吧，她沒事，她也沒躲他。從現在開始，他就是讓她尊敬的宣王爺。

「嬤嬤？不想吃就別吃了。」沈婕瑤將她吃了一半、難受得沒有胃口、實在難以下嚥的雞腿給搶了過去。她不嫌棄，幾口就給吃完了。

沈舒航則遞給沈文戈水壺。「喝些水。」

沈文戈有些不好意思，本來應該是她照顧他們兩個傷員的，結果現在反倒變成他們照顧她了。「我沒事。」又想著，她得盡快習慣現在的改變才行。

可沈婕瑤卻道：「我和大兄眼睛沒瞎。」隱晦地瞥了一眼王玄瑰後，她小聲道：「妳要是真喜歡他，管他是不是拿妳當恩人，就勇敢一些，跟著自己的心走，就算最後結局不好，也不後悔！」

「瑤兒！」沈舒航低聲喝住她教的話，自己卻道：「縱使是王爺，嬤嬤妳也嫁得。待兄長回長安後，替妳求聖上恩典。」

兄姊如此維護，沈文戈快速眨去眼中淚花，搖頭道：「挾恩圖報的事，我做過一次就算了。是我想岔在先，何必去煩擾他？就別再自欺欺人了。」然後她又鼓起勇氣看了一眼王玄瑰，道：「知他是那天我救的另外一人，我打從心底開心，我沒做錯是不是？」

沈婕瑤肯定道：「妳沒錯！妳救人有什麼錯？好，那就整理好自己的心情，我們嫚嫚可是要出使的人呢！」她用吃雞腿而沾了一手油的手握住沈文戈。「先說好，我要一套婆娑的服飾，從頭到腳，額頭上有亮晶晶的那種！男人算什麼？不能耽誤妳做大事！」

沈文戈忍著手上的不適。「好，給妳買兩套。」

沈舒航扔了塊汗巾過去。「快放開嫚嫚，瞧妳吃的。」

沈婕瑤乘機也握了他的手一下，得逞之後哈哈笑起來，笑岔了氣，肚子難受，聞著雞肉味，開始乾嘔起來，一邊嘔還一邊不耽誤她笑。

那邊兄妹三人歡聲笑語，王玄瑰這裡卻冷冷清清，淒淒慘慘戚戚。他瞥了一眼又一眼，最後氣得扔了手中的雞翅。「抓緊收拾，趕路！」

「是！王爺！」

所有人加快了自己吃東西的速度，滅了火堆之後，重新啟程。

王玄瑰騎著黑馬走在最前方，他不發話，誰也不敢停下腳步，如此僅用了一日，便穿過了林子，山腳下火光點點，城池近在眼前。

沈舒航和沈婕瑤對視一眼後，同王玄瑰說出了他們的想法——他們不回長安，要穿過城池，直入前方戰場。

「不行！」沈文戈不同意。「大兄的腳傷要趕緊回長安醫治！還有阿姊妳也是，養不好身子，怎麼……反正不行，你們得回長安！」

可兩人堅持。

沈舒航溫和的臉上寫著不容拒絕，這一刻他不再是平易近人的兄長，而是西北大將軍。

「西北軍中的軍醫見慣了殘肢斷臂，對我這傷可能比長安的醫者更熟悉，且回長安路途遙遠，氣溫逐漸升高，傷口會加速惡化，不如在軍中就地醫治。還有妳二姊，妳放心，我會直接發軍令，勒令她休息的。」

沈婕瑤臉上同樣嚴肅。「我不會拿自己的身體開玩笑。」

沈舒航伸手止住沈文戈要說的話，對王玄瑰道：「我的同袍們都在戰場，我與瑤將軍怎可臨陣脫逃？王爺，我們非去不可。」

王玄瑰定定地看著沈舒航和沈婕瑤。「好！爾等聽令，護送兩位將軍去戰場！」

五百金吾衛齊聲喝道：「是！」

「王爺?!」沈文戈驚呼。

王玄瑰對她說：「這是他們的選擇。」

沈舒航和沈婕瑤一人拉住沈文戈一隻手。

「比起我與妳二姊，嫂嫂更該擔心自己才是。使團出使是榮耀，卻也承擔著風險，萬事要以自己為先。」

沈婕瑤更是仗著沈舒航現在坐著，在她耳邊神神秘秘地道：「若是控制不住自己的心意，不妨坦然接受它，大膽地去試一試。妳都是和離過的人了，怕什麼？大不了再和離一次！」

沈文戈破碎的淚水在她這句話中險些沒了，她惱道：「二姊！妳才是，到那之後，第一時間就要墮了，絕對不能捨不得！」

她頷首。「我做事，妳放一百個心。再說還有大兄在，妳擔心什麼？」

沈文戈咬著唇，狠狠地抱住沈婕瑤。「二姊，記得給母親傳信。還有，對自己好一些，尤其是湯藥、補品，該吃就得吃。」

「嗯。」

沈文戈鬆開她，又彎腰抱住了瘦削許多的沈舒航。「大兄，嶺遠和母親都還在家中等著你，嫂嫂希望下次相見，見到的是一個可以站起來的大兄。」

他撫著她的背。「會的。」

天色漸晚，該啟程了。沈文戈和王玄瑰將兩人營救出來，護送至此便不能再往前了，他們也要去找使團了，只能就此分別。

沈文戈看著五百精兵護送他們，順著蜿蜒的山路一路向下，突地，在半山腰，馬車四角被點上了火把，而後長隊中陸陸續續燃起火點。

火光驅散了黑暗，帶來了安慰和希望。是告別，亦是讓他們不要擔心。

王玄瑰站在沈文戈身側道：「該走了。」

沈文戈點頭，轉過身再次回望了車隊一眼後，爬上了白銅馬車。他們一走，就只剩他們四人了。

但她的心中是平靜的，雖只與兄姊短暫相處幾日，可她實實在在觸摸過他們、擁抱過他們。他們有他們的理想與信念，只要知道他們還好好活著，就足夠了。

「娘子，歇會兒吧。」安沛兒忙裡忙外，將沈文戈的東西重新歸攏上馬車，馬車裡頓時又有些擠了，可她十分滿意。

沈文戈掀開車簾，王玄瑰與蔡奴雙雙在外騎馬，許是頭頂樹木遮蔭的緣故，林中的天比外面還要黑。

見她露頭，蔡奴一夾馬肚便走遠了，美其名曰去探路。

王玄瑰在馬上向她那裡睨去。如今倒是不躲他了，改為客氣疏離了，萬句話後面都能接句「謝謝」。他拇指抵上喉結，有些煩躁。「怎麼？」

隨著他的動作，沈文戈的目光落在他的喉結上，下意識想轉移目光，又覺得不應該逃避。「王爺，如今使團大概行進到何處了？我們可否追得上？」之前心思都在兄姊身上，她還沒問過使團之事。

「他們按原路線緩慢行進，估計現在已經進入婆娑地界，快到阿爾曼戒領主的領地了。我們全速行進，他們還要顧忌牛車的腳程，追得上。」

沈文戈放心了，對他道：「好的，謝謝王爺。」

車簾被放下，王玄瑰挑起眉，「嘖」了一聲。

夜晚在林中行走危險過大，他們找了處地勢平緩之地以做休息，又在馬車旁做了幾個陷阱、生了個火堆，以驅散林中動物。

王玄瑰與蔡奴輪班放哨，蔡奴看著有七娘在就能睡得安穩的阿郎，輕手輕腳地將他睡得四仰八叉的身子擺正。也不知是不是七娘救過阿郎的緣故，對於從小都極少獲得他人關心的阿郎來說，七娘如同夜晚中明亮珍貴的那顆星子，也如同驅散寒涼的那捧火堆，讓他可以放心信任，便能睡得著了。

沒叫他換班，打算自己守一晚，蔡奴坐在火堆旁，吃了口野果，頓時酸得牙都要倒了。

不一會兒，被王玄瑰一腳踹醒的安沛兒也打著哈欠下來了。

她帶了兩件披風，給了蔡奴一件，分食了同樣酸的野果，卻是吃得津津有味，看得蔡奴牙更酸了。

雪團的毛已經被用光了，小毛貓雪團在車壁上掛了許多，她現在拿出的是這幾日撿的馬毛，打算編幾個墊子用。

木柴燒裂的噼哩聲響起，馬車內沈文戈的身子陡然一沈，不用想她都知道，定是王玄瑰睡過來的手腳。讓自己清醒了一會兒，在他有將自己抱住的趨勢前，她沈默地坐起，抱著自己的軟枕，乾脆地從他身上跨過，來到馬車另一頭，在他的被窩裡蜷縮著睡下了。

等王玄瑰清醒時，面朝車壁，睜眼就是一溜的小毛貓雪團，他眨著沈重的眼皮，猛地驚醒，天已矇矇放亮了。再一回頭，沈文戈正在他的位置睡得香甜。他們兩個是怎麼換了位置睡的？疑惑間，他已經準備下馬車了，手剛搭上簾子，沈文戈翻了個身，他的手便停住了。

沒有了白日裡的客氣，睡著的沈文戈安安靜靜、乖乖巧巧，側臉上還有久睡印出的紅痕，像一朵紅色的雲。

他輕笑了一聲。「現在倒是乖得很，怎麼，本王報恩妳還不樂意了？」

手指蹭上被壓出紅痕的側臉，按上那痕跡，觸感一如既往的滑嫩。許是被打擾了睡眠，她像趕蒼蠅一般地伸手揮來。

摸到他沒來得及收回的手，將那擾人清夢的手指攥住，擱在臉側，省得煩她。

她的手白白小小，軟乎乎的，他深吸了一口氣，眸光深了一瞬，丹鳳眼瞇起，對自己又壞掉的心臟提出疑問。長安那群醫者果然是庸醫，等到了婆娑，要在當地治一下才好。

在將自己的手抽出時，又鬼使神差地反握了回去，他一隻手就能包得住，果然很小。意識到自己的動作，他挑挑眉。

鬆開手，拿過被她擠在裡側的薄被給她蓋上，他便下了馬車。

他一下去，睡著的沈文戈立刻睜開了眸子。

剛剛揮蒼蠅時她還睡著，等將他的手指攥住，腦子一下子就清醒了，卻不敢睜眼，只能維持著之前的動作。好在沒一會兒他就將手抽走了，手背上好像還有他的餘溫。

她微微嘆了口氣，就聽外面傳來了聲音。

王玄瑰問蔡奴。「怎麼不叫我，自己守了一夜？去馬車上睡會兒。」

蔡奴笑道：「無妨，奴不睏。」

「去睡，嬤嬤也是。」

聽見腳步聲，沈文戈趕緊回到自己的位置，又想起軟枕，飛快翻回去將其抱回，這才躺下。心裡想著，外界都說宣王如何恐怖，但他卻拿自己身邊的宦官和嬤嬤當親人看待，無人懂他。

沒一會兒，天徹底亮了，這回換沈文戈跟在王玄瑰身後騎馬，蔡奴和嬤嬤在車上補眠了。

她頭上戴了個冪籬，手上也覆著被裁成塊的披帛，是嬤嬤強硬給她戴上的，不然日頭毒辣，不用一天，白白淨淨的小娘子就要曬黑了。

沈文戈狐疑地看著前面的王玄瑰，他一直都在外面曬著，怎麼還這麼白？

白日趕路，夜晚睡覺，所幸只有他們四人。

王玄瑰有時會爬到樹上，躺在粗壯的樹幹上假寐。每每這個時候，安沛兒都要心焦地喚他下來。

暗紅色衣襬垂落，沈文戈站在樹下，仰頭見他嫌髮冠礙事，將其摘了去，一頭黑髮傾瀉而下，她只要伸伸手，就能觸碰到，而她也真的伸手了。直到與王爺本人並不相符的柔順髮絲繞在指間，她才陡然清醒！

彎鉤銀月、樹影幢幢、紅衣撩人，她定是被景色迷惑了，才又做出不妥的動作。她急躁地想將手抽回來，髮絲卻越繞越緊。

王玄瑰本就沒睡著，純是心裡堵得慌，所以在樹上歇歇，她到樹下時他就知道了。此時頭皮一緊，枕著手臂向下看去，就見她正在對自己的髮絲施力。

怎麼連他的髮絲都比他要招人待見？

他翻身跳下樹去，在她驚愕的目光中，伸手拽斷了她手指上的髮絲。

「王爺，別！」沈文戈阻止未果，手指上飄著斷裂的髮絲。樹葉沙沙作響，那髮絲便順著風隨意飄揚著。

她在他想要將她手指上的髮絲摘了扔掉時，手指藏起握成拳，躲開了他。為掩飾自己的失態，趕緊說道：「嬤嬤讓我來叫王爺去用飯。」隨後又補了一句。「男女授受不親，王爺還是和我保持些距離好，我畢竟和離過，身分不好。」

也不知道是誰先玩他頭髮的？現在不光說話客氣，連碰都不能碰了？王玄瑰陰沈下臉，渾身像是沾滿了毒的美豔花朵，在月空下開得糜爛。

在沈文戈低垂著頭，要離去時，他勾起一側唇角，伸出手臂攔住了她的去路。

「王爺？」看著出現在自己面前的手臂，沈文戈輕聲一句，似撒嬌，說完，她便閉了嘴。是之前他給的錯覺太多了，導致她自己一時還改不過來，她會慢慢適應的。

剛要開口再喚一句，黑色靴子挺進，她不得已倒退，側目看去，另一邊黑色護臂出現，她被他困在雙臂之間，背抵在了樹上。

他的呼吸從頭頂往下移，語氣危險。「本王又不在乎妳和離，這個藉口一點都不好。沈文戈，妳最近這段日子實在棘手得很，本王自認也沒做錯什麼，妳跟本王解釋解釋，妳為什麼突然就與本王疏離了？」

沈文戈自聽見他一句「不在乎妳和離」，就難耐地閉了眸。

還能為什麼？自然是想離你遠些，省得總忍不住被你吸引啊！尤其知道你是為了報恩，才如此百般呵護的……

她這一顆心，既像在火山中烘烤，又像在深海中沈浮，連她都不知道頭緒在哪兒？如何才能走出？

指尖挑起她眼角滑下的淚珠，他掐住她的臉頰，晃了晃。「妳怎麼又哭了？」

沈文戈淚眼朦朧地睜眼，在他手掌下艱難說話。「王爺，鬆手。」

「哼，本王就不鬆！」他不只不鬆，還眼疾手快地抓住她要抬起來拉他的手，兩隻手的手腕都被他牢牢捏住後，他氣道：「本王想做什麼就做什麼！」還想離他遠點？他不准！為了報救命之恩，他都快煩死了，她現在就想踹開他，想得美！

沈文戈眨乾眼中淚水，不敢與他對視，眸光只好定在他眼下小痣上，覺得兩個人的距離太近了，掙扎道：「王爺……」

「沈文戈，聽好了，本王不准妳離開！」在她驚訝不解的目光中，他放手，直起身子道：「自那晚後，本王還沒正式跟妳道過謝。沈文戈，多謝妳當年救了本王。我們還跟以前一樣，不准再躲著本王，不准再跟本王假客氣，本王不准！聽見了沒有？」

沈文戈望著他，摩挲著手指上的斷髮，過了好一會兒，方才應了。

王玄瑰這才滿意，帶著她往回走。

半途，她悄悄將斷髮細心解下，看了他的背影幾眼後，將其放進了荷包中。

安沛兒見二人回來，趕緊招呼他們坐下吃飯，瞧自家阿郎一副解決了大事情的表情，又觀沈文戈依舊有些食不下嚥。

待阿郎與蔡奴前去探路，方才坐到沈文戈身側，對她道：「阿郎可是給娘子委屈受了？」

沈文戈搖頭。「嬤嬤，沒有的事。」

「沒有就好，如果有，娘子一定要開口才是，奴替您出氣！」

「真沒有。」談不上委屈，只是他總是說些會讓她誤會的話，令她忍不住動搖。現在要控制自己的感情已經很難了，若要像以往，簡直難上加難。

安沛兒為她披上披風，同她道：「這話本不該奴來說，其實阿郎他幼時過得並不幸福，導致他脾氣秉性變成如今這樣。他對某些方面並不敏感，甚至稱得上愚鈍，娘子要是有話，萬不要憋在心中，一定要同他明講才是，要讓他知道妳在想什麼，他才能去做。」見沈文戈望過來，她又道：「奴不能說太多，娘子若有疑問，不妨去問問阿郎。」

聽著林中傳來的動靜，沈文戈低垂下眸。她去問，她以什麼身分問呢？

第二十章

接下來的日子，為了盡快和使團會合，他們只在後半夜休息，其餘時間都在路上，周圍的綠色就開始飛快消失，他們來到了荒地。

漫天遍野的黃，遠眺而望，讓人從心底生出恐懼來，而後荒地的景色退去，他們終於再次看見了綠樹。

這也意味著，翻過山，就能抵達阿爾曼戒領主的領地，與使團會合了。

然而翻過了一座山頭，沈文戈看著前面又突然多出的山，饒是她都不禁生出一種望山跑死馬的感慨，什麼時候才能走得出去？

「七娘？是七娘嗎？」

聽到熟悉的聲音，沈文戈趕緊讓馬兒停下，掀開自己的冪籬，在發出聲音的草叢中巡視著。

瞧見她的臉，近人高的草叢裡先後冒出了柳梨川與張彥的頭，兩人的髮冠是歪的，衣裳也髒得不行，可神情卻喜極了，跑出來繞著沈文戈和她的馬轉圈。

柳梨川道：「七娘，我們總算等到你們了！」

張彥則羨慕地說：「七娘妳竟會騎馬！」

「王爺呢？王爺呢？」聽見柳梨川和張彥動靜的鴻臚寺眾人，也先後從各個草叢裡冒了出來，還有從樹上爬下來的，見著沈文戈就像見到親人似的。

沈文戈哪能讓鴻臚寺的人仰視她，俐落地翻身下馬，這又將他們驚到了，七娘的馬術竟如此之好，還能騎馬上山。

不待她說話，一群人按捺不住，開始嘰嘰喳喳地問她。

「王爺呢？王爺在哪兒呢？」沒有王爺，他們真是太沒安全感了！嗚嗚，王爺呢？王爺快來給他們作主啊，他們被人打劫了！

王玄瑰和蔡奴牽著白銅馬車走上山頭，就見不遠處的沈文戈被層層包圍住，當下臉就黑了起來，目光陰沈沈地看去。

這熟悉的背脊發涼的感覺！鴻臚寺的人紛紛轉頭望去——

「王爺！」

王玄瑰嫌棄地看著拋棄沈文戈，嗖嗖嗖地跑到自己身邊，感覺都要發臭的一群人，抽出皮鞭抵開他們。「離本王遠點兒！」

「王爺、王爺，我來幫您牽馬！」

「王爺，你們終於回來了！嬤嬤、公公，我們可想死你們了！」

「王爺、王爺，我們被人打劫了！」

王玄瑰看著他們，皺起眉。

蔡奴出聲道：「還是先找個蔭涼的地方再說話吧。」

「對對對，王爺跟我們走！」

他們早將這塊地方混熟了，當下找了幾棵樹乘涼，又殷勤地幫他們牽馬，讓馬兒去吃草，還屁顛屁顛地將石頭擦乾淨給他們坐。

沈文戈規規矩矩地坐在離王玄瑰最遠的地方。

睨了她一眼，也不給鴻臚寺眾人猶豫的時間，王玄瑰直接問：「金吾衛們呢？就你們自己？蔣少卿也不在？」

鴻臚寺的人將柳梨川推了出去。

柳梨川立刻回道：「我們剛進山，就遇見一群攔路的婆娑人，還沒等說話就直接放箭，旗子都給射倒了。萬幸自從進了山後，蔣少卿就同金吾衛說要萬事小心，是以大家都穿著明光甲，我們又在馬車裡，所以一輪箭雨過後，誰都沒受傷。他們嗚嗷喊著就朝我們衝過來，金吾衛自然和他們打起來了，他們人雖多，但也不是金吾衛的對手，很快就給打跑了。」

張彥接話道：「蔣少卿和岑將軍覺得對方來勢洶洶，沒敢追擊，讓大家藏匿起來，果然他們又來了。這次大家有準備，再次將他們打退，就這麼一路打、一路行進，艱難地走到這裡。我們翻譯的話他們完全不聽，就算抬出陶梁使者的身分，也不見他們猶豫，蔣少卿和岑將軍覺得不妥，帶著金吾衛秘密前進，想一探究竟，命我們在此藏好。」

王玄瑰喝道：「胡鬧！」將鴻臚寺一群手無縛雞之力的人扔在這兒，是讓他們等死嗎？

柳梨川和幾個鴻臚寺的人面面相覷，欲言又止，小聲交頭接耳起來——

「這算告狀嗎？」

「不算吧？我們是王爺的人，跟他們金吾衛有什麼關係？而且這個時候不告狀，什麼時候告狀？」

王玄瑰手中皮鞭換鐵鞭，鞭子落在地上，嘩啦聲一響，他們一個激靈，王玄瑰一聲「說」，立刻就倒豆子似的全說出來了。

「他們留下了三十名金吾衛保護我們的安全。」

「但他們一走，那些金吾衛就藉口說自己受傷了，需要靜養，一個個都不管我們，自己歇著去了。」

「就只有四名金吾衛勸阻不了他們，一直貼身跟著我們，又要負責找食物，又要換班值守，我們看他們實在太累了，主動提出讓他們休息，我們出來找找野果，結果就遇見王爺你們了！」

聽到這兒，何止王玄瑰冷笑連連，沈文戈都蹙起了眉。

「喔？」王玄瑰微微抬起下巴。「將保護你們的金吾衛給本王叫來。」

很快地，四名鬍子拉碴、眼下青黑，明顯累極了還沒休息夠的金吾衛被叫了過來，看見王玄瑰的第一眼，都沒反應出來這是誰，還是鴻臚寺的人出聲提醒，才紛紛跪了下去。「王爺！」

「起吧。」王玄瑰掂量著手裡的鐵鞭，說道：「去本王的馬車上睡會兒。」

「末將不敢！」

王玄瑰側頭望去。

蔡奴便將馬車上的乾糧及水拿了下來。「吃吧，吃完睡會兒，王爺來了。」

許是「王爺來了」這四個字的分量太重，他們狼吞虎嚥地吃完東西後，就抱著手臂靠在樹根睡著了，不一會兒呼嚕聲就此起彼伏地響了起來。

幾名鴻臚寺的官員們「哎呀」幾聲，他們這還是第一次聽見呼嚕聲，敢情這四名金吾衛都沒睡實過？覺得自己扯了後腿，鴻臚寺的人也蔫了，他們接過蔡奴分的乾糧，默默吃著。

沈文戈將水壺遞給他們，他們輪流每人喝了一口，發現王玄瑰看著他們，趕緊將水壺又給了出去。

柳梨川小聲地同沈文戈說：「七娘，妳兄姊救出來了嗎？」

「救出來了！他們還活著！」

「那就好、那就好！」從鴻臚寺到出使，跟著王玄瑰這麼多個月，他們也能猜出他情緒上的一、二分變化，因此柳梨川又問：「那王爺是怎麼了嗎？」

沈文戈的手指掐緊水壺，裝聾作啞。王玄瑰讓她恢復以往的樣子，她怎麼可能輕易做到，只能盡力，他定是也感受得出來的。「沒什麼，你覺得王爺有不對的地方嗎？」

柳梨川和張彥交流了一下眼神，兩人肯定地道：「王爺有些不同以往。」不是不耐煩、也不是讓人覺得恐怖，就是不對勁，好像迷茫又不解，眼神還時不時就掃過七娘……嗯？他們轉頭看向沈文戈，又暗戳戳地瞄著王玄瑰，對上挑起眉頭的王爺，趕緊收回目光，悄悄離沈文戈遠了些，看來日後不能再肆無忌憚地尋七娘說話了。

「哈啊……」也不知是誰打了第一個哈欠，很快地，本就一直綳著腦中弦的鴻臚寺官員們，一個個小雞啄米似的點著頭，一個挨一個睡去了。

至今為止，那消失的二十六名金吾衛都沒有出現，甚至沒來查看一下鴻臚寺官員的安危。

王玄瑰單腿跨坐在石頭上，一手撐著下巴，鐵鞭被他纏在腰間，一手手指無聲地敲在膝蓋上，看著沈文戈三人在他們睡著的地方生起火堆，又烤上餅子，眸光幽深。

這一等，直到天幕黑了下來，但因有陰雲遮擋，星月均被掩了起來。

王玄瑰突然動了，將耳覆在地面傾聽。

蔡奴見狀也跟著去聽，而後對他點點頭。

王玄瑰咳嗽一聲，鴻臚寺睡著的官員最先睜開了眸子，一個個眼神迷茫。王爺……王爺咳嗽了？王爺來了？快幹活！等他們猛地站起，搖搖晃晃差點跌到地上時，才反應過來，他們已經出使了，不在鴻臚寺了，於是一個個抹了把臉，看向王玄瑰。

那邊蔡奴也將累狠了的四名金吾衛叫了起來，沈文戈和安沛兒則默契地將火堆熄滅。

黑暗中，王玄瑰輕聲道：「他們回來了，隨本王去路上迎接。小聲些，別弄出動靜。」

這可能是王爺最溫柔的時刻了！鴻臚寺的人一個個默默啃著熱呼的餅子，擠擠挨挨地跟在王玄瑰身後，王玄瑰一停，他們就停，眼巴巴地看著他。

王玄瑰額頭青筋蹦了又蹦，餘光瞧見沈文戈憋笑，眼眸彎起，再看在他們蓬頭垢面、遭了大罪的分上，權當看不見他們，繼續往前走。

他一人閒庭信步地走在林間，彷彿什麼危險都能解決，看著他的背影就有種安心感。

不光沈文戈這樣想，其餘人均是這種想法，大家加快腳步，緊跟上去。

很快地，他們就鑽到林邊，確定回來的是自己人，方才來到路上。

近二十人將路堵得嚴嚴實實，從遠處看去，月光將人影拉得極長，有群魔亂舞的荒誕之感。

蔣少卿和岑將軍看路上突然這麼多人，瞬間嚇出一身冷汗，還以為自己離開的工夫，鴻臚寺的人又被劫了！到了近處發現是王玄瑰回來後，鬆了好大一口氣，提著的心放回肚子裡，剛要叫人，就聽他道——

「噤聲。」

歸來的金吾衛們無人敢說話，哪怕再疲憊，也站得板直。

王玄瑰伸手點著蔣少卿和岑將軍。「跟本王來。」

二人急忙跟上，白銅馬車裡點著燭火，蔡奴候在一旁，將他們過來時發現鴻臚寺官員身邊僅有四人看護，且剩下的那些金吾衛霸占了牛車和糧食的事情都說了。

岑將軍怒喝。「他們怎麼敢！」帶人前去探路，自然要選精銳，且兩相對比，探路明顯危險一籌，因此那些塞進來鍍金的人，可不就被岑將軍給踢出了選項？他握著拳，氣得就要拍桌而起去找他們，見王玄瑰一個眼神看過來，他冷汗一下子就流了出來。「是末將失職，請王爺責罰！」

王玄瑰冷冷地道：「你確實失職，待回長安再做處罰。」

這時蔣少卿才開口問：「我那些人沒出事吧？」

蔡奴接話道：「沒事，蔣少卿放心，一個個生龍活虎的。」他這話，既是安蔣少卿的心，也是安岑將軍的心。鴻臚寺的人沒有出事，頂多受了點苦，他的失職便沒那麼嚴重。

果然，就見岑將軍的臉色好些了。

蔡奴這才施施然地給眾人倒上熱茶。日後路上還要靠岑將軍看管金吾衛，若事事都要阿郎親管，可要將阿郎累死了。

如今也就王爺這兒還能有熱茶喝了，一飲而盡，喟嘆出聲。

王玄瑰靠在車壁上，看著對面掛著的小毛貓團子，拇指按住喉結來回滑動，見他二人疲憊感稍去，這才問道：「阿爾曼戒領地是什麼情況？」

岑將軍抱拳回道：「我們未敢深入，只在周邊轉了圈，領地中人們往來並無異常，沒見到攔路搶劫者。」

蔣少卿接著補充。「我們陶梁與婆娑一向交好，阿爾曼戒領地是我們進入婆娑必須要經過的領地，我們需要通過它去往婆娑神女城中心，避無可避。」

喉結被王玄瑰用手指死死抵住，他們說的他自然是知曉的。婆娑占地廣袤堪比陶梁，但地廣人稀，採取的是層層而下的領地管理模式。除居住在神女城的舊約科薩爾王，婆娑還有東南西北四大天王，及其餘大大小小無數的領地主。

舊約科薩爾王統治著整個婆娑所有天王及領地主，其人聰慧、溫和，主張和平，反對征戰。是以他在位期間，婆娑與周邊國家友好交往，甚至與陶梁開闢了一條商路，用以交換絲綢、茶、瓷器等物，他們現在走的就是那條商路。

丹鳳眼瞇起，他們使團興許被當成可以打劫的商隊了，十車精美的東西足夠他們產生歹念。後來發現是使團，乾脆一不做、二不休，權當沒看見，先搶一波再說。但沒料到他們這次出使，金吾衛的人數是有史以來最多的一次，因此踢到鐵板，沒有成功。

哪個地方都不缺人品敗壞的低劣之人，且他們選的地方巧在阿爾曼戒領地範圍外，這是踩著兩國之間的線在蹦躂。

「王爺，不知領地情況，我們可還要冒險前進？」這話是岑將軍問的。

蔣少卿一口反駁。「自是要前進，這是我們出使抵達的第一個地方，無路可繞，不管是改道前往吐蕃，還是深入婆娑，我們都必須走，不然只能返回長安。出使路上多的是未知，若要因為遭到幾次搶劫就回去，老夫可丟不起這個人。」返回長安，出使失敗，屆時聖上和百姓們如何看待他們？

岑將軍洩力，一身盔甲發出金屬碰撞聲。他怕萬一出點什麼事，不好交代啊！

「進！」王玄瑰一錘定音。不管如何，使團差點被劫，他都要管阿爾曼戒領主要個說法。且婆娑與陶梁相距頗遠，交壤地方就是一塊三不管的荒地，是連商隊都不願意來的地方，不然這些婆娑人怎麼會眼紅打劫？他們已經許久未獲得婆娑的消息了，既然來到這兒了，怎可無功而返？看向蔡奴，他道：「將馬車趕到隱蔽處，讓他們弄出點聲音。」

「是，阿郎。」

外面的金吾衛不知弄點動靜是什麼意思，還是鴻臚寺的人腦筋轉得快，立刻就知道這是要吸引那些藏起來休息的金吾衛，當下大喊大叫起來，話裡全是向金吾衛們告狀，說那二十六名拋下鴻臚寺的人，自己跑了，他們是逃兵！

佩刀聲、叫罵聲傳出很遠，那藏在林中深處、守著牛車、十分瀟灑的二十六名金吾衛，聽見聲音後趕忙鑽了出來。

他們敢偷懶，自然是想好了對策的，當下就開始辯解，說鴻臚寺的人太嬌氣，他們是為了替他們找東西吃才深入林中，結果迷路了，還是聽見他們的叫嚷聲，這才尋到方位，讓大家千萬別聽信鴻臚寺官員的鬼話！

「你們真的要相信我們！」

一個個特意弄得灰頭土臉的金吾衛，將髒水一波又一波地往鴻臚寺官員身上潑。

想像中鴻臚寺官員們會同他們據理力爭的場面並沒有出現，甚至他們覺得自己沒有發揮好，好多話都沒有機會說，比如說他們要說鴻臚寺的官員罵他們草莽，再比如說鴻臚寺看不起他們，人一少就露出了廬山真面目，好挑起兩方怒火。

可鴻臚寺的官員竟也不爭辯，只靜靜地看他們像跳梁小丑般鬧騰，和一眾歸來的金吾衛們，一起用同情的目光看著他們。

二十六名金吾衛再傻也察覺不對了，樹枝響動，有人恰巧瞧見王玄瑰如同催命鬼一樣從林中走出，當即驚得就給跪下了。

這一跪，其餘人齊齊後轉，就見紅衣黑靴的王玄瑰手拿森然鐵鞭，正皮笑肉不笑地看著他們。

鞭子一動，前方礙事的樹枝立刻斷裂成兩半落在地上，被他的黑靴碾過。

「說啊，怎麼不繼續說了？也讓本王聽聽我陶梁精銳金吾衛，是怎麼在山中迷路，艱難求生的？」

這一刻，他們嚇得是「亡魂皆冒」，「撲通」、「撲通」地跪了下來。

在王爺面前，任何狡辯都是無用的，他們這個本就不團結的臨時小團體，當即四分五裂，互相指責。

有人道：「王爺，是他威脅我的！」

「屁！你他娘的拍老子馬屁，讓老子帶著你們的！」

「王爺，是他們出的主意，說這裡安全，沒必要死守著鴻臚寺的人！」

「王爺，我們只是隨大流了而已，他們做，我們跟著！」

也不知鴻臚寺的人從哪兒尋了塊石頭，招呼四個有戰友之情的金吾衛，合力搬到王玄瑰身後，見王玄瑰睨了他們一眼，鴻臚寺的官員紛紛拱手。王爺！王爺給作個主啊，我們可是王爺的人！遭遇搶劫，嚇得半死不說，還被自己人給背叛了。

沒再理他們，王玄瑰向後一掀衣襬，坐了上去，單腳撐在石頭上，幽幽道：「你們走便走，還將所有的牛車和糧食都帶走了？想做什麼？想藉著搶劫的名義，將其賣了，賺點錢花？嗯？」這一聲「嗯」，讓人遍體生寒。

「王爺，我們不敢、我們不敢！饒了我們這次吧！」

「抬起頭來！」王玄瑰喝道。

他們紛紛仰起脖子，有人怕得已經開始流起淚來了，還有人雙股戰戰，眼見就要忍不住尿出來了。

嫌棄地看了他們一眼，他招手。

沈文戈指指自己，見他頷首才走了過去，低聲問：「怎麼了，王爺？」

他指指其中跪著的一人。「當初調戲妳的，是不是有他？」

沈文戈順著他的指尖看去，當時雖被西北軍出身的人給救了，但所受的驚嚇和無力感，讓她對那幾人的相貌都記得一清二楚。她掃視一遍，果然又是他們，一個不少，全都在。

王玄瑰嗤笑一聲，尿騷味傳來，看來有人承受不住，尿了。他眸子裡升起煞氣，卻是笑道：「怕什麼？本王又不吃人。若照本王以往的脾氣，你們已經是掛在樹上的一具具人皮了，現在……卸甲！」

岑將軍立刻招手，將那二十六名金吾衛身上的明光甲給扒了下來。他們嘴上說得好聽，認為鴻臚寺的人不會遇到危險，既然這樣，他們為何還穿著明光甲？

二十六個人哪裡敢掙扎？盔甲一脫，嚇得全跪在地上，抖個不停。

其中一人哭道：「王爺！王爺，饒了我吧，我父親是——」

「噓！」王玄瑰伸出一根手指放在唇前，看著他被堵上嘴，這才滿意地繼續說：「你父親是誰，不重要，陶梁官場缺他一個不少，多他一個不多，誰還能大得過本王去？」他笑了兩聲，陰森樹林，紅衣灼眼，讓人毛骨悚然。「放心，你們還有點用，本王暫且留你們一命。」說完，他看向岑將軍道：「用他們做先鋒隊，明日伴隨本王左右。」

「是！」岑將軍抱拳。

在打仗時，最前方的步兵是死亡率最高的，他們被稱為先鋒，也被叫做敢死隊。如今他們二十六人，連明光甲都沒有，跟著王爺是生是死，全憑造化了。

他們睜大眼，被捆了起來扔在一旁，縱使悔恨也晚了。

王玄瑰不再理會他們，下令道：「就近紮營休息，明日一早，隨本王進阿爾曼戒領地。」

「是，王爺！」

次日一早，整裝待發，王玄瑰盯著柳梨川等幾個年輕的鴻臚寺官員，在幾人默默湊到一起抱團取暖時，他開口道：「你們幾人和金吾衛換衣服。」他又點了幾位能聽懂婆娑語，身材精瘦、看上去不壯的金吾衛，讓他們到樹後交換衣裳。

跟隨王爺進領地，自是彰顯國威的時候，是以鴻臚寺的官員穿的都是官袍，此時兩方人互換衣裳，金吾衛撐官袍自然是撐得起來，可苦了柳梨川等人。

明光甲也太重了，感覺都抬不起腳來了！

看他們走得歪歪扭扭的樣子，讓王玄瑰都深吸了一口氣，冷著臉道：「盡快適應，不然你們只能穿他們那樣的甲冑，一支箭射來，都能要了你們的命！」他看向的「他們」，赫然就是昨日犯了錯、被扒了明光甲的二十六名金吾衛。

柳梨川等人咬牙適應，來回行走，以便讓身體接受這重量。

另一邊，沈文戈也在安沛兒的攙扶下下了馬車。

她髮髻高盤，綴著金飾。趴在髮上栩栩如生的鳥兒，眼睛是黑瑪瑙所做，翅膀上嵌著各色寶石，足以閃瞎人們的眼。就連耳上都掛著金鑲玉的環，胸口露出的肌膚上，則貼著用五條細鏈串起的金牌，那叫一個貴氣逼人。

這還不止，她一身橘紅的齊胸襦裙，胸口裙頭處，繡著精緻的花紋，中心花苞處，點綴著一顆紅寶石，邊上兩排珍珠簇擁點綴。

再看她外罩的寬袖長袍，袖口、領口均縫著大而圓潤的珍珠，就連她的繡花鞋上都嵌著碩大夜明珠，堪稱行走的人間富貴花。

此時她代表的是陶梁被富養的小娘子們，這樣的衣裳，還給她準備了許多身。以往出使，都是男子，根本沒有什麼地方可以掛配飾，如今可是抓住她展示了。

她款款朝著王玄瑰走去，短短十步路，許許多多金吾衛偷偷朝她看去，以往隨隨便便紮條髮帶的七娘，換身衣服後都叫人不敢注視了，可真美啊！

王玄瑰甚至能聽見有人嚥口水的聲音，他抱著手在原地等待，近乎苛刻的目光將沈文戈從頭看到腳。視線又落在她眉心貼著的、用金紅兩色勾勒、如盛開花朵的紋樣上。她們小娘子把這個叫什麼？花鈿？挑起了眉頭，拇指漸漸滑到喉結下，勾住不動。

許是為了搭配沈文戈的衣裳，蔡奴給他換下了愛穿的紅衣，配了黑底金紋的衣裳。一頭黑髮被金冠束起，金冠上也有一顆紅寶石。

沈文戈向他道：「王爺，我準備好了。」

在她走近時，他向她伸出手。

沈文戈沒有扭捏，她知道今日進領地事關重大，把昨日晚上現拿林中花草染了紅甲的手，輕輕放進他手中。

他一用勁，她人便被他抱了起來，飄揚的裙襬被安沛兒按住，露出了爐爐胳膊上戴著的十來只金鐲子，全是從出使要用的十車物品裡拿出來的。

這樣被抱著好像還是第一次，沈文戈環著他的脖頸，還不待深想，就被他輕輕側放在馬上，隨後，他便一蹬馬鐙，翻身上了馬，靠在她身後。

王玄瑰道：「從現在開始，七娘不再是使團譯者，她不懂婆娑語，可明白？」沈文戈，他要她成為他身邊破局的利器，他要隱藏她的能力，將她當作奇兵。

眾人齊聲喝道：「明白！」

「出發！」

浩浩蕩蕩，有了王爺在的使團隊伍，氣勢磅礴地向著阿爾曼戒領地前進。

王玄瑰一手拿著韁繩，一手環住沈文戈的腰，怕她保持不了平衡摔下馬去。

若是以往的沈文戈，哪裡需要他來護著？她自己就可以在馬上玩出花樣來。可今日不同，她寬寬鬆鬆的襦裙下，腰間纏著一圈又一圈的鐵鞭。

鐵鞭寒涼、粗重，平日看他拿著輕巧，纏上身才知道有多重，她險些都不會走路了。

他環著沈文戈的胳膊碰觸到了內裡的鐵鞭，怕咯著她便換了個位置，往上移了移，這一移，就無限接近她的胸口。

她微微抿唇，悄悄挺著胸膛，以防碰到他的胳膊。自然知道他沒那個意思，但心跳就是不自覺加快了些，想著，好在不是背貼著他，不然一定要叫他發現了。可饒是如此，胳膊與他相碰的地方，還是能透過衣衫，感受到他灼熱的體溫，烘得她整個人都是僵的。

沈文戈啊沈文戈，妳可真出息！

王玄瑰低頭瞥了她一眼，調整了下她的坐姿，讓她能倚靠在自己身上，不至於那麼累。被突然扣在他懷中的沈文戈，一時沒反應過來，她眨下眼，眼角胭脂越發紅了起來。

阿爾曼戒領地近在眼前，他問：「可怕？」

沈文戈搖頭。「不怕。」他輕笑，胸膛震動，她便也能感受得到。

他又問：「昨晚可怕？」他可是揚言要扒了他們的皮。

沈文戈道：「人有親疏遠近，我自然對鴻臚寺的人更親近些，何況他們還曾調戲過我，王爺處置他們，我高興還來不及。再說，王爺也沒真剝皮，不過是嚇唬兩句。」她在西北長大，見慣了戰場凶殘，剝皮算什麼？

嚇唬兩句？王玄瑰又笑了。進領地必宴請，如何穿得了盔甲、配得了武器？他們跟著他這一去，有沒有命回還兩說。他便又問：「那妳可記恨本王，沒讓妳和柳梨川等人在一起？跟隨本王，更加危險。」若是阿爾曼戒領地生變，他王玄瑰——陶梁王爺，會第一個被擒下，在他身邊危機重重。

沈文戈回道：「怎會？」她和嬤嬤是隊伍裡唯二的女子，顯眼得很，不管是跟著王玄瑰還是跟著混在金吾衛隊伍中的柳梨川等人，只有拖累人的分。何況，跟著王爺，他相護，可能更安全。

「駕！」王玄瑰手一抖，馬兒跑了起來，他眸裡藏著笑意，對她的回答很滿意。當然，就算她想留下，他也不准。人不在他眼皮子底下，他不放心。

他們一行人明目張膽進入領地，領地寬廣，行進約一里地，腳下之路終是變成了平地，高矮房屋入目。

或席地而坐、或站立相望的婆娑人貪婪地注視著他們，尤其是沈文戈身上的金飾。

王玄瑰冷冷地瞥了他們一眼，領著隊伍直往內裡而去。他們衣著華貴，看著就氣勢非凡，且又隊伍龐大，領主阿爾曼戒甚至親自出來相迎。

他人皮膚黝黑，高鼻大眼，耳上穿孔，金環一個套一個，只一動就會發出響聲，脖子上也層層疊疊戴了許多金環，腰間圍著一塊潔白的長布，轉了三、四圈後從腰間伸出，一直到腋下，剩下長長的一截搭在左肩上。

他赤著腳朝他們走來，用婆娑語道：「我尊貴的、遠道而來的陶梁貴客，不知你們因為什麼而來？」

王玄瑰看了一眼鴻臚寺譯者。

穿著青袍的官員當即用陶梁話給翻譯了一遍，又得到王玄瑰的指令後，對領主道：「見過阿爾曼戒領主，我們乃陶梁使者，出使婆娑，交好兩國。」

「竟是陶梁使者！」阿爾曼戒領主激動起來，張著手嘰哩咕嚕說著。「歡迎你們，我們的朋友！快跟我來，我將為你們設宴，你們一定要來！」

王玄瑰頷首，又說了幾句，翻譯翻完後，他率先下了馬，伸手將沈文戈抱了下來，還十分貼心親昵地為她整理寬袖。

沈文戈則四處看了看，像是完全聽不懂聚過來的婆娑女子在議論她的華服，對一切都十分感興趣的模樣。她也確實很感興趣，書本上的描繪與實地用眼去看，是非常不一樣的。

修長的手伸到她眼前，她輕輕搭了上去，兩人就像一對親昵的夫妻一般，聽著翻譯的話，同領主交談。

偶爾王玄瑰會稍稍用勁兒捏住她的手指，她就了然地拽著他的袖子，讓他往領地一側看去，好讓他記住地形。

阿爾曼戒領主說要設宴席，速度之快令人瞠目結舌，幾乎是他們剛進領主府，就被帶到了宴席上。

話沒說幾輪，蔣少卿就看著領主身後的男子頻頻皺眉。雖說他們看婆娑人長得都一樣，但作為多次出使過的人，他還是覺得，此人與當日攔路搶劫者長得極像！

「陶梁而來的使者，你和妻子太般配了，喔，她實在太漂亮了，像我們的希爾女神那般光彩奪目，讓我敬你們兩人！」阿爾曼戒領主舉杯。

沈文戈裝得一副懵懂的樣子，聽到大家成功誤會兩人之間的關係，悄悄瞥了眼王玄瑰。

王玄瑰側頭，能看見沈文戈秀挺的鼻子。他倒是能聽懂，但這帶著方言味的婆娑語，聽起來實在費勁，索性同她一樣做出不懂之態，等著譯者翻譯，壓抑著自己對這場宴席的不耐煩。

鴻臚寺的譯者說完後趕緊低頭，剛想喝口水，一見那碗裡的水渾濁不堪，又默默將其放下了。

王玄瑰帶著與有榮焉的自豪，舉杯道：「多謝領主誇讚！」

見他就要飲酒，沈文戈趕緊拽他袖子，她剛才瞧了，不管是水還是酒，都污濁得很，也不知是婆娑水質的問題，還是他們做了手腳。

但她提醒得好似晚了，他一仰脖，杯中酒已一滴不剩，還特意翻轉過來給阿爾曼戒領主看，引得上面的領主哈哈大笑。

沈文戈湊到他身邊，剛想說幾句，他就又執起自己面前的杯，一副要幫她喝的模樣。

「哎，王爺！」兩人本就共坐在一個榻上，她一急，身體前傾就挨上了，手剛搭在他臂彎間，就摸到了一片潮濕，悄悄伸手一撚，一股酒味。

剛把酒倒進衣袖中的王玄瑰低頭與她相視，外人看來，倒像是兩人如膠似漆似的。

她趕緊鬆手，人一下子便遠離了。

王玄瑰丹鳳眼睨了她一眼，馨香滿懷突然就空了。他玩了下酒杯，若不是不知道酒有沒有問題，他還真想喝上兩口。

一場宴席稱得上是笑語連連，王玄瑰卻覺得坐在自己身邊的是一顆明珠，一舉一動、一顰一笑，都吸引著在座眾人的目光。就連她起身出去，大家都不自覺視線相隨。

他執起杯，杯口剛沾唇，便想起不能喝，只能作勢倒進袖中，整個人燥得很。

沈文戈藉口要如廁，帶著安沛兒出去轉了一圈，身後一直有兩個領主身邊的護衛跟隨，像是看犯人一樣，就連目光都是下流的。

安沛兒怕出事，趕緊帶著沈文戈回。

兩人表現的都是聽不懂婆娑語的樣子，因此後面護衛說話的內容也就越發放肆起來。

沈文戈走在前面，聽著他們在後面議論兩人身材的話，沈下臉來，在安沛兒緊扶住她，低聲問她怎麼了的時候，微微搖頭，此話就不必說給嬤嬤添堵了。

許是見她二人當真聽不懂他們說話，他們說著說著，就說到了一個名叫阿爾日輪的人，還說領主向阿爾日輪王獻完東西，也不知會不會賞他們點？

她將這些話記在腦中，打算一會兒回去後跟王玄瑰說一遍，就聽他們又感慨了一句「還是舊約科薩爾王為人和氣，可惜人死了」，當即渾身一寒。

出使之前，她自是對婆娑的情況做了一個詳細的了解，知道婆娑的王就是舊約科薩爾，可聽他們的意思，婆娑換王了，如今是阿爾日輪！

新王對陶梁的態度尚且不明，沈文戈趕緊對安沛兒道：「嬤嬤，我們快走！」

安沛兒見她神情冷凝，當即扶著她趕回宴會上。

途中經過蔣少卿，蔣少卿用波斯語在沈文戈走過時說了一句。

沈文戈微瞟蔣少卿，示意自己聽見了。在回到王玄瑰身邊時，她摘下桌上可能是唯一能吃的葡萄，像回事地餵進王玄瑰嘴裡。

嘴裡冷不防被塞了個葡萄，牙齒差點咬到她手指，王玄瑰挑眉詢問。

也顧不得那點子羞，沈文戈貼在他身上，抓著他的手放在腰間盤著的鐵鞭上，示意有危險，然後用最簡短的語言說：「舊約科薩爾已死，婆娑換王，搶劫使團者似是領主護衛。」

王玄瑰挑眉，伸手扶了扶額。預想中可能會有麻煩，但沒想到婆娑政變，如今捲入，甚是麻煩。餘光瞥見正看著自己的領主，和宴會上孔武有力的護衛們，估算了一下實力差距。

既然是宴請，他自然是不能帶著穿明光甲的人進來的，如今這屋裡，除手無縛雞之力的鴻臚寺官員，只有受了罰特意被他帶著的那二十六名卸甲的金吾衛，和換了官袍可以護著官員的四人。

再微微晃動手中的酒液後，他突地將杯子摔落在地，人晃晃腦袋，一副頭暈的樣子。

沈文戈趕緊攙扶他。「王爺！」

鴻臚寺的官員和那些金吾衛們也齊齊站了起來。「王爺！」

這時，阿爾曼戒領主指著王玄瑰道：「抓住他！他是陶梁的王爺！」

領主護衛隊齊齊上前，將他們圍了起來，而外面一千士兵將領主府團團圍住，弓箭齊齊對準陶梁使團，變故驟生！

沈文戈急得要在王玄瑰身後掀開裙子，讓他將鐵鞭抽出，被他一掌按住。

王玄瑰低笑一聲，眼神清明，哪裡有被下藥的迷糊之態？他們三十多個人，拿什麼跟外面的一千士兵拚？

蔣少卿最先明白過來，當即就一副自己也喝酒中計的樣子，暈了。

鴻臚寺的官員們你看看我、我看看你，王爺都主動要求被抓了，那他們也……暈吧？

青袍官員們暈了一地，負責保護他們的金吾衛們當即一人扛起兩個人，拉至王爺身邊，以保護的姿態，暈在了他們身上！

這一身重量，砸得鴻臚寺的官員想翻白眼！

二十六名金吾衛們腦門上出了一層冷汗，他們身穿甲冑，哪裡是這些護衛和外面士兵的對手？

一輪箭雨過後，就有幾人沒躲過去，倒在地上噭噭叫出聲，看得沈文戈直蹙眉。

不過也多虧他們武藝不精，十分真實地讓出一條路，讓領主護衛衝上前來制住王玄瑰。

王玄瑰的身子搖搖晃晃，脖子上架著一柄刀，手臂卻牢牢攬著沈文戈的肩，將人環在懷中，任阿爾曼戒領主指著他們大喊也不鬆手。

阿爾曼戒領主一看自己說話他們竟然聽不懂，便揮手說道：「弄醒那個翻譯！」

裝昏的鴻臚寺翻譯，在被人大力用刀拍臉前，自己醒了過來。他雙手被綁在身後，戰戰兢兢地翻譯起來。

阿爾曼戒領主指著沈文戈道：「將她獻上！」

這話王玄瑰聽懂了，他眸裡升起煞氣，在翻譯還在說的時候，他左臂猛抬，一把握住自己脖頸上的刀鋒，一個轉身正踢出去，將那護衛踢翻在地，撞上層層几案！

刀鋒銳利，一道血線飆起，濺起血珠落在沈文戈臉上，眼睫一閉，躲過一滴險些落進眸中的血，墜在睫毛之上，映出她驚愕的目光。

「王爺！」她擔心地扶住他，要看他的手，他已經裝作頭腦不清醒的樣子，將她重重地攬在懷中。

「本王的人，誰敢動！」

鴻臚寺的翻譯頓時激動地譯道：「我們王爺的人，誰敢動，就是跟王爺拚命！」

王玄瑰和沈文戈齊齊抽了抽嘴角，後者在他懷中，抽出汗巾將他還在流血的左手包紮好，眉頭都擰成了一個結。

見分不開王玄瑰和沈文戈，阿爾曼戒領主也放棄了，指揮著護衛重新控制住他們。「帶他們出去，讓外面的人投降！」

兩百多名金吾衛在岑將軍的帶領下，一口酒沒碰，一口吃的也沒吃，聽見領主府的動靜，剛將佩刀握住，兩千名士兵就將他們圍住了。

正打得激烈之時，被抓住的王玄瑰和沈文戈被帶出來了。

鴻臚寺翻譯官喊道：「大家投降，王爺讓！」這前後語句顛倒，若是領地中有人會陶梁語，只怕語句一換就聽不明白，只會以為是被逼迫著投降。

可金吾衛們當然是聽得懂的，紛紛放下武器，被五花大綁起來。

近三百的金吾衛們，人數太多，領地關押牢房都不夠用的，連同那二十六名受傷的金吾衛們，索性就這麼露天扔在了原地，派人看管。

剩下的被帶走單獨關押起來，兩人一間。分不開又被他們當作夫妻的王玄瑰和沈文戈，自然被關在了一起。

地牢陰暗潮濕，光線昏暗，王玄瑰擁著沈文戈站了半晌，待眼睛適應了黑暗，方才放開她，又被她拽住了左臂。

安沛兒和蔡奴就在兩人左邊的牢房中，安沛兒道：「阿郎、娘子，你們可有事？阿郎的傷如何了？」

沈文戈答道：「嬤嬤放心，我們沒事，我這就給王爺重新包一下。」

王玄瑰則和她一起道：「我沒事。」

他們一說話，便有領地士兵過來用刀敲木門，凶狠齜牙，示意他們都閉嘴，不准交談。

這樣一吵，裝昏的鴻臚寺官員們也一個個坐了起來，互相看了一眼，紛紛苦笑，都覺得這又是出使史上一次刻骨銘心的經歷。

蔣少卿更是悔恨不已，自責他一力要求出使、進領地，若是返回，哪裡還有這樣的事？

王玄瑰聽他唸叨，只道：「若真要怪罪，是本王決定繼續出使的。怎麼，蔣少卿對本王的決定不服？」明明是為蔣少卿減輕壓力，偏偏話說得那麼惡劣。

沈文戈就將自己聽來的，有關婆娑舊王死去，新王上位的事情說了。

這事誰也沒能料想得到，但出使路上，從不是一帆風順的。

鴻臚寺的人想著，領主連使團都敢抓，是他們東西帶得太多，讓婆娑人眼饞了，早知道還不如像以往那般，只帶三牛車的東西來呢！

情況也確實如此。

外面的婆娑人正在狂歡，當著三百名金吾衛的面，就將十輛牛車上的東西都給卸了下來。金銀珠寶、茶葉瓷器、絹布綢緞、糧食餅子，他們嗷嗚著，愛不釋手地摸著那些東西，被阿爾曼戒領主喝斥，讓他們給搬進他的領主府。

有金吾衛小聲問柳梨川。「他們在說什麼？」

柳梨川幽幽瞥了一眼王玄瑰被帶走的方向，說：「他們說今天大豐收，晚間生篝火，要設宴，然後明日將東西給新王送去，說不定他們領主能被封為天王。」

聽見這話的金吾衛們紛紛怒罵起來，他們越罵那些婆娑人越開心，在他們面前燃起了篝火，還就地宰了一頭幫他們運車的牛。

老牛哞哞直叫，哀鳴聲讓這些漢子聽著都不忍。而他們此時，簡直與這老牛一般無二。

「王爺，我們怎麼辦啊？」鴻臚寺的官員小聲問道。待宰羔羊的滋味，太不好受了，難道就這樣認命了？

「我們要等聖上發現我們出事，來救我們嗎？」

「不必，待他們放鬆警戒，我們再強搶出去。」

說完，王玄瑰垂眸看著沈文戈摘下鞋子上的夜明珠，就著光亮為他重新包紮手傷，她纖纖玉指上沾著他的血跡，看來有那麼一點……怦怦！他的心又亂了，真奇怪。

沈文戈低垂著頭，一邊怕弄疼他，所以輕輕包著，一邊憋了又憋，終於忍不住小聲道：「再如何，也不能空手接白刃啊！王爺你這是人手，不是砍刀，但凡再深一點，都能看見骨頭了。」

不過是在掌心劃了一道而已，哪有那麼嚴重？王玄瑰想反駁，可見她臉頰上還有乾涸的血珠，到底只「嗯」了一聲。

這麼聽話？沈文戈狐疑地看去，就見他右手捂在胸口之上，眸子一瞬也不瞬地盯著她，臉上神情莫測難辨。

她一驚，聲音大了些。「怎麼了？是哪裡難受嗎？難道剛才吃的葡萄也有問題？」

聲音驚動了旁邊鴻臚寺的官員，他們半天沒有聽見王爺動靜，本就氣虛，實話實說，沒有王爺的聲音，他們有點害怕啊！因此此時立即驚慌地叫出聲。「怎麼了？王爺受傷了？」

就連蔡奴和安沛兒也爭相開口詢問，甚至蔡奴還想要一腳踹斷木欄過去一看。

王玄瑰道：「無事。」只一句就安撫住了眾人。

他們這邊鬧著，卻沒人過來查看，王玄瑰指使著最靠近外面的人查看，得到「他們都出去了，外面好像生篝火了」的回答。

他「嗯」了一句，發話道：「都做好準備。」

有他這一句話，大家精神頭一下子足了起來。

王玄瑰嘴上說著，手卻沒有從胸膛上移開，他的心跳得更快了。他對擔憂的沈文戈道：

「本王無事，不是吃葡萄吃的，老毛病了，就是心亂跳個不停。」

心亂跳？沈文戈一下子緊張了起來。他是有心疾嗎？這病可大可小啊！

「應是無事。」他對她道：「在長安，本王請了許多醫者看過，但都是庸醫，什麼都沒看出來，本還想著來婆娑一看……」最後一個「看」字，他聲音變了調，因為沈文戈拂開他的手，側耳聽了上來。

……怦怦怦！他的心驟停之後，又猛然蹦了起來。華美異常的臉蹭在他的胸膛上，他好像連呼吸都不會了，丹鳳眼挑起又很快瞇了下去，他為什麼心又亂了？仔細想來，他確實每次心跳加快時，沈文戈都在場。怦怦怦、怦怦怦……是因為她嗎？伸出一根手指抵住她的額頭，將她推開，還順勢摳了下她額間的花鈿，還挺牢的，沒能摳下來。

她無奈道：「王爺，讓我看看。」

「本王的心，妳能看出什麼？」他左右歪著頭，若有所思地打量沈文戈，然後突然道：

「本王的鞭子。」

喔喔對，鞭子！她差點忘了！手摸到鐵鞭，她趕緊道：「我這就摘下來給王爺！」動作又一頓，剛才要掀裙子是情況緊急，加上她裡面還穿著褲子，什麼都露不出來，可此時讓她當著王玄瑰的面，她就有些羞了。「王爺？」

王玄瑰背對她而站，又道：「所有人，面朝牆壁站著。」

「是！」

沈文戈見對面牢房中的人也轉過了身，自己也乾脆轉身掀開裙子，將纏在她腰間一圈又一圈的鐵鞭解下。鞭子是安沛兒為她纏的，她既要小心地控制著鐵鞭不要發出聲響，又要找嬤嬤到底是怎麼纏的，所以解得並不快。

王玄瑰雖背對著她，但她在後面窸窸窣窣掀裙子，又嫌棄寬袖礙事，所以脫了寬袖的聲音他都聽得一清二楚。腦子不自覺地浮現起她那日醉酒，鎖骨下的三顆小痣，喉結滾動，他低頭看胸，嗯，他的心又再度亂跳了。

鴉羽輕搧，他腳下未動，臉卻朝後偏了過去，將她露在空氣中的白嫩薄肩看在眼中，又見自己鐵鞭纏繞在她白藕似的手臂上。偶爾為了方便，她將裙子掀得更靠上，他便瞧見了裏著一層綢、都不及他兩個巴掌大的腰……他的心又在怦怦怦地跳著了。

終於將整條鐵鞭解下，沈文戈舒了口氣，將放在腳面上疊成小塊的寬袖穿起，這才捧著鐵鞭轉身。

王玄瑰已轉過頭去，被她碰了碰後背。

「王爺，我好了。」

「嗯。」他伸手，沈文戈將鐵鞭放進他手中，他卻未接，徑直拽住她的手腕，在她驚呼聲發出前，轉個身捂住了她的嘴。他彎下腰，改捂為掐，熟練地掐住她的臉，帶著上上下下的移動，眸裡有著觀察。

沈文戈晃頭，含糊不清地說：「王……爺？」

他丹鳳眼瞇起，略略鬆手，她臉頰沾上的血點已經擦去，但她臉皮太嫩，只他輕輕剮蹭幾下，就紅了。「奇怪了……」

「王爺？你先鬆開我。」

他不鬆，左看右看，百思不解。「本王剛剛才發現，本王的心疾竟都是因妳而起。」

這話說的，怎麼就跟她有關係了？沈文戈另一隻手巴在他手上，將自己的臉掙了出來，揉揉道：「王爺！」

「本王也不知道為什麼，一看見妳，心總是亂跳。」

沈文戈一僵，再也握不住鐵鞭，鐵鞭掉落，被他抓起，她退了兩步，將自己隱在陰暗中。「王爺又在拿我尋開心了。」

兩個人的聲音都不大，她稍一離他遠一點，他就有些聽不清楚了。「妳說什麼？」他上前，腳尖抵住她的，伸手抓住她的胳膊，不准她再往後退。「本王何時騙過妳？」

沈文戈彷彿被嗆到了，咳嗽兩聲，猛地抬眼看他，不敢相信他說了什麼話，避過他的眼睛，深呼吸了一口氣，自嘲一笑。「王爺又是為了報恩嗎？」她聲音很輕，輕得快碎了。

「我說了，王爺的恩回報得夠多了，不用再報恩了。」

王玄瑰索性執起她的手，放在自己的胸膛上。「它確實在亂跳。」

沈文戈不敢去想他話裡的意思，一時無言，不知該怎麼回。

王玄瑰卻步步緊逼起來了。「本王的心會因為妳而亂跳，為什麼？」問她為什麼？沈文戈抬眸，卻見他那眸子裡真的盛滿了不解，她咬唇不語。

他又道：「妳說到報恩……」

她的心倏地提了起來，只聽他道——

「本王日思夜想，那日的回答，似是有失偏頗……」

正在此時，外面喊殺聲響起，卻是金吾衛們趁婆娑士兵要來脫他們盔甲、給他們解繩索時，搶了他們的兵器，衝了出來！

王玄瑰單手抱起沈文戈，讓她坐在自己臂彎上，鮮血瞬間再次從他破裂的傷口中流出來，但他似乎感受不到，手腕一動，鐵鞭揮起，啪地打在牢門上，竟是一擊就將鎖給掀飛了！

與此同時，蔡奴和幾名金吾衛也齊齊踹上牢門，「轟隆」一聲，牢門直接被踹倒在地。

沈文戈勾住王玄瑰的脖子，看他出了牢門，幾下鞭子就將沒能打開的牢門抽開，將鴻臚寺的官員放了出來。

狹窄的通道中，他抱著她狂奔，可卻又擠出時間同她說：「本王對妳好，應也並不全是為了報恩才對……」說到這兒，迎面前來兩名婆娑士兵，他鐵鞭捲起，腳下不停，已經斷了他們的頸。

沈文戈搖晃腦袋，緊緊抱住他，覺得自己現在心也在亂跳，她是不是出現了幻聽？還是她又理解錯了意思？不不不，肯定是她理解錯了！就算不是報恩，也可以是別的，比如說，受了她父親的叮囑之類的？

馬兒嘶鳴聲響起，是金吾衛放出了他們的馬，就連白銅馬車上的馬都讓他們給放了出來，此時這些馬兒上面馱著他們，在領地裡飛快奔跑。

他們一身明光甲，就算有的士兵一時沒能搶到武器，也刀槍不入，打得虎虎生威。

帶頭的馬兒上沒有人，王玄瑰一聲口哨，他的黑馬與白銅馬車的馬一齊朝他們跑來。

他鐵鞭揚起，馬兒減速，他翻身上馬，再將沈文戈放在另一匹馬上，看著她的眼睛，最後說道：「本王現在才弄清楚，對妳好，也是發自內心的，雖然本王還有些不明白。」

沈文戈睜大了眸子，伸手想去搆他，但他已經抽身離去。

王玄瑰對她喝道：「沈文戈，抓好韁繩！」

她下意識抓好，他已經拍了馬屁股，馬兒如離弦之箭，衝了出去。

王玄瑰喊道：「蔡奴、嬤嬤，護七娘離開！」

「是！」

「王爺——」沈文戈朝後看去，只見他留守最後，成了隊伍中斷尾的那一人。

——未完，待續，請看文創風1187《翻牆覓良人》3

2023年8月出版

飾飾如意

文創風 1183～1184

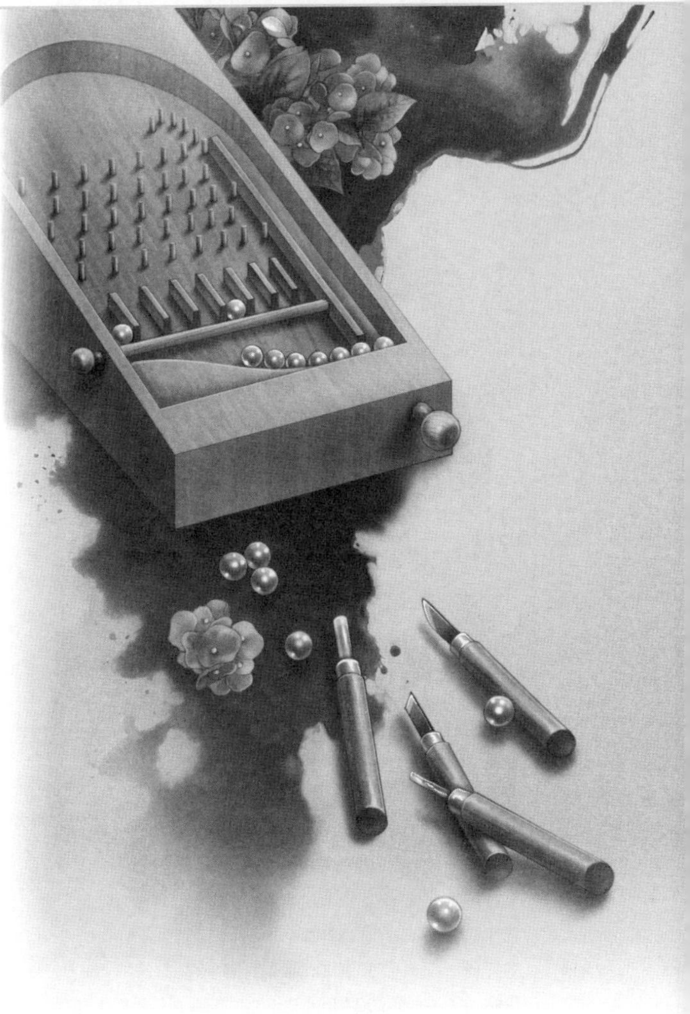

莫名其妙嫁進山村，又被夫君當成抓犯人的誘餌，
她氣得連跟不跟他睡同張床都要考慮了，何況圓房？
哼，想嚼舌根的儘管嚼去。他行不行，可不是她的問題啊～～

馴夫大吉，妻想事成／觀雁

一穿越就捲進騙婚的軒然大波，現成夫君還是縣衙的前任神捕譚淵，
蘇如意的小膽子要嚇爆了，雖然她將功補過，和譚淵一鍋端了那群騙子，
但欠債還錢天經地義，為了向譚家贖回賣身契，她只好努力賺銀子啦。
身為手工網紅，做點小工藝品難不倒她，卻因小姪子的生日禮物出糗——
她打算刻個彈珠檯，搬來木板想請譚淵幫忙鋸，竟不慎手滑而抱住他，
嗚……這下除了騙婚，居然還調戲人家，她簡直想挖個洞把自己埋了。
彈珠檯讓小姪子跟小姑玩得欲罷不能，看樣子手作飾物確實商機無限，
可譚淵不著痕跡的誇獎和曖昧，卻讓同居一室的她莫名心跳起來——
這腹黑傢伙對她到底有什麼企圖？她一點都不想在古代當人妻耶，
等存夠了錢，她就要跟他一拍兩散，包袱款款投奔自由嘍～～

文創風
1186

翻牆覓良人 2

國家圖書館出版品預行編目資料

翻牆覓良人／琉文心著. --
初版. -- 臺北市：狗屋出版社有限公司, 2023.08
冊；公分. --（文創風；1185-1188）
ISBN 978-986-509-447-8（第2冊：平裝）. --

857.7　　112011057

著作者　琉文心
編輯　黃淑珍
校對　吳帛奕
發行所　狗屋出版社有限公司
地址　台北市104中山區龍江路71巷15號1樓
電話　02-2776-5889～0
發行字號　局版台業字845號
法律顧問　蕭雄淋律師
總經銷　知遠文化事業有限公司
電話　02-2664-8800
初版　2023年8月
國際書碼　ISBN-13　978-986-509-447-8

本著作物由北京晉江原創網絡科技有限公司授權出版

定價280元
狗屋劃撥帳號：19001626
網址：love.doghouse.com.tw　E-mail：love@doghouse.com.tw